말하는 검

かまいたち

옮긴이 최고은

대학에서 일본사와 정치를 전공하였다. 현재 대학원에서 일본 대중 문화에 관심을 가지고 공부하고 있으며 전문 번역가로도 활동중이다. 본격 미스터리 팬으로, 앞으로도 아직 국내에 소개되지 않은 좋은 작품들을 소개하려 한다. 옮긴 책으로 『인사이트 밀』, 『46번째 밀실』, 『인형, 탐정이 되다』, 『잘린 머리에게 물어봐』, 『인질 카논』, 『도미노』, 『덧없는 양들의 축연』, 『소녀 지옥』, 『추상오단장』, 『밀실 · 살인』 등이 있다.

* 이 도서의 국립중앙도서관 출판시도서목록(CIP)은 e-CIP 홈페이지(http://www.nl.go.kr/cip.php)에서 이용하실 수 있습니다.(제어번호: CIP2011005394)

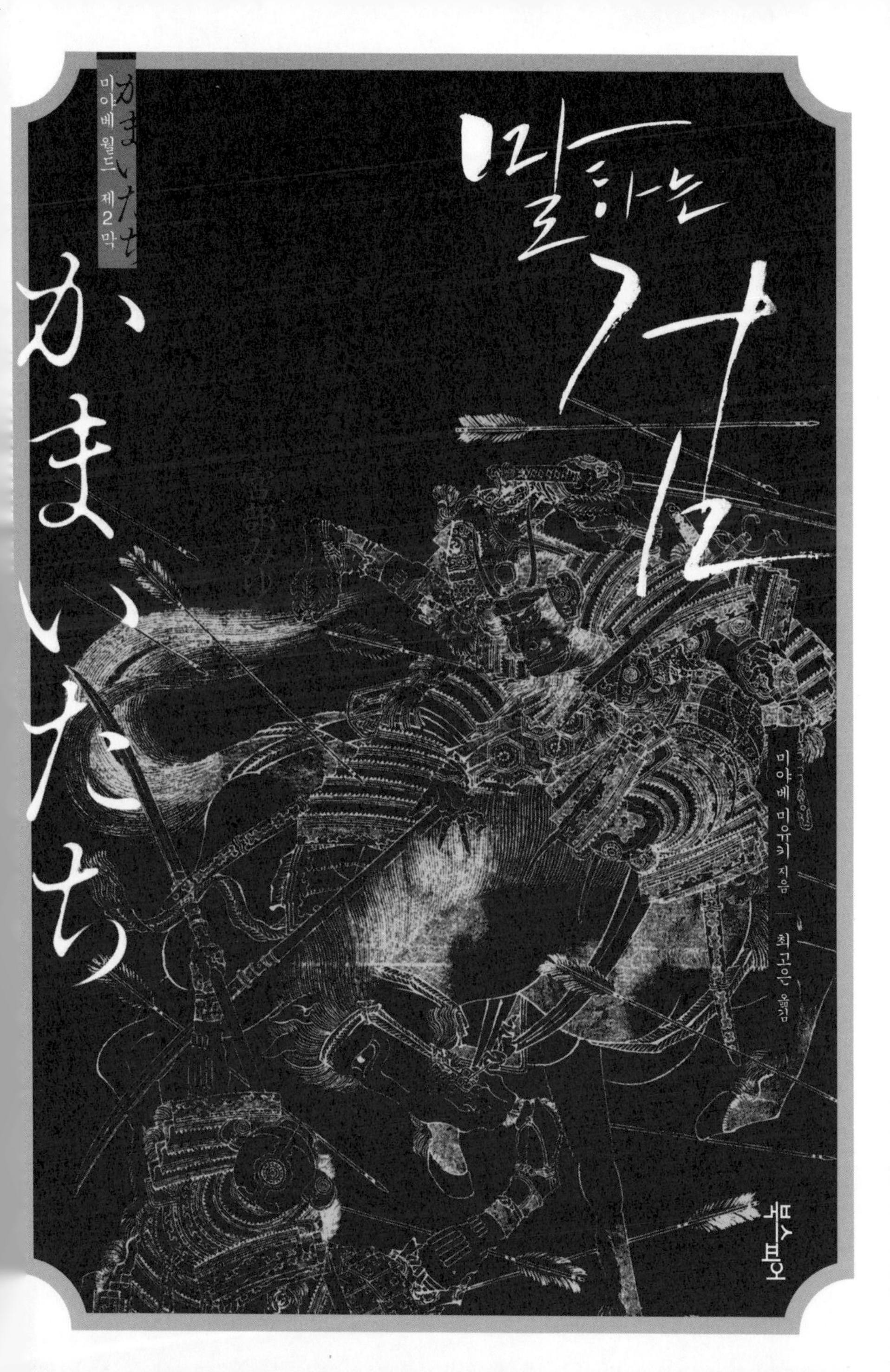
미야베 월드 제2막
かまいたち
말하는 검
かまいたち
미야베 미유키 지음
최고은 옮김
북스피어

차례

작가의 말

저는 원체 작가의 말을 쓰는 걸 어려워하지만, 이번에는 특별히 쓰게 해 달라고 부탁을 드렸습니다.

이 작품집에 수록된 중단편 네 작품은 저의 초기작입니다. 「길 잃은 비둘기」와 「말하는 검」은 1991년에 발표한 작품이라 되어 있는데, 사실 원형이 된 초고는 각각 1986년, 87년에 완성했습니다. 이번에 단행본에 수록하기 위해 어느 정도는 개고했습니다만, 기본적인 인물 설정과 스토리 전개 등은 초고의 설정을 고스란히 답습하고 있습니다.

「길 잃은 비둘기」와 「말하는 검」은 동일한 인물이 등장하는 연작 형식입니다. 하지만 이 두 작품의 초고를 완성했을 당시 저는 아마추어나 다름없었고, 장래 프로 작가가 되겠다는 생각은 일 밀리그램도 없었던 시기라 지금 돌이켜보면 아주 뻔뻔했습니다. 원고를 고쳐 쓰며 새삼 얼굴을 붉혔습니다.

이번에 출판사에서 두 번째 단행본을 출간하자는 제의를 받고 수록 작품에 대해 이것저것 생각했을 때 제일 고민했던 점이 「길 잃은 비둘기」와 「말하는 검」을 넣느냐 마느냐 하는 문제였습니다. 원래 동일 인물이 등장하는 연작은 어느 정도 작품이 비축되면 한 권으로 묶어 출간하는 것이 관례이기 때문입니다. 최종적으로 일부러 그런 형태에서 벗어나 이번처럼 단발 작품을 모은 단편집에 수록하기로 한 것은 순전히 제 고집이었습니다.

첫 번째 이유는 앞에서도 말씀드렸듯 이 작품들이 초기작이었기 때문입니다. 작품 내용의 경향에 따라 나누기보다, 초기작들끼리 한 권으로 묶는 편이 단편집으로서의 색깔을 확실히 할 수 있겠다고 생각했습니다.

두 번째 이유는 첫 번째 이유와도 관련이 있습니다. 저는 「길 잃은 비둘기」와 「말하는 검」에서 등장한 네기시 히젠노카미 야스모리라는 역사상의 인물과 그가 남긴 『미미부쿠로』라는 문헌에 지금도 관심이 무척 많습니다. 장편 혹은 연작 단편이라는 형태로 작품을 발표했으면 좋겠다고 생각합니다만, 그래도 앞으로는 이 두 작품을 썼던 당시와는 다른 형태로 구성해 보고 싶다, 그래서 이대로 연작이라는 형태로 계속할 것이 아니라 한번 구분을 짓고 싶다는 생각이 들었습니다.

원래 이런 '양해의 말씀' 같은 작가의 말을 쓰는 건 창피한 일이지만 초기작이라 애착이 깊은 작품들을 수록한 책이다 보니 한마디 하고 넘어가고 싶었습니다.

또한 전작 『혼조 후카가와의 기이한 이야기』에 담지 못했던 감사의 말도 이 자리를 빌려 남기고 싶습니다. 도중에서 몇 번이나 죽는 소리를 하며, '이제 못하겠어요. 그만할래요'라고 징징대면서도 어떻게든 두 번째 단편집을 완성할 수 있었던 건, 모두 신인물왕래사 편집부의 다나카 미쓰요시 씨와 바바 노리코 씨 덕분입니다. 두 분이 질책하지 않으시고 격려해 주지 않으셨다면 이 두 권은 영원히 빛을 보지 못했으리라 생각합니다. 감사합니다.

1991년 11월

미야베 미유키

길 잃은 비둘기

† 일러두기
본문의 모든 주는 옮긴이 주입니다.

1

니혼바시도리초는 에도 전역의 갖가지 물건을 거래하는 도매상이 모인 거리다. 일 년 내내 오가는 사람들이 끊이지 않는다.

그 시끌벅적한 거리 한구석, 손님이 뜸한 틈을 타 시마이야 주변을 청소하고 물을 뿌리며 오하쓰는 콧노래를 흥얼거리고 있었다.

물통에 담긴 물은 아직 차가웠지만, 바닥을 쓸기 위해 허리를 굽힐 때마다 목덜미에 닿는 햇볕이 따뜻했다. 꼭 누가 따뜻한 손으로 어루만지는 것 같다.

그런 오하쓰의 옆을 무거운 등짐을 진 행상인들과 고운 분 냄새를 풍기는 유녀들이 걸어갔다. 말이며 가마도 지나간다. 심부름꾼과 소매를 걷어 올린 상회의 견습 일꾼들이 그 틈을 요리조리 헤치고 달려간다. 거리 곳곳에 놓인 간판도 봄볕을 맞아 한층 아름답게 빛나고 있다.

에도는 정말 아름다운 도시야. 이곳에서 태어난 나는 정말 행운아고. 새삼 그런 생각에 젖은 오하쓰였다.

하지만 이때 묘한 광경을 목격했다. 방금 지나간 여자의 소맷자락에 피가 묻어 있었다.

오하쓰는 놀라서 눈을 깜빡거렸다.

차림새를 보아하니 상회의 안주인 같았고, 곁에 따르는 이도 있다. 오하쓰가 있는 곳에서는 뒷모습만 보이지만, 늘씬한 몸매에 몸가짐도 단정하다.

오하쓰는 눈을 끔뻑였다. 잘못 봤는지도 모른다.

하지만 눈을 부릅뜨고 자세히 봐도, 여자의 소매 끝에 젖은 듯한 붉은색이 보인다. 살짝 묻은 게 아니라 흠뻑 젖어서 금방이라도 바닥에 떨어질 것 같다.

잠시 망설이던 끝에 오하쓰는 바닥에 물통을 내려놓고 잰걸음으로 달려가 말을 걸었다.

"실례합니다."

서른이 조금 넘은 야무진 얼굴의 미인이다. 함께 있던 남자도 돌아본다. 한눈에도 장사꾼임을 알 수 있는 빈틈없는 분위기를 띤 사내였다.

"무슨 일이죠?"

여자는 고개를 갸웃거렸다.

"소매에 피가 묻었어요. 어디 다치셨나요?"

오하쓰의 말에 여자는 얼굴을 찌푸리며 소맷자락을 살펴보았다. 그러더니 다시 오하쓰를 보았다가 곁에 있던 남자와 눈을 마주치고는, 한 번 더 양 소매를 만지며 재차 물었다.

"어디에 묻었다는 거죠?"

오하쓰는 놀랐다. 세 살 먹은 어린애도 알 정도로, 금방이라도 바닥에 떨어질 것처럼 피가 흠뻑 묻었는데.

"여기 소매에요. 보이지 않으세요?"

여자는 탁, 하고 오하쓰의 손을 뿌리쳤다.

"대체 당신 누구죠? 그런 불길한 소리를 하다니, 무슨 꿍꿍이가 있는 게 틀림없네."

지나가던 사람들이 여자의 큰 목소리를 듣고 웅성거리며 걸음을 멈췄다.

"무슨 일이지? 소매치기야?"

지레짐작하는 목소리가 들렸다. 에도 사람들은 성미가 급하다. 사람들이 주변을 에워싸고 웅성거리자, 오하쓰는 당황해 어찌할 바를 몰랐다. 몇 번이나 소매에 피가 묻었다고 말해도, 얼토당토않은 소리 말라며 성을 낸다. 그러던 끝에 멀쩡하게 생겨서 발칙한 짓을 저지르는 계집애다, 지신반(구역 자치를 담당하는 곳으로, 현재의 파출소, 주민 센터, 마을 회관을 합친 역할을 했다)으로 끌고 가자는 말까지 나와서 식은땀이 흘렀다. 잘못도 없는데 지신반이라니 당치도 않다. 아는 사람이 없는지 주변을 둘러보았다. 그 와중에도 밀고, 쿡쿡 찌르고, 정말 소매치기 취급이다.

그 순간 누군가가 구원의 손길을 내밀었다.

"정말 감사합니다."

시마이야의 안쪽 작은 방에서 오하쓰와 오요시는 나란히 고개를 숙였다.

시마이야는 오하쓰와 올케인 오요시가 함께 꾸려 가는 작은 식당이다.

"인사는 그만 됐네."

오하쓰를 궁지에서 구해 준 무사는 눈가에 주름이 한층 깊어질 정도로 인자하게 웃었다. 간소한 옷차림에 검을 차고 손에 삿갓을 들었다.

아까부터 제발 존함을 알려 달라고 청해도 이리저리 말을 돌리기만 한다. 입은 옷에도 문양은 없지만, 고급스러운 만듦새를 보니 지체 높은 신분임이 틀림없다.

"나리께서 나서 주시지 않았다면 큰일을 당할 뻔했습니다."

"정말이에요. 새언니는 꼭 중요할 때 가게를 비우잖아요. 정말 간이 콩알만 해졌다고요."

사람들이 모인 걸 보고 다가온 이 무사 나리가 소동의 발단이 된 여자를 조용하지만 위엄 있는 목소리로 설득해 준 것이다.

"먼저 품 속을 확인해 보시게나. 없어진 물건이 없다면 이 자리는 이 늙은이를 봐서 그냥 넘어가 주지 않겠나."

애초에 없어진 물건이 있을 턱이 없다. 그제야 오하쓰는 풀려났다. 그리고 그대로 발길을 돌리려는 무사를 시마이야까지 모시고 와서 마침 장을 보고 돌아온 오요시와 함께 공손히 인사를 올리게 된 것이다.

"이제 됐네, 됐어. 그보다……."

무사는 오하쓰가 내온 찻잔을 들고 가게 간판을 돌아보며 말했다.

"나는 시정을 지날 때마다 식당에 걸린 저 간판을 보면서 무슨 뜻일까 항상 궁금해했다네."

시마이야의 간판에는 '도깨비'와 '여자아이'가 그려져 있다. 귀신 하나에 여자아이 둘. 최근에 새로 그려 넣었기에 크기는 작아도 사람들의 눈길을 끌었다.

"조림을 잘하는 집은 모두 저런 간판을 내겁니다." 오요시가 대답했다.

"도깨비와 여자아이를 합쳐 '오니시메'라는 말장난이죠일본어로 도깨비는 오니, 여자아이(공주)는 히메라고 한다. 둘을 합치면 오니히메로, 조림을 뜻하는 오니시메와 발음이 비슷한 것을 이용한 언어 유희. 다른 집에서는 보통 도깨비와 여자아이를 하나씩 그려 넣지만, 저희는 여자 둘이서 꾸려 나가기 때문에 아이를 하나 더 그렸답니다."

"오호라. 그런 깊은 뜻이 있었군."

무사는 고개를 끄덕였다.

"아닌 게 아니라 아리따운 여인이 둘 있는 가게로고."

"도깨비도 있답니다." 오하쓰가 말했다.

"도깨비? 그게 누군가?"

"아가씨도 참." 오요시는 시누이를 나무라는 시늉을 하더니, 웃으며 말했다.

"아가씨의 오라비이자 제 바깥사람이 말단이나마 공무를 맡아보고 있습니다. 어떤 이들은 도깨비라 부르기도 해서……."

"그럼 자네 바깥양반이 도리초의 로쿠조 행수인가?"

"네. 나리께서도 아십니까?"

"이 근처에 도리초의 로쿠조를 모르는 자가 있던가. 허나 로쿠조의 누이라면 아까 사람들에게 왜 그리 말하지 않았지?" 무사는 오하쓰를 보며 물었다. 오하쓰는 당치도 않다는 듯 어깨를 움츠리며 말했다.

"소매치기로 오인될 만한 행동을 했다는 사실을 알면 오라비의 불호령이 떨어질 거예요. 저는 그게 훨씬 무섭습니다."

무사는 웃었다. 젊은이처럼 기운찬 목소리였다.

"그랬구먼. 이 일이 로쿠조의 귀에 들어가지 않도록 조심해야겠어. 허나……."

그는 진지한 표정으로 말을 이었다.

"오캇피키(관리로 일하는 무사들의 수하. 범인을 수색하거나 체포할 때 앞잡이 노릇을 했다)의 누이답지 않은 실수를 했군. 정말 그 여인의 소맷자락에 피가 묻은 것처럼 보였나?"

오하쓰는 말문이 막혔다. 이쯤 되니 자신이 본 것이 진짜인지, 아니면 헛것을 보았는지 스스로도 혼란스러웠다.

곁에 있는 오요시 역시 무릎 위에 손을 모으고 시원스런 눈으로 물끄러미 오하쓰의 대답을 기다리고 있었다. 그 모습을 보니 더욱 입이 떨어지지 않았다.

"저는 분명히 봤다고 생각했습니다. 하지만 그 자리에 있던 사람들은 아무도 보지 못했다고 하더군요."

고개를 들고 무사의 사려 깊은 얼굴을 똑바로 바라보았다.

"나리께서는 어떠셨습니까?"

"으흠, 내 눈에도 아무것도 보이지 않았네."

"아가씨가 조금 예민했던 모양이네요."

오요시가 금방 한마디 거들었다. 성미 급한 로쿠조와 부부로 사는 게 신기할 만큼 느긋한 성격의 오요시답지 않은 가벼운 어조였다. 염려하는 마음을 애써 내비치지 않으려는 것이다.

오하쓰는 올케의 마음 씀씀이가 고마웠지만, 한편으로는 마음이 무거웠다.

난처해하던 차에 때마침 누가 문을 열고 들어왔다. 오하쓰는 반갑게 맞이했다.

"나오지 오라버니, 이제 오세요."

시마이야 입구에 들어선 이는 바로 오하쓰의 둘째 오라비인 나오지였다.

볕에 그을린 얼굴에 등판에 뜰 정庭자가 들어간 남색 한텐작업복으로 입는 짧은 겉옷을 걸쳤고, 로쿠조보다 머리 하나는 크다. 직업은 정원사인데 벌써 오래전부터 집을 나와 우에키마치에서 혼자 살며 시마이야에는 가끔 생각날 때마다 불쑥 찾아온다. 그편이 일터와 가깝고 마음도 편한 까닭이다.

"근처에 일이 있어서……."

들렀는데, 라고 말하려다 나오지는 입을 다물었다. 그는 자못 놀란 눈으로 무사의 얼굴을 바라보았다. 생각지도 못한 곳에서 뜻밖의 인물을 만났다는 표정이다.

오하쓰가 무사를 바라보니 그 역시 뜻밖이라는 듯 호오, 하고 나지막하게 중얼거렸다.

"제 시동생입니다만……."

오요시가 조심스레 말했다.

“흐음. 그래……. 여기가 자네 집이었군.”

무사는 턱을 쓸더니 나오지를 향해 말했다.

“나리께서는 혼자 나오셨습니까?”

“음, 산책 삼아 혼자 나왔네.”

짤막하게 대답한 무사는 두 사람의 얼굴을 번갈아 바라보는 오하쓰를 향해 싱긋 웃으며 일어났다.

“어쩌다 보니 오래 앉아 있었군. 미안하네.”

삿갓을 집어 든 무사는 다시 한 번 무언가를 당부하듯 힐끗 나오지를 보았다. 오하쓰의 눈에는 나오지가 살짝 고개를 끄덕인 듯 보였다.

“그럼 로쿠조 행수에게는 비밀로 해 두겠네.”

무사는 오하쓰에게 장난스럽게 웃으며 말하고는 밖으로 나갔다. 오하쓰와 오요시는 그 뒤를 좇아 나가 공손히 인사했다. 무사의 뒷모습이 사라지자, 오하쓰는 황급히 물었다.

“나오지 오라버니, 저 무사 나리를 알아요? 어디 사는 누구세요? 우리한테는 가르쳐 주시지 않더라고요.”

“하타모토(막부 최고 지휘자인 쇼군의 직속 가신 중에서도 쇼군을 알현할 수 있는 신분의 상급 무사) 나리시다.”

무뚝뚝한 대답이었다. 어디 사느냐고 묻는 말에 니혼바시라고 대답하는 꼴이다.

“하타모토 나리라니…….”

“전에 몇 번 정원을 돌보러 댁에 찾아뵌 적이 있는 분이야. 그보다…….”

이번에는 나오지가 물었다.

"어째서 저 나리께서 우리 집에 오셨지?"

오하쓰는 일의 전말을 이야기했다.

"너란 애도 참……. 왜 그런 경솔한 짓을 했어."

나오지는 쓴웃음을 지으며 말했다.

"뭐, 어찌 보면 너다운 짓이기는 하다만."

"오라버니도 참. 그때는 정말 봤다고 생각했어요."

"정말이에요?" 오요시가 다시 걱정스레 물었다.

"글쎄요. 이제 잘 모르겠어요."

오하쓰는 웃으며 대답했다.

"어디 아픈 건 아니고?"

나오지가 물었다.

오하쓰는 오요시의 얼굴을 보았다. 표정을 보면 알 수 있다. 분명 아까부터 오요시도 같은 질문을 하고 싶었던 것이다……. 하지만 어째서 묻지 않았는지도 오하쓰는 잘 알고 있었다.

"전 멀쩡해요."

오하쓰는 가슴을 탁 치며 대답했다. 나오지는 오요시를 향해 웃으며 말했다.

"형수님, 너무 걱정 마세요. 보세요, 얘를 보고 병이 놀라서 달아날걸요."

"아무것도 아니면 됐어요."

오요시는 그제야 웃음을 지었다.

"그렇다니까요. 부탁이니까 로쿠조 오라버니께는 비밀로 해 주세요. 걱정 끼치기 싫어요."

"걱정만 끼치면 다행이게. 혼쭐이 날걸."

오하쓰는 장난스레 나오지를 툭 때렸다. 로쿠조와는 서로 얼굴만 맞대면 티격태격하지만, 이런 장난을 치는 사이는 아니다. 무슨 일이든 먼저 호통부터 치고 보는 성미 급한 큰 오라비도 재미있지만, 오하쓰는 항상 온화하고 조용한 이 둘째 오라비를 좋아했다.

맏이인 로쿠조는 올해 서른여섯 살이다. 둘째인 나오지가 스물셋, 오하쓰가 열여섯이니 나이 터울이 많이 나는 오누이다. 양친은 오하쓰가 세 살 때 화재로 세상을 떴다. 그 후부터 로쿠조와 오요시가 부모처럼 오하쓰를 키웠다.

"새언니, 그러니까 정말 걱정 말아요."

오하쓰는 다시 못을 박았다. 오요시의 속내를 살짝 읽은 것 같았기 때문이다.

"자, 그럼 오늘은 입 다무는 대가로 맛난 저녁을 얻어먹어야겠는데."

나오지는 태평스런 어조로 말했다.

2

그날 밤이었다.

밀초 도매상인 가시와야에서 심부름꾼을 보냈다. 그중 한 사람은 틀림없이 오하쓰가 낮에 본 여인을 따르던 남자다. 남자는 자신을 가시와야의 행수인 세이타로라고 소개하고 고개를 숙였다.

또 다른 사람은 연배가 있는 사내로, 지배인인 야스케라고 했다. 낮에 보았던 여인은 가시와야의 안주인인 오세이였다.

"우연히 낮에 일어난 일을 보았던 자에게 나중에 이야기를 들었습니다. 저희 집 하녀 일로 고생하시는 로쿠조 행수님의 누이동생이신지도 모르고 큰 결례를 범했습니다. 이건 약소하지만 가시와야에서 사과의 뜻으로 드리는 물건이니 부디 받아 주십시오."

술통과 과자 꾸러미. 오하쓰와 오요시는 어쩔 줄 몰라 하며 쓴웃음을 지었다. 평소에는 눈코 뜰 새 없이 바쁘던 로쿠조가 하필 오늘 밤은 안방에 떡하니 버티고 있었기 때문이다.

오하쓰는 된통 혼쭐이 났다.

"왜 그런 경솔한 짓을 했어!"

도리초 거리에 로쿠조 행수의 호통 소리가 쩌렁쩌렁하게 울려 퍼졌다.

"내가 평소에도 남의 일에 참견하기 전에는 다시 생각하고, 속으로 열까지 세고 나서 움직이라고 귀에 딱지가 앉게 말하지 않았더냐. 그런데도 이런 일을 벌여?"

오라버니 말대로 귀에 딱지가 앉도록 들었으니 이제 그만 좀 했으면. 오하쓰는 부루퉁한 얼굴로 생각했다.

"진짜 봤단 말이에요."

조금 전까지만 해도 본인 역시 헛것을 본 거라며 고개를 끄덕였지만, 이렇게 심하게 야단을 맞으니 오기가 치밀었다.

오누이의 성격을 잘 아는 오요시는 늘 그랬듯 스모 시합을 일시

중지시키는 심판처럼 둘 사이에 끼어들었다.

"당신도 그쯤 했으면 됐어요. 이미 지난 일이고, 아가씨 잘못만도 아니잖아요. 지레짐작하고 일을 크게 만든 건 상대라고요."

"정말이지 너란 녀석은."

로쿠조는 콧김을 씩씩대며 말했다. 싸한 분위기를 바꿔 보려 나오지가 말문을 열었다.

"너하고 실랑이를 벌였던 사람이 가시와야의 여주인이라니. 도리초도 참 좁단 말이야."

"실랑이한 적 없어요."

"알았다, 알았어. 그나저나 형님, 하녀 일로 고생한다는 게 무슨 말입니까?"

"실은…… 나도 그 일로 골머리를 앓던 참이다."

로쿠조는 턱을 긁적이며 몸을 내밀었다. 누이를 야단치던 얼굴에 다른 빛이 감돌았다.

"가시와야에서 또 하녀가 도망을 쳤어."

"어머…… 또요? 그 소문 때문인가요?" 오요시가 목소리를 낮춰 말했다.

가시와야는 도리초의 터줏대감인 전통 있는 가게다. 오하쓰가 만난 오세이는 선대 주인의 외동딸로 오 년 전에 데릴사위를 들여 대를 이었다. 그가 바로 현재 주인인 우사부로다.

우사부로는 다테가와초의 작은 채소 가게에서 둘째아들로 태어났다. 열 살이 되던 해 가시와야에 고용살이 일꾼으로 들어왔고, 오세이의 남편감 후보에 올랐을 때는 가게 행수들 중에서도 가장 젊은 나이였다.

우사부로는 말수가 적고 성실한 사내로 상회도 잘 꾸려 나갔다. 고용살이 일꾼에서 주인으로 벼락출세했다고 거들먹대지도 않았다. 외려 아랫사람의 마음을 잘 헤아리는지라 일꾼들도 믿고 따랐다. 물론 사위로 들인 데는 그의 성실함과 근면함을 높게 산 이유도 있지만, 선대 주인이 우사부로에게 홀딱 반한 외동딸의 간청을 이기지 못하고 그를 데릴사위로 받아들였다는 이야기는 도리초에서 모르는 이가 없다. 그런 까닭에 처음에는 도리초의 다른 가게 주인들도 우사부로를 바라보는 눈길이 곱지 않았으나, 이 년이 지나자 장사 수완을 인정받아 우사부로의 지위도 확고해졌다.

그런데 그런 우사부로가 반년 전에 돌연 원인 모를 병으로 쓰러져 자리에 누웠다.

게다가 그 병은 돌림병이라 남에게 전염된다는 소문까지 퍼지기 시작했다.

두 달 전에 우사부로의 병구완을 하던 하녀가 도망을 친 일이 발단이었다. 화가 난 가시와야에서는 관청에 신고했고, 로쿠조가 어렵사리 도망친 하녀를 찾아냈지만 죽어도 가게로 돌아가지 않겠다고 떼를 썼다.

"주인 어른 수발을 들다 보면 저까지 몸이 아파요."

아닌 게 아니라 하녀가 호소한 증상은 몸져누운 우사부로의 병증과 똑같았다. 두통에 울렁증. 때때로 열도 난다. 하지만 하녀의 증상이 우사부로보다 훨씬 가벼웠다.

그런 소문이 돌자, 가시와야를 찾는 손님들의 발길이 뚝 끊겼다.

하지만 본래 기가 센 오세이는 그런 소문은 한 귀로 흘려 버리고, 끈질기게 찾아오는 수상한 기도사와 점쟁이들을 문전에서 쫓으며 가게를 꾸려 왔다.

가시와야 앞에서 돌림병을 쫓는 부적을 팔던 사이비 무녀에게 오세이가 찬물을 퍼부었을 때에는 로쿠조도 바로 곁에 있었는데, 가슴이 뻥 뚫린 듯 후련했다.

오세이의 단호한 태도와 우사부로를 진료하던 사카키바라 의원의 "의원인 내가 하는 말이니 틀림없네. 가시와야 주인의 병은 남에게 옮는 게 아니야"라는 냉정하고 침착한 말 덕에, 요즘에는 가게도 조금씩 제자리를 찾는 듯했다.

그런데 도망친 하녀의 존재가 잠잠해진 소문을 들쑤신 것이다.

"이번에 도망친 하녀의 이름은 오쓰네, 나이는 열여덟 살로 역시 우사부로의 병구완을 했어."

"언제 도망쳤는데요?"

"사흘 전 밤에. 나가는 모습을 본 사람은 없고, 행적도 묘연해. 대단한 물건은 없지만 짐도 깨끗하게 정리해 놓았어."

"역시 병이 옮을까 무서워서 도망친 걸까요?"

"지금으로서는 그것밖에 이유가 없지."

로쿠조는 짜증스레 말했다.

"없어지기 전에 오쓰네가 다른 하녀에게 '주인 어른 방에 있으면 속이 메슥거린다'고 말했다더군. 일하는 하녀도 점점 줄어들어서 이제는 나이 어린 부엌데기밖에 남지 않았지만, 어리다고 사정을 모르겠나. 오쓰네가 없어지자마자 잔뜩 겁에 질리는 바람에 달래느라 진땀을 뺐어."

"일이 참 복잡해졌네요." 나오지가 중얼거렸다.

"그렇지. 이번에 허무맹랑한 소리를 지껄이는 녀석들이 또 나타나면 예전과는 비교도 되지 않을 만큼 일이 커질 거야. 가시와야에서도 그걸 걱정하는지 서슬 퍼런 안주인도 얼굴에 수심이 가득하더군."

"그래서 비밀리에 일을 처리하려 했군요." 오요시가 평소보다 나긋나긋한 목소리로 말했다.

"음. 원칙적으로는 도망친 하녀를 찾아 달라고 정식으로 요청해야겠지만, 사정이 사정이니만큼 어쩔 수 없지. 가시와야도 참 딱하게 됐어."

오하쓰는 별일 다 보겠다고 생각했다. 도리초의 행수인 로쿠조는 저울처럼 공정하기로 소문나서 어떤 일이든 눈감아 주는 법이 없을뿐더러 에도 성의 돌벽보다 더 완고하다는 평판을 들었고, 그게 신조인 오캇피키였다.

"잘하셨어요."

"정말요." 오하쓰도 맞장구를 쳤다.

"오라버니 입장이 난처하면 내가 내일 가시와야를 찾아가 사과할게요. 그런 상황에서 불길한 소리를 했으니 화낼 만도 하네요."

기분이 풀렸는지 로쿠조는 나오지에게 한잔하자고 권했다. 오요시와 오하쓰가 술상을 내왔다.

"오라버니는 가시와야의 오세이 씨를 아세요?"

오하쓰는 로쿠조에게 물었다.

"가게 주인 얼굴도 모르고 어떻게 오캇피키 일을 하누."

"어머, 정말 그뿐이에요?" 오요시가 비아냥대듯 말했다.

"오세이 씨는 젊었을 적에는 도리초에서도 소문난 미색이었다면서요. 우사부로 씨와 혼인했을 때 눈물 흘린 사내가 한두 명이 아니었다던데."

"그러고 보니 대단한 미인이긴 했어요." 오하쓰가 말했다. 조금 쌀쌀맞은 느낌도 들지만 첫 만남이 그랬으니 이해해야겠지.

"오라버니도 그 사내 중 하나였나 보죠?"

"어허, 허튼소리 말아."

오하쓰는 웃으며 술통을 들었다. 묵직했다.

그 순간, 두통을 느꼈다. 관자놀이에서 반대편 관자놀이로 날카로운 침이 꿰뚫고 지나간 듯 눈앞이 핑핑 돌며 주변이 새카매졌고, 오하쓰는 귀를 찌르는 세찬 외침을 들었다. "살려 주세요, 살려 주세요, 살인자!"

통을 든 손이 화상을 입은 듯 뜨거웠다. 저도 모르게 통을 떨어뜨리자 요란한 소리를 내며 내용물이 쏟아졌다.

그것은 새빨간 피, 피, 피였다. 바닥 위에도, 오하쓰의 손에도, 발에도, 소맷자락에도, 기모노 자락에도 피가 튀었다. 방금 여기서 살인이 일어난 것처럼. 그리고 다시 귀를 찌르는 비명 소리가 들렸다.

"살인자!"

오하쓰는 정신을 잃었다.

3

이튿날.

이른 아침부터 사카키바라 의원이 오하쓰를 진료하려 다녀갔다. 가시와야를 둘러싼 흉흉한 소문을 단호하게 물리친 일 이후로 로쿠조는 이 젊은 의원의 됨됨이에 감복하여, 어제도 제일 먼저 이 의원에게 전갈을 보냈다.

어젯밤의 끔찍한 광경은 이번에도 오하쓰의 눈에만 보였다.

가족들에게 그 이야기를 들었을 때 오하쓰는 도저히 믿을 수 없었다. 그렇게나 손에 잡힐 듯 생생하고 피비린내가 진동하는 광경이었는데, 그게 어떻게 헛것이란 말인가.

하지만 오하쓰를 제외한 누구도, 로쿠조, 나오지, 오요시에 이르기까지 아무것도 보지 못했다고 했다. 그들이 본 건 비명을 지르며 술통을 떨어뜨리고 자리에 쓰러진 오하쓰의 모습뿐이었다.

유심히 오하쓰의 눈을 들여다보는 의원의 모습을 오요시는 바싹 마른 입술을 깨물며 바라보았다.

"별 이상은 없는 것 같습니다만."

사카키바라 의원은 천천히 말했다.

"어디 아픈 곳은 없나?"

"없어요."

오하쓰가 대답했다.

"일단 안정을 취하게. 잠시 지켜보도록 하지."

의원을 배웅 나간 오요시는 한참 뒤에 돌아왔다. 그녀는 살짝 미소 짓더니 오하쓰의 머리맡에 앉았다.

"좀 어때요?"

"이제 아무렇지도 않아요. 걱정 끼쳐서 미안해요."

오하쓰도 억지로 미소를 지었다. 그렇게라도 해서 서로의 마음을 편하게 해야 한다는 생각이 들었기 때문이다.

"아가씨." 오요시는 잠시 망설이며 말했다.

"지금 달거리중이죠?"

오하쓰는 고개를 끄덕였다. 그저께부터다. 오하쓰에게는 두 번째였다. 지난달 이맘때쯤 처음 달거리를 시작했을 때에는 몸이 좋지 않아서 힘들었지만, 이번에는 그런 증상은 없었다. 여자라면 누구나 그렇듯, 그저 지겨울 따름이었다.

"원래 달거리를 할 때는 누구나 조금 예민해지거나 짜증이 나는 법이에요. 나도 그렇고."

"의원님도 그렇게 말씀하셨어요?"

오요시가 들어오는 데 시간이 걸린 건 의원과 그 이야기를 나눴기 때문이리라.

"그게 원인일 수도 있다고 말씀하셨어요."

오하쓰는 입을 다물었다. 차라리 사카키바라 의원이 조금만 더 나이가 들었어도 이리 겸연쩍지는 않을 텐데.

"게다가 아가씨는 아직 시작한 지 얼마 되지 않았잖아요."

"알았어요. 새언니도 이제 걱정하지 마세요. 어제부터 계속 나 때문에 속앓이를 했잖아요."

오요시는 대답 대신 싱긋 웃었다.

"자, 얌전히 누워서 쉬어요. 난 잠깐 장 보러 다녀올 테니까."

그 무렵, 로쿠조는 이치코쿠바시 앞에 있었다.

아침 댓바람부터 젊은 남자의 시신이 떠올랐다는 소식을 들었기 때문이다. 이치코쿠바시는 니혼바시의 북쪽 니시가시초 부근에 있는 다리다.

"제 발로 뛰어들었나 봅니다."

시체 곁에 있던 로쿠조가 마치에도 시대에 평민들이 살던 곳을 '마치'라고 한다 순시관 도신서무와 경찰 일 등을 맡아 했던 하급 관리인 이시베 세이시로를 보고 일어나 말했다. 로쿠조는 이시베의 위임을 받아 공무를 수행하고 있다.

"어디 사는 누군가?"

다부지기는 해도 다소 덩치가 작은 로쿠조에 비해 이시베는 당장 모래판 위에 서도 문제없는 거한이다. 서둘러 왔는지 숨을 헐떡이고 있다.

"아주 비쩍 말랐군."

"병석에서 일어난 지 얼마 되지 않은 것 같습니다. 신원을 알 수 있을 만한 물건은 찾지 못했습니다."

"일이 복잡해지겠군."

이시베는 혀를 찼다.

"보시다시피 얼굴이 멀쩡하고 몸도 깨끗합니다. 아직 붓지 않은 걸 보니 어젯밤에 뛰어든 모양입니다. 혹시나 해서 이 근처에 아는 사람이 없나 찾아보고 있습니다."

로쿠조는 다시 한쪽 무릎을 꿇고 한 손으로 염불을 왼 다음 시신을 명석에 눕혔다. 그러고는 아랫사람에게 지시해 지신반까지 운구하게 했다. 몰려들었던 구경꾼들도 썰물 빠지듯 흩어졌다.

근방을 돌며 조사하고 돌아온 수하들의 이야기로는 어젯밤 이 근처에서 수상한 사람이나 소리를 보고 들은 사람은 없었다고 한다. 단, 니혼바시가와 강을 조금 거슬러 올라간 곳에 있는 제방 위에 가지런히 벗어 놓은 짚신 한 켤레를 발견한 모양이다.

"그 밖에 다른 물건은 없었나?"

"네. 지저분한 짚신밖에 없었습니다. 사정이야 뻔하죠. 노름에 가산을 탕진하고 낙심한 나머지 풍덩 뛰어든 게 아니겠습니까."

"짐작만으로 해결되는 일은 없지. 일단 신원을 밝혀내게. 용모파기容貌疤記를 만들어 관원에게 넘기고. 하루라도 빨리 식구들에게 돌려보내 주지 않으면 이이도 편히 눈을 감지 못할 거야."

"로쿠조 오라버니는 뭐라고 하세요?"

오하쓰가 물었다.

"사카키바라 의원님께 맡겨 두면 걱정 없으니 시키는 대로 하라고."

어느새 초저녁이다. 술시저녁 여덟시를 알리는 탁한 종소리가 들렸다. 비가 한바탕 쏟아질 모양이다.

"의원님은 걱정할 필요 없다고 하셨다면서?"

나오지가 말했다. 나오지는 조금 전에 일을 서둘러 마치고 오하쓰를 들여다보러 들렀다.

"네."

대답하며 오하쓰는 이불에 얼굴을 묻고 생각에 잠겼다. 내 눈에 비친 환영, 이 증상은 애초에 질병이 아니다. 그러니 사카키바라 의원이 아무리 명의라도 원인을 밝혀낼 수 있을 리 없다.

"오하쓰."

팔짱을 끼고 아득한 곳을 바라보던 나오지가 고개를 돌려 말을 걸었다.

"어젯밤 본 환영과 그전에 본 가시와야 안주인의 소매에 묻은 피에 대해 다시 한 번 자세히 이야기해 보렴."

오하쓰는 둘째 오라비가 시키는 대로 했다. 이번이 세 번째다.

"왜 계속 같은 걸 묻는데요?"

나오지는 잠시 생각에 잠기더니, 혼잣말처럼 중얼거렸다.

"몇 번을 물어도 같은 소리를 하는군."

"그야 본 대로…… 아니, 봤다고 생각하는 대로 말하니까 그렇죠."

"네가 본 환영은 모두 가시와야와 관련이 있잖아. 그게 마음에 걸려서 그래."

듣고 보니 그랬다. 오세이의 소맷자락에 묻은 피. 행수인 세이타로가 가져온 술통.

"그리고 네가 들은 비명 소리 말이다."

따뜻한 이불 속에서 오하쓰는 몸서리를 쳤다.

"살인자! 라고 외쳤어요."

"어떤 목소리인지 기억하니? 남자인지, 여자인지, 아이인지, 아니면 노인인지?"

"그게…… 젊은 처녀 목소리였던 것 같아요. 안간힘을 다해 부르짖는 듯한 소리였어요."

"가시와야에서 일하던 오쓰네라는 하녀가 사라졌다고 했잖아."

나오지는 천천히 말했다.

"그 일과 네가 들은 비명이 뭔가 연관이 있는 게 아닐까?"

오하쓰는 바로 대답이 나오지 않았다.

"연관이라니……. 왜 그렇게 생각하는데요? 대체 무슨 연관이 있다는 거예요?"

"혹시나 해서 하는 소리인데."

혹시나, 를 강조하며 나오지는 말을 이었다.

"오쓰네라는 하녀가 실은 도망친 게 아니라 무슨 일에 말려들어 죽었든지, 혹은 살해되었다고 생각해 볼 수도 있지 않을까. 그걸 알리려고 너에게 호소하는 거라면."

오하쓰는 떡 벌어진 입을 다물지 못했다. 도대체 무슨 황당한 소리를 하는 거야?

"내가 무슨 점쟁이예요? 오라버니, 예전에 한창 연극에 빠져 살더니, 거기서 그런 이야기를 들은 거예요?"

나오지는 웃음을 터뜨렸다.

"아니야. 훨씬 믿을 만한 소식통에게 그런 이야기를 들은 적이 있어서."

"불길한 이야기네요."

"그러게 말이야……. 아무튼 그럴지도 모른다는 얘기야. 나도 신경이 쓰여서 가시와야 일을 맡아보았던 동료에게 슬쩍 물어봤거든.

녀석 말에 따르면 오쓰네라는 처녀는 병든 행수를 살뜰하게 돌봤다고 해. 눈에 띄는 처자는 아니었지만 심성이 곱고 바지런했다는군. 그런 처녀가 병든 사람을 내버려두고 말 한 마디 없이 도망쳤을까."

"하지만 사람 마음이란 게 어디 한결같나요. 자기도 몸이 안 좋아지니까 덜컥 겁이 났나 보죠. 아무래도 고용살이 일꾼은 몸이 재산이니까요."

에도에는 돈을 벌겠다고 맨몸으로 상경한 이들이 수없이 많다. 그만한 사람들이 먹고살 수 있는 일자리가 있기 때문이다. 하지만 그건 어디까지나 몸이 튼튼할 때의 이야기다. 병에 걸리거나 다쳐서 움직이지 못하게 되면 금세 입에 풀칠하기도 어렵게 된다. 화려하고 풍족해 보이는 이 거리는 그 어디보다 '돈이 웬수'라는 말이 들어맞는 곳이다.

나오지가 방에서 나가고 난 뒤, 비가 쏟아졌다. 빗소리를 들으며 오하쓰는 눈을 감고 잠을 청했다.

잠시 후, 그녀는 베개에 머리를 댄 채 눈을 번쩍 떴다.

4

사흘 후, 로쿠조는 강에 떠오른 시신의 신원을 알아냈다는 연락을 받았다.

도리초에 사는 도베라는 통 가게 주인이 반년 전까지 제 밑에서 일하던 게이타라는 남자인 듯하다고 신고한 것이다.

"틀림없습니다. 게이타가 맞습니다."

시신의 얼굴을 확인한 도베는 그렇게 말했다. 그는 부패하기 시작한 시신의 이마에 손을 살며시 얹고 참 딱하기도 하지, 하고 중얼거렸다.

"제법 성실한 일꾼이었는데 재수 없게도 폐병에 걸려서……. 원래는 가와고에 태생으로, 거기서 농사를 짓는 형 내외가 있다기에 그곳에서 당분간 요양하다 다시 돌아오라고 했는데……."

"상태를 보아하니 병에 차도가 없었던 모양이군. 왜 다시 에도로 돌아왔을까?"

글쎄요. 도베에는 고개를 저었다.

"다시 일할 생각이었다면 저한테 기별을 했을 겁니다. 예의 바른 녀석이었거든요."

"에도에 피붙이는 없나?"

"제가 알기로는 없습니다."

"자네 가게에서 일할 때는 데리고 살았나?"

"아닙니다, 따로 살았죠. 거기가 아마…… 그래, 스즈키초 쪽에 살았다고 들었습니다. 초롱장이라는 뒷골목 나가야에도 시대에 평민들이 모여 살던 공동 주택 형식의 건물. 이웃들끼리 교류가 잦은 구조라 하나의 공동체와도 같아, 고유 이름을 가진 곳도 많았다였죠."

그 말을 들은 로쿠조는 수하 하나를 가와고에로 보내고 직접 스즈키초로 발걸음을 했다.

나가야는 이름만 다르지 실상은 어디나 비슷비슷하다.

초롱장 역시 운치 있는 이름과는 정반대로 별 볼 일 없는 허름한 외관이었지만 관리인은 야무지고 제 소임에 충실한, 말 그대로 초롱불빛처럼 환한 사내였다. 게이타에 대해서도 세세하게 기억하고 있었다.

"집세를 밀린 적도 없고, 일도 열심히 했습니다. 그 나이 또래 사내치고는 술이나 여자를 밝히지도 않았고, 근처 아낙들에게도 평이 좋았습니다. 저도 그런 세입자를 마다할 이유는 없으니 병이 나으면 다시 우리 나가야로 오라고 일러 두었죠."

"가깝게 지낸 사람은 없나?"

"글쎄요……. 워낙 말수가 적고 얌전한 이여서 남의 친절은 고맙게 받았지만, 자기가 먼저 남에게 다가간 적은 없었습니다. 아니, 저도 한 번 중신을 섰다 거절당한 적이 있지요. 옆 동네 작은 담뱃가게 외동딸로, 나쁘지 않은 혼처라 생각했는데 내키지 않는다지 뭡니까."

다시 생각해도 아쉽다는 투였다.

"따로 여자가 있었나 보지."

만일 그렇다면 그 여자를 만나러 에도로 돌아왔을지도 모른다. 로쿠조는 그리 짐작했지만 관리인은 웃으며 손사래를 쳤다.

"당치도 않습니다. 게이타한테 여자라니요. 짐작건대 통 가게 주인에게 말을 꺼내기 어려워서 혼담을 거절했을 겁니다. 친구 하나 없었는데……."

느닷없이 말을 끊더니 생각에 잠긴 표정을 짓는다.

"아, 그러고 보니 깜빡했군요. 게이타는 비둘기를 키웠습니다."

"비둘기? 혼자 살며 비둘기를 키웠다는 건가?"

"그렇습니다. 그게 유일한 낙이었어요. 다리에 빨간 끈을 묶어 둬서 근처 사람들은 한눈에 알아봤지요. 아주 길을 잘 들여 놓았습니다. 어디 있어도 주인이 휘파람만 불면 금세 날아왔거든요. 가와고에로 돌아갈 때도 작은 새장에 넣어서 데려갔습니다. 동네 애들이 퍽 서운해했죠."

가와고에로 돌아간 게이타가 어째서 에도에서 숨진 채 발견됐을까. 현재로서는 가와고에로 보낸 수하가 돌아오기를 기다리는 수밖에 없다.

그렇게 생각한 로쿠조는 사카키바라 의원이 사는 히라마쓰초로 향했다. 오하쓰의 상태를 정확히 알아 두고 싶었던 까닭이다.

사카키바라 의원은 아버지 대부터 히라마쓰에서 의원을 열었다. 아직 독신으로, 환갑이 다 된 어머니를 모시고 하인 하나를 데리고 산다. 급한 환자가 생기면 직접 약 지게를 짊어지고 뛰어나간다. 집에서 진료를 볼 때에는 항상 문지방이며 현관까지 환자들이 줄을 서곤 했다.

"마침 잘 오셨습니다. 방금 가시와야에서 돌아온 참입니다."

젊은 의원은 싹싹하게 로쿠조를 맞이했지만, 왠지 기운이 없어 보였다.

"우사부로 씨의 용태가 또 나빠졌습니까?"

로쿠조는 서둘러 물었다.

"복통이 심합니다. 일단 약을 먹이고 습포를 붙여 놓긴 했는데 차도가 있을지는 모르겠습니다."

의원은 바닥에 앉아 몸을 움츠리고 있었다. 로쿠조는 말없이 찻잔에 손을 뻗었다. 여기서 내주는 물과 차는 기분 탓인지 약 냄새가 난다. 한쪽 벽을 차지한 커다란 약장과 손때 묻은 약연약재를 갈아 가루로 만드는 기구과 막자사발이 눈에 띄어서 그런지도 모른다.

우사부로의 용태가 좋지 않다는 것은 로쿠조도 알고 있다. 오쓰네 일로 가시와야를 찾아갔을 때 일부러 자리에서 일어나 인사하러 왔기 때문이다. 거칠거칠한 피부와 옷깃 사이로 보이는 야윈 몸을 보니 마음이 아팠다.

'오쓰네가 도망친 것도 이해가 가는군…….'

에도에는 원래 여자가 적다. 마음먹기에 따라서는 주인의 병구완을 하는 것보다 훨씬 편하고 풍족하게 살 수 있는 방법이 얼마든지 있다.

"한심하게 들리시겠지만, 지금 제 힘으로는 우사부로 씨의 고통을 일시적으로 덜어 주는 게 고작입니다."

"의원님의 실력을 의심할 뜻은 추호도 없습니다만, 전염되지 않는 병이 틀림없습니까?"

"그건 보장합니다." 의원은 단호하게 말했다.

"한창 일할 나이의 남자를 그 지경으로 만든 무서운 병입니다. 만일 남에게 옮는 병이었다면 지금쯤 가시와야 사람들은 모두 자리에 드러누웠을 테지요. 저도 마찬가지고요."

의원은 고단한 얼굴로 웃었다.

"이제 와서 말씀드리지만, 모든 수를 동원했는데도 차도가 없다 보니 저도 한때는 병이 아니라 다른 원인이 있을지도 모른다고 생각했습니다."

"다른 원인이라면……."

"독을 마셨을지도 모른다고 생각했습니다."

그 말을 들은 로쿠조는 눈을 번뜩이며 고쳐 앉았다. 의원은 황급히 손사래를 쳤다.

"아니, 지난 일입니다. 제가 헛짚었습니다. 구실을 만들어 은밀히 살펴봤지만 독 같은 건 발견할 수 없었거든요."

식사는 물론 우물물과 살에 닿는 옷가지와 침구까지 샅샅이 살펴봤지만 수상한 구석은 없었다고 한다.

로쿠조는 목소리를 낮췄다.

"그랬군요……. 아니, 의원님이 말씀하시니 하는 말입니다만, 실은 저도 같은 생각을 했습니다."

"행수님도요?"

"네. 원래는 아우인 나오지가 꺼낸 말입니다. 녀석은 이 집 저 집 드나드는 게 일이다 보니 들은 이야기가 많거든요. 우사부로 씨의 증세가 예전에 쥐약을 먹고 동반 자살을 시도했다 실패한 일가의 증세와 똑같다고 하더라고요."

호오, 의원은 감탄한 듯 말했다.

"식견이 뛰어나시군요……. 저도 제일 먼저 비소를 떠올렸죠."

"역시 그러셨군요. 아니, 저도 그때는 나오지의 말에 일리가 있다고 생각했습니다만……."

로쿠조는 고개를 갸웃했다.

"우사부로 씨에게 독을 먹일 만한 사람이 과연 가시와야에 있을까요? 고용살이 일꾼들도 잘 따랐고, 부인인 오세이 씨는 남편에게 홀딱 반해 아버지의 반대를 꺾고 부부의 연을 맺었습니다. 지금도 여자 몸으로 가게를 꾸려 나가며 병든 남편을 극진히 돌보고 있지 않습니까."

의원은 고개를 끄덕였다.

"저도 부인께는 정말 드릴 말씀이 없습니다. 그래서 더 갑갑합니다. 다 제가 부족한 탓이지요."

"저도 그런 사정을 알고 있는지라 설마 하는 생각이 들었습니다. 그리고 정말 독을 먹었다면 의원님이 제일 먼저 알아채셨을 테니까요. 그래서 제 가슴속에만 묻어 두었는데, 의원님도 같은 생각을 하셨군요."

"터무니없는 생각이었죠."

의원은 쓴웃음을 지었다.

"하지만 조금 마음에 걸리는 일이 있습니다."

로쿠조의 말에 의원의 얼굴이 다시 진지해졌다.

"이건 순전히 제 추측입니다만……. 의원님께서는 행수인 세이타로란 자를 어떻게 보십니까?"

"네? 흐음…… 제가 보기엔 성실한 사람 같고, 장사 수완도 뛰어나다고 들었습니다."

"세이타로는 다른 고용살이 일꾼들과는 처지가 좀 다릅니다. 본가는 아이즈의 큰 밀초 가게인데, 가시와야와도 오래전부터 거래를 했다고 들었습니다. 한마디로 장사를 배우러 에도로 온 거죠. 그 때문인지도 모르지만 안주인인 오세이 씨에게도 격의 없이 대하고, 우사부로 씨가 병석에 누운 뒤로는 온종일 오세이 씨 옆에 착 달라붙어 있더군요."

"지금 가시와야는 오세이 씨와 세이타로가 꾸려나가는 셈이나 다름없으니 어쩔 수 없는 일이잖습니까."

이야기가 다른 곳으로 새는 바람에 오하쓰에 대해 물어볼 기회를 놓치고 말았다. 의원이 알아채고 먼저 말을 꺼냈다.

"오하쓰 씨는 좀 괜찮습니까?"

"네, 지금은 많이 안정된 모양입니다." 로쿠조는 한숨 돌리며 대답했다.

"평소에는 지나치다 싶을 만큼 기운 넘치는 아이다 보니 지금이 딱 좋습니다."

"너무 걱정하지 마십시오." 사카키바라 의원은 살갑게 말했다.

"제가 보기에 병은 아닙니다. 원래 젊은 처자들은 예민하지 않습니까. 오하쓰 씨는 활달한 성격이니 금방 좋아질 겁니다."

그 무렵 오하쓰는 가시와야로 향하고 있었다.

몰래 채비를 마치고 오요시가 한눈판 틈을 타 빠져나오는 건 일도 아니다. 시마이야는 평소처럼 성황을 이루었기 때문에 오요시는 혼자서 분주히 손님을 맞이하고 있었다.

오하쓰는 줄곧 지금까지 있었던 일을 제 나름대로 머릿속에서 정리해 보았다. 그러는 동안에도 신경이 쓰여 참을 수 없는 작은 손 거스러미처럼, 나오지의 말은 오하쓰의 마음에 가시처럼 박혀 쿡쿡 찔러댔다.

나오지의 말을 곧이곧대로 믿는 건 아니다. 하지만 이대로 가만히 있는다고 일이 해결되진 않는다. 환영을 본 사람도, 그 때문에 고민하는 사람도 오하쓰다. 어떻게든 원인을 알아내야겠다고 결심을 굳혔다.

새언니 말대로 조금 예민해져 있었는지도 모른다. 하지만 어쩌면 깊은 속사정이 있어서 다른 사람은 보지 못하는 것, 느끼지 못하는 것을 나만 알아챘을 수도 있는 일 아닌가.

봄바람을 타고 제비 한 마리가 오하쓰 앞을 상쾌하게 가로질렀다.

'저 제비만 해도 그래. 눈이 밝은 사람은 가슴의 털 빛깔까지 구별하겠지만, 눈이 어두운 사람은 제비인지 참새인지조차 모르겠지. 그와 마찬가지인지도 몰라.'

일단 어제 일을 사과한다는 명목으로 오세이를 만나 보자. 만나서 다시 무슨 일이 생기면 이번에는 똑똑히 두 눈으로 확인하겠다.

'로쿠조 오라버니한테 이런 이야기를 하면 제정신이냐고 호통을 치겠지만, 나한테도 다 생각이 있다고.'

고개를 들자 가시와야가 바로 눈앞에 있었다. 단단한 기왓장을 올려 만든 지붕이 마치 그 아래 잠든 비밀을 감추고 있는 듯하다. 오하쓰는 부르르 몸을 떨며 입을 열었다.

"계세요?"

5

오세이는 정중하게 오하쓰를 맞이했다.

안내를 받아 안방으로 들어간 오하쓰는 널찍한 거실과 화려하지는 않지만 멋스러운 실내 장식을 보고 눈이 휘둥그레졌다. 잔뜩 긴장했던 마음이 살며시 풀릴 정도였다. 아름다운 것을 보면 정신을 못 차리는 점을 보면 영락없는 젊은 처녀다.

오세이는 오늘도 아름다웠다. 옅은 보랏빛 기모노가 하얀 살결을 돋보이게 했다. 오세이가 나타나자 살짝 놀라서 소매를 살펴봤지만 피가 묻은 흔적은 없었다.

"집이 참 훌륭하네요."

우사부로가 병석에 눕고 나서 가시와야도 한때 가세가 기울었을 텐데, 이만한 살림을 유지하는 걸 보니 역시 가진 재산이 한두 푼이 아닌 모양이다.

오세이는 미소로 대답했다. 이 여인이 웃는 모습은 처음 본다.

"모두 아버님, 할아버님이 남겨 주신 살림이지요. 저희 대에서는 일꾼도 많이 줄어서 제대로 관리도 못하고 있답니다."

왠지 자포자기한 투였다. 그러고 보니 집 안이 무척 휑하다. 그나마 남은 일꾼들은 모두 가게에서 일을 돕는 것일까.

"저 란마천장과 윗미닫이틀 사이에 통풍 · 채광을 위해 교창을 낸 부분에는 계절마다 피는 꽃들을 새겨 놓으신 건가요?"

오하쓰는 탐스러운 모란꽃 무늬가 조각된 란마를 보며 물었다. 아까 들어오다 슬쩍 보니까, 장지문 너머 옆방의 란마에는 창포가 새겨져 있었다.

"마음에 드셨나 봐요."

오세이는 딱히 기뻐하는 기색 없이 대꾸했다.

"아이즈에서 만든 그림 밀초의 밑그림을 바탕으로 에도에서도 손꼽히는 목공들에게 의뢰해 조각했다고 들었습니다. 아버님은 그림 밀초를 들여와 가게에서 파셨거든요. 지금도 아이즈의 밀초 장인과는 자주 왕래하고 있답니다."

오세이가 설명을 하는데, 밖에서 "마님" 하고 부르는 소리가 들렸다.

"잠깐 실례하겠습니다."

오세이가 자리에서 일어나 밖으로 나갔다. 복도 모퉁이로 가 버려서 보이지 않았지만, 상대는 하녀 같았다. 오쓰네와 함께 일했다는 식모가 틀림없다. 목소리를 낮추고 말해서 잘 들리지는 않았지만, "주인 나리께서……", "그건 내가 알아서 할 테니 오라쿠 너는 가게에 나가 보려무나" 하는 말이 들렸다. 식모아이의 이름은 오라쿠인 모양이다.

우사부로의 용태가 나빠졌나 보다. 그런 생각을 하던 오하쓰는 다시 란마 쪽을 보았다.

그곳에 피가 묻어 있었다.

조각 군데군데에 문질러 바른 듯한 핏자국이 보였다. 아까 감탄하며 올려다봤을 때는 분명히 없었는데. 오하쓰는 숨을 삼키며 눈을 부릅떴다.

자세히 보니 그 란마는 이 방의 것이 아니었다. 새겨진 꽃도 모란

이 아니라 국화였다. 가녀린 꽃잎 여기저기에 피가 묻어 있다.

다시 머리가 꽉 죄는 듯 지끈댔다. 가슴이 철렁했다. 또 시작이다. 손바닥에 진땀이 났다. 눈앞이 캄캄해지며 온몸이 줄어드는 느낌이 들더니, 어느샌가 여닫이문을 활짝 열고 환하게 빛나는 등불이 밝힌 불단 앞에 앉아 있는 야윈 남자의 뒷모습이 보였다.

'아…… 이 사람이 우사부로 씨구나…….'

입으로 등불을 꺼 버린 듯 그 광경이 사라지며, 바닥에 흥건한 피바다 속에 쓰러진 한 처녀의 모습이 떠올랐다. 같은 곳이다. 불단과 국화가 새겨진 란마가 보인다. 단정한 줄무늬 기모노를 입은 처녀의 가슴팍은 피로 물들어 있다. 얼굴을 가린 흐트러진 머리칼 사이로 부릅뜬 눈이 천장을 올려다보고 있다. 핏기 없는 하얀 뺨에 작은 보조개가 보였다. 꿈쩍도 하지 않는 처녀의 손에는 새 양초가 하나 쥐어져 있었다. 손가락 관절이 허옇게 보일 만큼 꼭 쥐고 있다. 흘러나온 피가 한곳에 고이더니, 이내 생명이 깃들기라도 한 듯 점차 주변으로 퍼졌다.

오하쓰는 퍼뜩 제정신으로 돌아왔다. 화들짝 놀라 몸이 부르르 떨렸다.

"왜 그러시죠?"

정신을 차려 보니 어느샌가 오세이가 앞에 있다. 오하쓰는 말없이 고개를 젓고는 오세이의 뒤에 있는 란마를 올려다보았다. 부드러운 꽃봉오리를 그대로 옮겨 놓은 듯한 탐스러운 모란.

오세이는 조금 전과 마찬가지로 꼿꼿하게 허리를 펴고 앉아 있었다. 아까 오세이가 내준 찻잔에서는 아직도 따스한 김이 피어오르고 있다. 환상은 눈 깜짝할 새에 나타났다 사라진 것이다. 하지만 그것으로 충분했다.

오하쓰가 자리에서 일어나자 오세이는 정중하게 대문 밖까지 배웅했다. 오하쓰는 남몰래 식은땀을 흘리고 있었다.

그렇지만 여기까지 와서 그냥 돌아갈 수는 없다. 가시와야를 나온 오하쓰는 그길로 뒷문으로 달려갔다. 식모아이를 만나 이야기를 들어 보고 싶었다.

가게 오른쪽으로 나와 노송나무 담을 지났다. 어디서 봐도 정말 넓은 저택이다.

쪽문을 지나 부엌으로 들어갔다. 부뚜막 옆에 커다란 물독이 보였다.

인기척은 없다. 하지만 잠시 기다리다 보니 가벼운 발소리가 들렸다. 열네다섯 살쯤 먹은 자그마한 여자아이이다. 얘, 하고 말을 걸자 "누구세요? 우리는 물건 안 사요" 하며 무뚝뚝하게 대답한다.

"물건 팔러 온 거 아니야. 난 여기서 일하는 오쓰네의 동무야."

식모아이는 미심쩍다는 듯 얼굴을 찌푸렸다.

"오쓰네 언니한테 친구가 있다는 말은 처음 듣는데요."

"무슨 소리니, 우리가 얼마나 친했는데. 네 이름이 오라쿠지?"

"날 어떻게 알아요?"

"오쓰네한테 들었어. 네가 부지런해서 같이 일하면 편하다고 칭찬하던걸?"

그제야 오라쿠의 표정이 풀렸다. 오하쓰는 말을 이었다.

"난 저쪽 작은 쌀가게에서 일하는데, 심부름으로 이 근처에 왔다가 오쓰네 얼굴이나 볼까 해서 들렀어. 주인집에는 비밀로 잠깐 불러 줄 수 있니?"

오라쿠는 난처한 표정을 지었다. 거짓말을 못하는 성격인가 보다.

"오쓰네 언니는 지금 없어요."

"어머, 심부름 갔어?"

오하쓰는 그렇게 말하고 걱정스런 표정을 지었다. 로쿠조의 말에 따르면, 가시와야에서는 오쓰네가 어머니의 급병으로 고향에 돌아갔다고 이야기했다고 한다.

"아니면 혹시 고향에 돌아갔니? 얼마 전에 만났을 때 어머니 몸이 좋지 않다고 하던데……."

오라쿠는 그 말을 듣자마자 고개를 끄덕였다.

"맞아요. 그렇게 된 거예요."

"어머, 그래……. 오쓰네도 고생이겠네."

그때 오하쓰의 머리 위에서 느닷없이 날갯짓 소리가 들렸다. 뒤돌아보기도 전에 비둘기 한 마리가 요란하게 날갯짓하며 오하쓰의 어깨에 앉으려 했다. 놀란 오하쓰가 저도 모르게 손으로 얼굴을 감싸자, 비둘기는 저만치 떨어져 바닥에 내려앉더니 구구 울며 고개를 갸웃거렸다.

"깜짝 놀랐네. 그나저나 비둘기가 참 귀엽구나. 길도 잘 들였고."

오라쿠는 고개를 저었다.

"내가 키우는 비둘기 아니에요."

"어머, 야생 비둘기는 아닌 것 같은데."

날개는 희고, 오른다리에는 붉은 실이 묶여 있다. 사람이 가까이 다가가도 날아가지 않는 걸 보니 어느 집에서 키우는 비둘기인 모양이다.

"그 비둘기, 오쓰네 언니가 자주 데리고 있었어요. 이따금 날아오면 모이와 물을 줬거든요. 요즘은 오쓰네 언니가 없는데도 계속 오네요."

"그랬구나……."

나오지 오라버니의 말대로 오쓰네는 마음씨 고운 처녀였던 모양이다. 길 잃은 비둘기를 돌봐 주다니. 그리 생각하니, 아까 보았던 끔찍한 환영이 떠오르며 가슴이 답답해졌다.

그런 오하쓰를 비둘기는 동그랗고 까만 눈으로 바라보다가 푸드덕 날아가 버렸다.

"저 비둘기도 오쓰네가 없어서 쓸쓸한가 봐."

"오쓰네 언니가 무척 예뻐했거든요. 한번은 마루 밑에 고양이가 들어간 적이 있었어요. 거기 자리를 잡고 비둘기한테 달려들면 안 된다면서, 직접 마루 밑에 기어 들어가 고양이를 데리고 나온 거 있죠. 나까지 거들었어요."

"고생했네. 마루 밑이 얼마나 으스스한데."

"그러니까요. 하지만 마루 밑에 두꺼비가 살아서 주인님 병환에 차도가 없는 거라는 말을 지배인님이 어디서 듣고 오셔서, 다 함께 청소를 하고 난 뒤라 그리 힘들지는 않았어요. 오쓰네 언니는 속이 안 좋다면서 얼굴이 하얘졌지만, 나중에 고생시켜서 미안하다고 고운 한에리여성용 속옷인 주반의 깃 위에 덧대는 장식용 깃를 줬어요."

"두꺼비 때문이라고……. 내가 듣기로는 이 댁 마님은 그런 미신을 싫어하신다던데. 용한 의원님도 계시고."

"맞아요. 그래서 몰래 했어요. 두꺼비는 없었지만."

일꾼들도 주인이 하루라도 빨리 자리를 털고 일어나기를 바라는 것이다. 오쓰네도 그랬을 터다. 그런 마음씨 고운 처녀가 말도 없이 사라지다니 아귀가 맞지 않는다.

그러고 보니 아까 보았던 환영은 우사부로가 불단 앞에 앉아 있는 광경이었다.

"있잖아, 주인 어른이 신심이 깊으시니?"

"네?"

"불단에 공양을 드리시거나……."

오라쿠는 고개를 끄덕였다.

"매일 그러세요. 병석에 눕기 전부터 주인 어른의 습관이었죠. 지금도 매일 아침저녁으로 공양을 드리시는걸요. 몸이 좋지 않아 일어나실 수 없을 때는 마님께 대신해 달라고 부탁하실 정도예요. 선조님 대접을 소홀히 하면 천벌을 받는다면서요."

이제 가 봐야 해요. 오라쿠는 안절부절못하며 말했다.

"이런 데서 농땡이 피우고 있다가는 불호령이 떨어져요."

"그래, 어서 가 봐. 붙잡아서 미안해."

오라쿠가 종종걸음으로 사라진 뒤, 오하쓰는 다시 가시와야에 숨어 들어갔다. 신은 벗어서 허리띠 사이에 끼워 넣었다. 밀정이 따로 없다.

오쓰네가 살해된 곳은 국화가 새겨진 란마가 있는 방이다. 불단이 있는 걸 보니 아마 부쓰마불단이나 위패를 모신 방이리라. 우사부로는 그곳에서 매일 아침 기도를 드린다고 했다.

오하쓰는 발소리가 나지 않게 살금살금 복도를 지났다. 넓은 저택 안은 쥐 죽은 듯 고요했다.

도리초에서 나고 자란 오하쓰다. 대궐 같은 저택도 여러 번 보았다. 하지만 이처럼 고요하고 인기척이 없는 곳은 처음이었다.

'사람이 죽은 곳이라서 그래. 이 집은 제 안에서 끔찍한 일이 벌어진 사실을 아는 거야.'

대체 방이 몇 칸이나 있는 것일까. 주의 깊게 장지문을 열고 안을 들여다보면 넓은 다다미가 나올 뿐이다. 국화가 새겨진 란마는 보이지 않는다. 게다가 반들반들 잘 닦인 마루는 무척 미끄러웠다.

모퉁이를 하나 돌며 무심코 한숨을 내쉬었을 때, 불단에서 종을 치는 소리가 들렸다.

오하쓰는 화들짝 놀라 걸음을 멈췄다. 경을 읽는 나지막한 소리가 들린다. 오세이의 목소리다. 오라쿠의 말대로 우사부로를 대신해 조상님을 공양하는 것이리라.

목소리를 따라 오하쓰는 조심스레 장지문을 열었다. 장지문은 오하쓰가 손대기 전부터 살짝 열려 있었다.

오세이의 뒷모습이 보였다. 불단 문이 열려 있다. 향 냄새가 난다. 란마에 새겨진 무늬는…….

'국화다!'

틀림없다. 아까 보았던 환영에 나온 곳이다. 분명히 있다.

오세이는 묵묵히 경을 읽었다. 방 안은 환영에서 보았던 모습과는 정반대였다. 빛나는 바닥, 하얀 장지문, 아름다운 란마의 국화 무늬. 불단은 오하쓰네의 자그마한 불단보다 갑절은 컸고 호화롭게 금칠도 되어 있었다.

그러나 왠지 어색한 느낌이 들었다. 그게 무엇인지 생각해 봤지만 답은 금세 나오지 않았다.

오하쓰는 살며시 장지문을 닫았다. 하지만 꼭 닫아도 살짝 틈이 생겼다. 이런 큰 저택의 문을 이리 허술하게 지을 리가 없는데.

그때 복도 끄트머리에서 사람 목소리가 들렸다. 오하쓰는 황급히 부엌문으로 돌아왔다.

가시와야에서 나와 멀찍이 떨어져 겨우 뛰는 가슴이 진정되었을 때에야, 오하쓰는 공양을 올리는 오세이의 어떤 점이 이상했는지 알아챘다.

그 불단에는 등명신불에게 올리는 등불이나 촛불이 없었다.

곧바로 집으로 돌아갈 마음이 들지 않아서, 강을 따라 에도바시까지 걸으며 오하쓰는 생각에 잠겼다.

'오쓰네는 왜 죽었을까?'

마음에 걸리는 건 환영 속 오쓰네가 쥐고 있던 밀초다. 숨이 끊어지고 나서도 꼭 쥐고 있었다.

고작 초 하나를 훔쳤다고 살해당하다니, 아무리 생각해도 이상하다. 오쓰네는 고용살이 일꾼이다. 뭔가 잘못을 저질렀다면 그 자리에서 내쫓아 버리면 된다.

오하쓰는 다리 난간에 기대서 발치를 내려다보았다. 니혼바시가

와 강을 보고 있으면 잠이 올 정도로 유유히 흘러가고 있다.

온몸이 축 늘어지며 노곤했다.

'사건을 조사하는 건 내가 할 일이 아니야. 역시 로쿠조 오라버니에게 말해 볼까.'

하지만 어떻게 말을 꺼내지? 이번에는 가시와야에서 죽은 오쓰네를 봤다고 하면 오라버니는 그길로 사카키바라 의원님을 부르러 갈 텐데. 오하쓰는 땅이 꺼져라 한숨을 내쉬었다.

"오하쓰!"

난데없이 뒤에서 누가 오하쓰를 불렀다. 나오지였다. 달려왔는지 숨을 헐떡인다.

"뭐야, 오라버니였어요?"

"너란 애는 정말 사람을 얼마나 놀라게 해야 직성이 풀리겠니. 대체 어디 다녀온 거냐? 네가 없어졌다고 형수님이 새파랗게 질려 나한테까지 달려오셨다고. 지금 다들 널 찾고 있어."

"가시와야에 갔었어요."

오하쓰는 힘없이 중얼거렸다. 또 집안이 발칵 뒤집어지겠구나.

"나오지 오라버니, 그 집에서 엄청난 걸 봤어요."

오하쓰는 지금까지 있었던 일을 가급적 순서대로 이야기했다.

나오지는 시종일관 팔짱을 낀 채 가만히 듣고 있었다. 오하쓰의 이야기를 자른 건 단 한 번, 환영 속에서 본 오쓰네가 밀초를 쥐고 있었다는 대목이었다.

"밀초……. 분명히 밀초였니?"

"그렇다니까요. 나도 그게 석연치 않아요. 곳간 가득히 밀초가 쌓인 집에서, 고작 밀초 하나를 훔쳤다고 사람을 죽였을까요? 영 이상하잖아요."

오하쓰는 사정했다.

"오라버니가 큰오라버니한테 가시와야를 조사해 달라고 부탁해 봐요. 내 말은 귓등으로도 안 들을 거예요."

"글쎄다……. 내 말도 들어주지 않을 거야. 형님은 환영 같은 걸로 움직일 사람이 아니잖아. 확실한 증거도 없는데 무턱대고 남을 의심할 리가 없지. 뭐, 그런 점이 믿음이 가지만."

"하여튼 고지식한 건 알아줘야 한다니까."

잠시 말없이 생각에 잠기더니, 이내 나오지는 탁, 하고 난간을 두드렸다.

"그냥 우리끼리 잽싸게 움직이자. 가시와야 부쓰마의 초를 조사해 보자고."

오하쓰는 눈을 휘둥그레 떴다.

"어떻게요? 찾아가서 밀초를 보여 달라고 그러게요?"

"말이 되는 소리를 해. 몰래 조사해 봐야지."

"도둑처럼 몰래 숨어든다고요? 오라버니가?"

"너도 밀정처럼 그 집에 숨어 들어가서 이것저것 알아봤는데, 나라고 못하겠어? 그리고 가끔은 그런 흉내를 내는 것도 재미있을 것 같구나."

6

그날 밤, 자정이 한참 지났을 무렵.

오하쓰는 불 꺼진 방 안에서 이불을 뒤집어쓰고, 얼굴만 내밀어 격자창을 내다보며 두근두근 가슴을 졸이고 있었다.

결국 나오지는 가시와야로 향했다.

'직업상 몸은 날쌘 편이니 걱정 마라.'

그런 말을 남기고 집을 나선 지 벌써 한 시진이 넘었다. 오하쓰는 귀를 기울이며 무슨 목소리가 들릴까 숨죽인 채 기다렸다.

운이 좋은 건지 나쁜 건지, 초하룻날이라 바깥은 먹을 쏟은 듯 캄캄했다. 큰길가의 지신반에 불빛이 하나 일렁일 뿐, 그 외에는 아무것도 보이지 않는다. 어디선가 고양이 울음소리와 함께 뭔가 쓰러지는 소리가 들렸다.

'늦어, 너무 늦어.'

오하쓰는 이불을 꼭 쥐고 애를 태웠다.

아래층에서는 로쿠조와 오요시가 잠들어 있다. 낮에 오요시는 울음을 터뜨리지, 로쿠조는 불같이 화를 내지, 정말 난리도 아니었다. 싹싹 빌고 나서 지금까지 얌전히 있었지만, 여차하면 두 사람을 깨워야겠다고 생각했다.

그로부터 두 시진 반이 지났다. 바깥은 여전히 고요했고, 결국 오하쓰는 견디다 못해 벌떡 일어났다.

창문을 넘어 처마를 타면 밖으로 나갈 수 있다. 오하쓰는 격자창을 넘어 소리 없이 지붕에 발을 디뎠다. 무섭지는 않았지만, 어두워서 바닥이 보이지 않았기에 발밑이 영 불안했다. 이러다가 자칫 판자 지붕에 발이 빠지기라도 하면 잠든 로쿠조 내외 바로 위로 떨어지게 된다.

처마 끝까지 조심스레 나가자 마침 바로 옆에 빗물통이 보였다. 빗물통을 딛고 아래로 내려가서 가시와야에 갈 생각으로 소매를 걷어붙이고 한 발을 내딛으려는데, 느닷없이 딱따기 소리가 들렸다에도 시대에는 심야에 통행인이 지나가면 그걸 알리기 위해 파수꾼이 딱따기를 쳤다. 이 야심한 밤에 누가 지나다니는지는 모르지만, 오하쓰는 화들짝 놀라 미끄러졌다.

'떨어지겠어!'

하지만 떨어지지 않았다. 번개처럼 나타난 검은 그림자가 오하쓰를 받아 준 덕이다.

"이런 데서 뭘 하는 거냐!"

나오지였다. 머리부터 발끝까지 새까맸지만 틀림없는 나오지다.

"다행이다! 너무 늦어서 걱정했어요."

나오지는 오하쓰를 안고 성큼성큼 걸었다. 지붕을 밟는 소리조차 들리지 않는다.

"오라버니, 원숭이가 따로 없네요."

감탄하는 사이 나오지는 날쌔게 격자창을 넘어 오하쓰의 방으로 돌아왔다. 그 앞에 무뚝뚝한 얼굴의 로쿠조가 도깨비처럼 떡하니 버티고 있었다.

"나오지는 몰라도 넌 밀정은 못 되겠다. 천장이 무너지는 줄 알았다."

성난 듯 입을 꾹 다문 로쿠조에게 나오지는 간략하게 자초지종을 설명했다. 오하쓰가 본 오쓰네의 환영 이야기가 나오자 로쿠조는 눈을 부릅떴다.

"둘이서 몰래 그런 짓을 하고 다닌 거냐!"

호통을 치고 나서, 로쿠조는 순간 걱정스레 오하쓰의 얼굴을 바라보았다.

"형님, 전에 가시와야의 우사부로 씨가 사실은 병으로 앓아누운 게 아닐지도 모른다는 이야기 기억하세요?"

"잊을 리가 있냐."

로쿠조는 굵직한 목소리로 말했다.

"그렇지 않아도 오늘 사카키바라 의원님과 그 이야기를 했다. 의원님도 영 석연치 않아서 은밀히 알아보셨다는구나. 먹을거리부터 시작해 물, 옷가지까지 조사했지만 가시와야의 어떤 물건에서도 독을 발견하지는 못했다던데."

"그야 못 찾는 게 당연하죠. 바로 이 초가 독이었으니까."

나오지는 가시와야에서 훔쳐 온 초에 불을 붙였다. 노란 불꽃이 일렁이며 빛을 발했다.

"우사부로 씨는 아침저녁으로 불단에 공양을 드리는 습관이 있습니다. 병을 앓기 전부터요. 그때 불단에 켜 놓는 초에 독을 발라 놓았으니, 당연히 아무도 눈치채지 못했죠."

그렇게 된 일이구나……. 오하쓰는 낯선 사람을 보듯 나오지의 얼굴을 보았다. 작은 오라버니는 이런 일과는 연이 없는 사람인 줄만 알았는데…….

"그래서 우사부로 씨 옆에 붙어 병구완을 하던 하녀들도 덩달아 몸이 나빠진 겁니다. 사카키바라 의원이 올 때는 문을 열어 환기를 시켜 감쪽같이 속였고요."

"내가 오늘 보았을 때, 오세이 씨는 불단에 초를 켜지 않고 공양을 드렸어요."

오하쓰의 말에 로쿠조는 각진 턱을 내밀며 말했다.

"오세이가 저지른 짓이라는 소리냐?"

"전 그렇게 생각해요. 하지만 혼자서 벌인 일은 아닐 겁니다. 여자가 제 손으로 남편에게 해를 끼치는 경우는 대부분 배후에 다른 남자가 있으니까요. 형님도 그리 말씀하셨잖아요. 저는 행수인 세이타로가 수상합니다. 항상 오세이 곁에 착 달라붙어 있는데다, 본가가 아이즈에서 초 장사를 한다니 초에 독을 넣는 거야 일도 아니죠."

로쿠조는 거북한 듯 자세를 고쳐 앉으며 말했다.

"흐음, 그건 그렇다 치고, 너희 추측과 오쓰네 일이 어떻게 연관되어 있다는 말이냐?"

"오쓰네는 초에 독이 들었다는 사실을 알아챘어요. 증거인 초를 빼돌리려다 살해당했겠죠."

"사카키바라 의원님도 알아채지 못한 일을 일개 하녀인 오쓰네가 어떻게 알아챘지?"

"아마 초에 독을 넣는 장면을 봤거나, 이야기를 들었을 테지요."

오하쓰가 한마디 거들었다.

"오라쿠한테 들었는데, 고양이를 쫓아내려고 오쓰네 씨하고 둘이서 마루 밑에 기어 들어간 적이 있대요. 그 일이 있은 뒤로 오쓰네

씨는 파랗게 질려서 기운이 없었다지 뭐예요."

"오쓰네의 혼령 다음은 고양이냐."

로쿠조는 천장을 올려다보았다. 오하쓰는 굴하지 않고 끈질기게 말을 이었다.

"정말이에요. 오라쿠의 말로는 오쓰네는 길 잃은 비둘기를 정성스레 돌봤대요. 마루 밑에 들어갔을 때도 고양이가 비둘기를 해치면 안 된다고……."

오하쓰는 도중에 말을 끊었다. 로쿠조의 낯빛이 갑자기 바뀌었기 때문이다.

"지금 뭐라고 했냐?"

"네? 고양이가 비둘기에게……."

"오쓰네가 비둘기를 키웠다고?"

오라비의 서슬에 기가 죽은 오하쓰는 고개를 끄덕였다.

"나도 오늘 가시와야에서 봤어요."

"설마…… 그 비둘기, 다리에 빨간 끈이 묶여 있더냐?"

"어떻게 아셨어요?"

이번에는 오하쓰가 놀랄 차례였다.

한참 동안 로쿠조는 입을 꾹 다물고 생각에 잠겼다.

"저도 오늘 밤 가시와야에서 이상한 걸 봤습니다."

나오지가 말했다.

"너까지 혼령이네 환영이네 하는 소리를 하려고 그러냐."

로쿠조는 그리 말했지만 정신은 다른 데 가 있는 것 같았다. 나오지는 말을 이었다.

"그게 아니라, 가게 뒤뜰을 뒤집어엎은 흔적이 있었어요. 요즘 가시와야에 정원사나 조경업자가 드나든 적이 없는데 말이죠. 특유의 축축한 흙냄새가 났으니까 틀림없어요."

나오지가 가져온 초는 계속 타들어 가고 있다. 한 번 지직, 하는 소리가 났다. 오하쓰와 나오지도 침묵을 지켰다.

"일단 사카키바라 의원님께 이걸 보여 드려야겠다."

타들어 가는 초를 바라보며 로쿠조는 입을 열었다.

"그럴 필요 없겠어요."

그때까지 말없이 이야기를 듣고 있던 오요시가 처음으로 말문을 열었다.

"저기 초 주변을 보세요."

촛대 대용으로 쓰는 작은 접시 주변에 빛에 홀려 날아온 날벌레 여러 마리가 떨어져 있었다. 한 마리, 그리고 또 한 마리. 계속해서 떨어진다. 네 사람이 지켜보는 앞에서, 벌레는 초에서 피어오르는 거무스름한 연기에 닿자마자 맥없이 툭툭 떨어졌다.

"로쿠조 오라버니!"

오하쓰가 외쳤다.

7

"여자 마음은 정말 알 수가 없단 말이야."

로쿠조가 한숨 섞인 목소리로 말했다.

"그만큼 홀딱 반해 혼인한 남편을 해치려 하다니."

오늘 시마이야는 문을 닫았다. 나오지가 오하쓰를 꼭 만나고 싶어 하는 귀한 손님을 모시고 온다고 한 까닭이다.

가시와야에서 일어난 일련의 사건은 해결되었다. 오하쓰와 나오지의 예상은 거의 들어맞았고, 가게 뒤뜰에서 가슴을 찔린 오쓰네의 시신이 나왔다.

초에 비소를 넣자며 오세이를 꼬드긴 자는 역시 행수인 세이타로였다. 오세이와 가시와야를 노리던 그는 우사부로를 없애고 그 자리를 가로챌 작정이었던 것이다.

오쓰네가 그 꿍꿍이를 알아챘고, 세이타로는 어쩔 수 없이 그녀를 없앴다. 일을 저지른 건 세이타로고, 오세이는 그에게 휘둘려 뒤처리에 가담했다고 한다.

두 사람의 끔찍한 계획을 마루 밑에서 우연히 엿들은 오쓰네는 어떻게든 우사부로의 목숨을 구하려 했다. 하지만 워낙 마음이 여린 처녀라 속에 감춰 둔 공포가 행동거지와 표정에 드러났고, 불행히도 오세이와 세이타로가 그것을 알아채고 말았다.

오쓰네의 시신은 끝까지 초를 꼭 쥐고 있었다. 오세이의 이야기로는 손을 펴려고 안간힘을 썼지만 끝내 실패했다고 한다.

피가 튄 바닥과 란마는 일꾼들 몰래 닦아 냈지만, 문제는 장지문이었다. 하는 수 없이 평소 사람이 드나들지 않는 골방에서 문짝을 떼어 부쓰마의 문과 바꿔 달았다. 그런 까닭에 오하쓰가 불단 앞에 앉은 오세이의 모습을 보았을 때 장지문이 꼭 닫히지 않은 것이다.

또 하나, 비둘기 일은 어떻게 된 것이냐 하면.

오쓰네와 통 가게 점원인 게이타는 남몰래 장래를 약속한 사이였다. 오쓰네는 고용살이 일꾼이고, 게이타도 아직 자리를 잡지 못한 처지다. 언젠가 꼭 가정을 꾸리자고 약속했지만 서로 사는 게 바빠 자주 만나지 못하는 외로움을 달래기 위해 게이타는 기르던 비둘기를 날려 보내 오쓰네와 편지를 주고받았다. 편지 왕래는 폐병을 앓은 게이타가 고향으로 내려간 뒤로도 계속됐다.

두 사람 모두 글을 몰랐기에 편지라 해도 그림으로 마음을 전한 소박한 내용이었다. 하지만 로쿠조의 수하가 가와고에에서 가져온 오쓰네의 편지는 연정 따위는 오래전에 잊어버린 이가 봐도 가슴이 따뜻해지는 무언가가 있었다.

게이타는 오쓰네가 살해된 줄은 꿈에도 몰랐다. 하지만 비둘기를 계속 날려 보내도 소식이 없다. 보낸 편지는 그대로 되돌아온다. 게이타는 불안한 마음에 에도로 돌아와 가시와야를 찾았다.

"그 사람은 떠도는 소문으로 오쓰네가 고향으로 돌아갔다는 이야기를 듣고 저를 찾아왔어요. 거짓말이다, 오쓰네가 나한테 한 마디 말도 없이 자취를 감출 리가 없다, 관아에 알려서 어찌된 일인지 밝혀내겠다고 하는 바람에."

목숨을 잃게 된 것이다. 게이타는 오쓰네의 입장이 난처해질까 싶어 남들 눈을 피해 몰래 가시와야를 찾아왔기 때문에 발자취를 지우는 건 식은 죽 먹기였다.

게이타가 데려온 비둘기는 그가 세이타로에게 목숨을 잃었을 때 하늘로 날아갔다. 하지만 그 후로도 주인과 오쓰네가 있던 가시와야의 위치를 기억하고 있다 때때로 찾아온 것이다.

로쿠조의 말대로 이 사건에서 제일 알 수 없는 건 오세이의 마음이었다.

붙잡혀 조사를 받는 자리에서 오세이는 조금씩 진실을 털어놓았다. 이제 모두 단념했는지 차분한 목소리였다.

"전 남편을 사랑해서 부부의 연을 맺었습니다. 지금도 사모합니다. 그 마음은 변함없어요."

하지만……. 그녀는 쓸쓸히 웃으며 말을 이었다.

"남편은 저와 혼인한 게 아니라 가시와야와 혼인한 거였습니다. 그이 머릿속에는 오로지 가시와야를 위해 일해야겠다는 생각밖에 없었어요. 저 같은 건 처음부터 안중에도 없었던 거죠. 아버지와, 아버지가 돌아가시고 나서는 친척들, 도리초의 가게 주인들 눈만 신경 쓰며 한시도 마음 편히 쉬지 않았어요. 부부끼리 마음을 터놓고 속 깊은 이야기를 한 적도 없었고요."

외로워서, 너무 외로워서……. 오세이의 눈에 처음으로 눈물이 고였다.

"그이를 해칠 생각은 눈곱만큼도 없었어요. 세이타로도 초에 비소를 넣은 걸로는 생명에 지장은 없다, 기껏해야 앓아누울 뿐이라고 했거든요. 그 말을 곧이곧대로 믿은 제가 어리석었지만……."

저는 그이가 잠시 가게 일은 잊고 저를 봐 줬으면 했어요. 그이를 돌보며, 제가 항상 곁에 있다는 사실을 일깨워 주고 싶었을 뿐이에요. 말을 마친 오세이는 아이처럼 울었다.

"듣고 보니 가엾네요……."

로쿠조의 이야기를 들은 오요시가 한숨을 쉬며 말했다.

"성실하게 가업에 정진하는 남편에게 독을 먹인 여자가 뭐가 가엾다는 거야."

로쿠조는 나무라듯 말했지만, 오요시는 꿈쩍도 하지 않았다.

"남정네가 그 마음을 어떻게 알겠어요. 그 때문에 살인까지 저지르다니……. 오세이 씨, 분명 극형에 처해지겠죠?"

"나도 그 마음 알 것 같아요."

오하쓰도 올케 편을 들었다.

"로쿠조 오라버니도 평소에는 바깥일 하느라 새언니를 독수공방하게 하면서, 막상 감기라도 들면 여보, 여보 하고 찾잖아요."

"그 얘기가 여기서 왜 나와."

로쿠조는 성을 내더니, 허리를 꼿꼿이 세우고 오하쓰에게 말했다.

"오하쓰, 이번 일은 네 말을 믿지 않아서 미안하지만, 그래도 역시 네가 걱정된다. 다시 사카키바라 의원님한테 진료를 받는 게 어떻겠냐."

그때, 들어갈게요, 하는 소리와 함께 나오지가 들어왔다.

"손님을 모셔왔습니다."

놀랍게도 그 손님은 오하쓰를 도와 준 무사였다. 무사는 오늘도 그날과 같은 차림새로 오하쓰를 향해 싱긋 웃었다.

"어머, 일전의."

오하쓰와 오요시는 이구동성으로 외쳤다.

"장사를 방해해서 미안하네만, 오하쓰를 꼭 다시 만나 보고 싶어서 무리인 줄 알면서도 부탁을 했지. 가시와야 사건에서 오하쓰가 공을 세운 일은 나오지를 통해 들었네."

무사는 아버지처럼 인자한 눈으로 오하쓰를 보았다.

"도리초의 로쿠조 행수도 한번 만나 보고 싶었고. 자네의 활약은 무라야마에게 들어 익히 알고 있다네."

무라야마란 로쿠조가 모시는 도신 이시베의 상관인 요리키부교 등에 소속되어 부하인 도신을 지휘하던 사람의 이름이다. 로쿠조의 가느다란 눈이 휘둥그레졌다.

"혹시 나리께서는……."

"나오지가 우리 집 정원을 돌봐 주고 있지."

무사는 느긋하게 말했다.

"우리 집 정원에 있는 벚나무는 나 같은 늙은이라, 나오지처럼 몸이 가볍지 않으면 돌볼 수 없거든."

로쿠조, 오하쓰, 오요시의 당혹스런 표정을 본 나오지는 머리를 긁적이며 무사를 대신해 말했다.

"남부 마치부교에도 시대에 평민이 주거하던 지역인 마치의 치안을 관리하는 기구 마치부교쇼의 최고 책임자이신 네기시 히젠노카미 야스모리 나리십니다."

"사람의 마음이란."

부교는 커다란 손으로 원을 그리며 말했다.

"하나로 통일된 것처럼 보이지만, 실제로는 섬세한 세공품처럼 복잡하게 얽히고설켰단다. 그리고 평소에는 누구나 그 겉면만 쓰고 있지. 내 말뜻을 알겠느냐?"

"네."

오하쓰는 다소곳하게 대답했다.

"그러다 어떤 계기를 통해 복잡한 안쪽으로도 사물을 보게 된단다. 그건 혹독한 수행을 쌓은 결과일 수도 있지만, 순전히 우연일 수도 있지. 그런 자들은 다른 사람은 보지 못하는 것을 보고, 알지 못하는 것을 알게 돼."

어떤 계기를 통해. 오하쓰는 오요시와 눈을 맞췄다.

이번 일은 오하쓰가 오세이의 소매에서 피를 보면서 시작되었다. 피의 환영. 오하쓰도, 오요시도 짐작이 가는 일이 있었다.

아무리 어릴 때부터 어머니처럼 키워 줬다고 해도, 오요시가 올케란 사실은 변하지 않는다. 하지 못하는 말도 있고 괜스레 마음을 쓰기도 한다. 그게 나쁜 방향으로 작용한 게 오하쓰가 초경을 맞이했을 때였다.

오하쓰는 남들보다 초경이 늦은 편이었다. 때문에 오요시도 그것이 축하할 일이며, 무척 행복한 일임을 가르쳐 줄 때를 그만 놓치고 말았다.

처음으로 초경을 맞이한 오하쓰는 말 그대로 경악했다. 하필 오요시가 외출한 날이었고, 집에는 아무도 없었다. 몸 밖으로 흘러나오는 피를 보고 오하쓰는 잔뜩 겁에 질려 와들와들 떨었다. 두 시진쯤 지나 오요시가 돌아왔을 때에 오하쓰는 그만 올케의 품 안에 쓰러져 버렸을 정도였다.

그런 일이 있었기에, 처음에 오하쓰가 피를 보았다고 했을 때 오요시는 크게 놀라 걱정이 이만저만이 아니었던 것이다.

이것도 사내들은 알 도리가 없는 일이다……. 시누이와 올케는 눈짓하며 고개를 끄덕였다.

오하쓰는 생각했다. 부교 나리의 말씀대로라면, 틀림없이 그 일을 계기로 신기한 환영을 보는 능력이 나타난 것이리라.

부교는 말없이 두 여자를 바라보더니, 이내 조용히 말을 이었다.

"세상에는 세상 이치만으로는 헤아릴 수 없는 일이 있단다. 그렇다고 그냥 내버려둘 순 없지. 괴이한 일은 그 나름대로 이치가 있고, 이번 가시와야 일처럼 괴이가 진실을 파헤치는 일도 있다. 그렇지 않느냐, 오하쓰."

"네."

"어떤 인연인지 모르지만 너는 그런 괴이한 일에 관련된 힘을 가지게 되었다. 마냥 좋은 일만은 아닐 게야. 외려 무서운 일일지도 모르지. 이번에도 무서운 일을 많이 겪었다고 들었다. 허나 다른 이에겐 없는 힘을 가졌다는 건 그런 것이다."

오하쓰는 고개를 끄덕였다.

"그걸 가슴에 잘 새겨 두려무나. 그리고 언젠가 다시 힘을 써야 할 때가 오면 두려워 말고 그리하거라. 어떠냐, 이 늙은이와 약조해 주겠느냐?"

오하쓰는 순간 망설이며 눈을 내리깔았지만, 금세 단호한 어조로 대답했다.

"네, 약조하겠습니다."

"그래." 부교는 미소를 지었다.

"네가 그리 말해 주니 참 든든하구나. 게다가 도리초의 로쿠조가 함께 있으니, 말 그대로 호랑이가 날개를 단 격이지."

흡족한 미소를 짓는 부교에게 오하쓰는 슬쩍 물었다.

“부교 나리께서는 어찌 그런 이야기를 잘 아십니까?”

“난 어릴 적부터 남의 이야기를 듣는 걸 좋아했단다. 이야기를 듣다 보니 깨달았지. 사람은 모두 신기한 이야기를 좋아한다는 사실을 말이다. 나는 공무를 보느라 여러 지방을 돌아다녔지만, 어딜 가도 사람들이 신기한 이야기를 좋아하는 건 변함이 없더구나. 그래서 고장마다 전해지는 전설이나 신기한 이야기를 수집해 보자고 결심한 게 계기였지. 에도로 올라와서도 별의별 이야기를 들었다. 그 일은 나오지가 잘 알고 있지.”

그랬구나. 그제야 오하쓰도 나오지가 말한 ‘확실한 소식통’이 누구였는지 알아챘다.

“그나저나.” 부교는 몸을 내밀며 말했다.

“그렇게 모아 기록한 이야기가 요새는 제법 양이 많아졌다. 세상에 발표할 생각은 없지만 그래도 이름이 없으니 영 불편하더구나. 나도 이것저것 생각은 해 봤지만, 자네들 의견도 듣고 싶은데.”

오요시가 종이를 가져오자 부교는 붓을 들어 유창하게 글씨를 써 내려갔다.

어려운 문자가 줄줄이 늘어서 있다. 오하쓰의 난처한 표정을 보고 부교는 두 개를 덧붙였다.

오하쓰는 그중 오른쪽 글자를 가리키며 말했다.

“저는 이게 괜찮은 것 같습니다.”

“호오, 이게 좋다고.”

“네. 부교 나리께서 직접 듣고 모으신 이야기들이라는 느낌이 확 와 닿거든요.”

부교는 턱을 쓸며 자신이 쓴 글자를 다시 바라보았다.

"과연, 네 말이 맞구나. 그럼 이걸로 정해야겠다. '미미부쿠로耳袋귀로 들은 이야기들을 모아 놓은 주머니라는 뜻'다."

"미미부쿠로."

나머지 세 사람이 입을 모아 말했다.

"그래. 영험한 오하쓰가 지어 준 이름이지. 괜찮은 이름 아닌가?"

이치 · 마가타

† **가마이타치**

: 갑자기 피부에 베인 것 같은 상처가 나는 현상. 공기 중에 일시적으로 생기는 진공 때문에 일어난다고 한다. 옛날에는 족제비나 요괴의 소행으로 여겼다.

1

비가 저녁나절부터 내리기 시작하더니, 이제 제법 빗발이 굵어져 얇은 지붕을 때린다. 술시가 가까워오는 시각, 오요는 빗소리를 들으며 홀로 집을 지키고 있었다.

아버지 겐안은 급한 환자가 생겨 스다초 너머까지 왕진을 갔다. 집을 나선 지 벌써 한 식경은 지났으리라. 바느질을 하며 기다리던 오요는 점점 마음이 불안해졌다.

'역시 같이 갈걸 그랬어.'

겐안은 이곳 야쓰지가하라사키의 나가야에서 벌써 십오 년이나 의원으로 일했다. 항상 환자들로 북적댔지만, 대부분은 하루 벌어 하루 먹고사는 가난한 사람들이라 제대로 약값을 치르는 이는 얼마 없었다. 겐안도 없는 걸 어쩌겠냐며 굳이 돈을 받으려 하지 않았다. 그런 까닭에 환자들로 문전성시를 이루어도 부녀의 살림살이는 항상 빠듯했다. 큰 상회나 영주 집안의 전속 의원이 되어 편하게 사는 의원들과는 천지차이다.

그러나 오요는 그런 생활을 조금도 부러워한 적이 없다. 입에 풀칠을 못할 정도도 아니고, 부족하면 삯바느질을 해서 채우면 된다. 약값 대신 물건을 놓고 가는 환자들도 있어서, 제법 살림살이에 보탬이 된다. 의술 실력이 부족해서가 아니라 스스로 원해서 이런 생활을 택한 것이니 한탄할 일은 아니다. 어머니는 오요를 낳고 금방 세상을 떴지만, 지난 십팔 년 동안 부녀 둘이서 오순도순 즐겁게 살았다.

오요는 구김살 없는 처녀로 자랐다. 통통한 볼과 살짝 처진 눈이 사랑스럽고 행동거지도 시원시원해서, 겐안은 물론 환자들에게도 사랑받았다.

지금 오요가 아버지의 늦은 귀가를 염려하는 이유는, 요즈음 장안을 떠들썩하게 만든 쓰지기리 검을 시험하거나 검술을 닦기 위해 밤길에 숨었다가 행인을 베던 일 때문이다. 구월 들어서 벌써 세 명이나 변을 당했다.

쓰지기리의 소문이 사람들 입에 오르내리기 시작한 건 초봄부터였다. 바람처럼 나타나 바람처럼 사라진다. 모습을 본 이들은 모두 싸늘한 주검으로 발견되었다. 소문의 칼잡이는 어찌나 빈틈이 없는지, 표적이 개를 데리고 있으면 그 개까지 숨통을 끊어놓을 만큼 용의주도했다. 살해 방법도 끔찍했다. 목을 단칼에, 그것도 거의 몸통에서 떨어져 나갈 정도로 깊이 베었다. 누가 붙였는지는 모르지만, 그 수법으로 인해 이 칼잡이에게는 '가마이타치'란 별명이 붙었다.

더욱 무서운 건 가마이타치가 사람은 베어도 품 안의 재물은 손대지 않는다는 점이었다. 에도 시민들은 공포에 몸서리쳤다. 정체가 밝혀지지 않은 까닭에 수많은 억측이 난무했다. 어느 무가에서 검의 만듦새를 시험해 보려는 것이다, 생계가 막막해져 실성한 낭인이다, 최근 하나둘 나타난 서민 출신의 칼잡이들이 제 실력을 시험해 보는 것이다 등등, 항간에는 갖가지 풍문이 꼬리에 꼬리를 물고 횡행했다. 그 와중에 어느 신사에서 신체로 모신 요도妖刀가 밤이면 밤마다 인간의 생피를 찾아 헤맨다는, 요미우리천재지변, 강력 사건, 정사 같은 흥미로운 사건을 평민들에게 알리던 정보지. 거리에서 큰 소리로 내용을 소개하며 팔았다가 좋아할 법한 낭설까지 떠돌았다.

"검술 솜씨가 상당한 자일 테지만, 제정신은 아니다."

겐안도 그리 말했다.

"검은 일종의 마력을 가지고 있지. 검호라 칭송받는 이들은 그 마력을 길들여 제 것으로 만든 달인이다. 하지만 그만한 힘을 가지지 못한 자는 검의 힘에 정신을 빼앗기는 게야. 검과 사람의 주종 관계가 뒤바뀌는 셈이지."

때마침 지난해인 교호享保 2년1717년 이월에 오오카 에치젠노카미 다다스케가 막 에도의 남부 마치부교 자리에 앉은 직후였다. 다다스케는 마흔하나. 젊은 나이에 이례적인 인사였다. 6대 쇼군 이에노부, 7대 쇼군 이에쓰구의 치세를 거치면서 능률이 떨어지고 공정하지 못한 일이 성행하며 해이해진 부교쇼奉行所에도 시대에 치안을 책임지던 최고 기구와 효조쇼評定所에도 막부의 최고 사법 기구를 뿌리부터 바로잡으려는 쇼군 요시무네의 영단에 의한 발탁이었다.

기대를 저버리지 않고 다다스케는 차례차례 시정市政 재건에 착수했다.

그 가운데서도 힘을 쏟은 사업은 두말할 필요 없이 경찰, 사법 제도의 정비였다. 요리키와 도신의 풍기를 바로잡고 지체되었던 소송을 진행했으며, 판결이 확정되지 않은 상태로 수년간 덴마초에서 옥살이를 하던 자들에 대해서도 재조사에 착수했다. 당연히 에도 시민들은 금세 다다스케에게 전폭적인 지지를 보내게 되었다.

그런 와중에 가마이타치가 나타났다.

처음에는 모두들 오오카 님이 곧 붙잡으시리라 믿어 의심치 않았다. 가마이타치가 언제 오라를 받을지 내기를 하는 자들도 있었다. 혈기왕성한 젊은이들은 삼삼오오 모여 가마이타치의 목을 베겠다며 으르렁댔다.

하지만 예상과는 달리 가마이타치는 몇 달이 지나도 잡히지 않았다. 확실한 단서를 잡았다는 소문조차 들리지 않았다. 그러는 사이에도 무참하게 살해당한 피해자들은 점점 늘어갔다.

가을바람이 불기 시작하고 나서야, 부교쇼는 왜 손 놓고 있느냐, 오오카 님은 대체 무슨 생각이시냐며 불평하는 소리가 조금씩 들려왔다. 그러더니 금세 어디서든 들을 수 있을 정도로 확대되었다. 마치나누시마치를 대표하고 관장하던 직책. 무사는 아니지만 세습제로 이루어졌다 중에서도 '어쩌면 가마이타치는 부교님의 목을 노릴지도 모른다'고 염려하는 이들이 하나둘 생겨났다. 부교는 남부, 북부마치부교쇼는 남부와 북부 두 곳이 있었다 합쳐 모두 두 명으로, 다다스케 외에도 나카야마 이즈모노카미라는 북부 마치부교가 있다. 하지만 북부 부교는 노령이고, 다다스케는 평소부터 워낙 신망이 두터웠기에 더욱 비판의 목소리가 높았다.

나라에서도 최선을 다해 수색하고 있었지만, 별다른 성과는 거두지 못했다.

서서히 사람의 목숨을 갉아먹는 병처럼, 공포가 온 에도를 잠식하기 시작했다. 모두 숨을 죽이고 집에 틀어박혀 수상한 기척이 다가오지 않는지 벌벌 떨었다. 오요가 사는 나가야도 예외는 아니었다.

'시국이 이리도 흉흉한데.' 걱정이 깊어지자, 오요는 곁에 없는 겐안에게 원망을 쏟아냈다.

'아버지는 정말 겁도 없으시다니까.'

왕진을 부탁하러 온 이는 스다초의 과일 가게 젊은이로, 숨을 헐떡이며 식은땀을 흘리고 있었다.

"안사람이 심한 어지럼증을 느껴 쓰러졌는데, 어느 의원을 찾아가도 밖에 나가기 무섭다고 고개를 젓더군요. 여기 선생님은 담이 크셔서 분명 도와 주실 거라는 얘기를 듣고 찾아왔습니다."

그 말을 들은 겐안은 선뜻 가겠노라며 일어섰다. 물론 오요는 만류했다.

"지금까지의 쓰지기리와는 달라도 한참 달라요. 아버지처럼 땡전 한 푼 없는 가난뱅이 의원도 서슴지 않고 단칼에 베어 버린대요."

"가마이타치는 기껏해야 한 명이잖느냐. 에도는 넓으니 염려하지 말거라."

"그러면 저도 같이 갈게요."

"쯧, 생각이 짧구나. 그게 훨씬 위험해."

겐안은 말이 끝나기가 무섭게 집을 나섰다. 찾아온 청년은 돌아오는 길도 안전히 배웅하겠다고 약속했다. 하지만 과연 그럴지 의심스러웠다. '담이 크다'는 소리를 듣고 우쭐해진 아버지가 필요 없다고 거절할지도 모른다. 오요는 평소에도 겐안과 함께 자주 왕진을 다녔기에, 집에서 마음 졸이며 기다리는 게 훨씬 괴로웠다. 왜 같이 가지 않았을까. 후회만 쌓여 갔다.

그러는 와중에도 시간은 흘렀다. 예상대로 바람도 심해진 듯, 덜컹덜컹 문이 흔들리는 소리가 났다.

'하고많은 곳 중에 왜 하필 스다초람.'

그 사실이 오요의 마음을 한층 불안하게 만들었다. 가마이타치는 이제껏 열 건의 사건을 일으켰는데, 그중 세 건이 스다초 근처에서 일어났다.

'위치가 너무 안 좋아.'

조금도 가만있지 못하고 공연히 약장을 정리하던 오요가 퍼뜩 고개를 들었다.

'여기서 하염없이 걱정만 한다고 달라지는 건 없어. 직접 마중 나가야겠다.'

이런 걸 보면 이 처녀도 여간 성미가 급한 게 아니다. 마음을 먹자마자 일사천리로 등롱에 불을 붙이고, 겉옷을 걸쳤다. 문을 열고 밖을 내다보니, 바늘 같은 빗줄기가 쏟아져서 사방이 캄캄했다. 오요는 한손에 우산, 다른 한손에는 등롱을 들고 밖으로 나갔다. 우산을 때리는 세찬 빗소리가 오요를 감쌌다.

등롱 불빛이 오요의 발치를 환하게 비췄다. 이 등롱은 겐안이 따로 주문한 것으로, 하얀 바탕에 검은 글씨로 '야쓰지가하라사키 의원 니노 겐안'이라 적혀 있다. 이렇게 써 두면 밤길을 가다가 혹시 의원을 부르러 달려오는 자와 마주쳤을 때 도움이 될지도 모른다는 생각에서였다. 해가 저물면 처마 밑에도 같은 등을 매달아 둔다.

집을 나온 오요는 눈을 내리깔고 성큼성큼 걸어 금세 야쓰지가하라八辻が原로 나왔다. 스지카이고몬과 아오야마 시모쓰케노카미 저택 사이에 위치한 이 광장은 여덟 방향으로 통하는 까닭에 이런 이름이 붙었다. 제각각 쇼헤이바시, 이모아라자카, 스루가다이, 미카와초스지, 렌자쿠초, 스다초, 야나기하라, 스지카이고몬으로 통한다. 오요는 일단 걸음을 멈췄다. 어느 방향을 둘러봐도 불빛이 닿는 범위 안에서는 사람 그림자를 찾아볼 수 없다. 어딘가에서 숨넘어갈 듯 들개가 짖는 소리가 들렸다.

'무서울 것 없어. 오요, 겁먹지 마.'

오요는 허리를 곧추세우고 속으로 되뇐 다음, 다시 종종걸음을 놓기 시작했다.

등롱 불빛을 받아 생긴 기다란 그림자가 걸을 때마다 이리저리 흔들린다. 그림자를 앞지를 기세로 오요는 발길을 재촉했다.

가도 가도 사람 그림자는 보이지 않았다. 잠시 걸음을 멈추고 등롱을 들어 시야를 뒤덮은 빗줄기 너머를 비추었다. 눈에 들어오는 건 불빛을 반사하는 물웅덩이와 길을 따라 우두커니 서 있는 어두운 나무숲, 그리고 우뚝 선 무가 저택의 담벼락뿐이다.

'어쩌지.' 오요는 입술을 깨물었다.

'조금만 더 가 볼까……. 외길이라 서로 엇갈릴 염려는 없으니.'

순간 등줄기가 서늘했다.

'어쩌면 아버지는 벌써 변을 당하셨을지도 몰라. 어디 어두운 곳에 쓰러져 계시는데 내가 모르고 곁을 지나쳐 버리면 어쩌지.'

마음이 불안해서 도저히 견딜 수가 없었다. 지금 어둠을 헤치고 해가 뜬다면 몇 천 냥을 내도 아깝지 않다. 평생이 걸리더라도 갚을 텐데. 오요는 그런 생각을 하며 우산 손잡이를 꼭 쥐었다.

그 순간, 어둠을 가르고 비명 소리가 들렸다. 곧바로 진흙 바닥에 무거운 무언가가 쓰러지는 소리가 이어졌다.

오싹해졌다. 한순간 다리가 얼어붙었지만, 오요는 곧바로 우산을 내던지고 소리가 난 방향을 향해 달렸다. 무섭다는 생각이 들기도 전에 이미 다리가 움직이고 있었다.

비명 소리는 왼쪽에서 들렸다. 몇 걸음 걸어가자 길가에 우거진 나무숲 속을 향해 뻗은 비탈길이 보였다. 미끄러지지 않도록 조심하며 처마 높이만큼 올라가자 완만한 산비탈이 나왔다. 그곳에서 오요는 걸음을 멈췄다.

등롱 불빛 속에서 검은 그림자가 떠올랐다. 오요의 발소리를 들은 그림자가 이쪽을 돌아본다. 곁에는 힘없이 축 늘어진 사람이 쓰러져 있다.

'가마이타치야.'

움직일 수 없었다. 다리가 돌처럼 굳어 버린다는 말을 체감했다. 목구멍이 말라붙어서 소리도 나오지 않았다. 오요는 발이 땅에 붙어 버린 듯 우두커니 서 있었다. 너무 놀라서 등롱을 꺼야겠다는 생각조차 하지 못했다. 불빛은 오요와 정체 모를 괴한을 훤히 비췄다. 대략 두 간쯤 되는 거리를 두고 두 사람은 서로를 노려보았다.

상대는 머리부터 발끝까지 검은 옷을 입고, 오른손에 검을 움켜쥔 채 빗속에서 우뚝 서 있었다. 복면을 썼지만 검을 휘두르다 벗겨졌는지, 반쯤 얼굴이 드러나 있었다. 젊은 사내인데, 생김새는 멀끔했지만 눈매가 날카롭고 살기에 가득 차 있었다. 키도 훤칠하고 어깨도 떡 벌어졌다. 한쪽 소매가 떨어져 팔이 훤히 드러났는데, 오요 같은 여자는 손쉽게 붙잡을 수 있을 정도로 억세다. 어둠 속의 괴한은 오요가 도망칠 길을 가로막을 만큼 거대해 보였다.

'죽는구나, 날 죽이겠지.'

순간적으로 수많은 생각들이 오요의 머리를 스치고 지나갔다.

'저 검으로 날 죽일 거야. 내가 죽으면 아버지 혼자 어찌 사시지. 이렇게 죽음을 맞이할 줄은 몰랐어. 칼을 맞으면 아플까.'

아무 소리도 들리지 않고 눈도 깜짝할 수 없었다. 오요는 그저 얼어붙은 듯 자리에 우두커니 서 있었다. 그 순간이 이제껏 살아온 인생보다 훨씬 길게 느껴졌다. 남자의 어깨가 앞을 향해 움직인 순간, 오요는 단념하고 몸을 웅크린 채 눈을 감았다.

하지만 예상과는 달리 아무 일도 일어나지 않았다.

살며시 눈을 떴을 때 괴한은 이미 사라져 있었다. 어느 방향으로 갔는지는 모르지만 감쪽같이 모습을 감춘 것이다. 황급히 주변을 둘러봤지만 인기척조차 없었다. 시끄러운 빗소리가 귓가를 때린다.

등롱을 든 손이 떨리고 무릎에 힘이 풀렸다.

'살았구나.' 위기에서 벗어났음에도 불구하고 이가 절로 딱딱 부딪쳤다.

'살았어. 어쨌든 목숨을 건진 거야. 영문은 모르겠지만.'

세찬 빗줄기에 흠뻑 젖은 채, 오요는 힘이 풀린 다리를 간신히 움직여 쓰러져 있는 사람에게 다가갔다. 어쩌면 아직 가망이 있을지도 모른다고 기대했지만, 무참한 상처를 보자마자 틀렸다고 생각했다. 상처 자국은 수없이 많았지만, 왼쪽 어깨부터 모로 벤 일격이 치명상이었다. 걸친 옷도 상처를 따라 잘려나가서, 밀랍처럼 하얀 피부가 보였다.

'끔찍하기 짝이 없구나.'

피해자는 서른 살쯤 먹은 무사였다. 비단 각두건을 쓰고 하오리 하카마를 차려입었다. 허리에는 번듯한 인롱을 찼다. 등롱 불빛으로 비춰보자 문양이 보였다. 동그라미에 오동나무. 오요는 잠시 생각에 잠겼지만 어느 집안의 가문家紋인지는 알 수 없었다.

시신은 칼집에서 뽑은 검을 오른손에 쥔 채 눈을 부릅뜬 끔찍한 형상이었다. 오요는 고개를 돌리고 온 길을 되돌아갔다. 큰길로 나갔지만 아무도 없다. 몇 번이나 미끄러지고 넘어지며 지신반으로 달려갔다.

근처 지신반에는 마침 남부 마치부교쇼 도신 이와테 간베가 당직을 맡고 있었다. 근래의 '가마이타치' 소동으로 도신들이 총동원되어 매일 밤마다 마치 자치 위원들과 함께 에도 전역을 순찰한다. 한데 모여 있던 자치 위원들은 오요의 이야기에 술렁대며 자리를 박차고 일어났지만, 마흔쯤 되는 이 도신만은 왠지 분위기가 달라 보였다.

부교쇼의 도신이란 평생 말단 벼슬아치로 끝날 운명이다. 쌀 서른 섬에다 후치매월 지급되는 일종의 직무 수당. 한 사람의 하루 식비를 기준으로 한 달분을 지급한다 이인분을 겨우 받는 박봉에, 도시요리도신하급 무사 도신의 우두머리이 될 때까지 근무한다 치더라도 다섯 섬을 더 받는 정도다. 출세하여 요리키가 되는 자도 드물게 있지만, 결코 쉽지는 않다. 차라리 땅바닥에서 돈을 찾는 편이 나을지도 모른다.

그래도 예전에는 꽤 짭짤한 자리였다. 시쳇말로 '핫초보리핫초보리는 도신들이 많이 사는 지역으로, 그들의 대명사로 불리기도 했다의 7대 불가사의'라 불리는 것 중에 '떨어질 모가지도 돈으로 붙인다'는 말이 있다. 이 말을 보면 알 수 있듯, 예전에는 요리키와 도신의 뇌물 수수가 암묵적으로 공인된 상태였다.

다다스케가 부임하고 나서, 가장 먼저 엄히 단속한 게 바로 이 뇌물 수수였다. 단순히 금지만 한 게 아니라, 수하의 도신들을 시켜 한시도 감시를 게을리하지 않았다. 거하게 뇌물을 받아먹던 자들이 관직을 박탈당했다. 그뿐만이 아니었다. 다다스케는 그때까지 금령으로 금지되었지만 실제로는 이전과 다름없이 활동하던 '오캇피키'의 고용을 금지했다. 인원이 부족하면 마치 자치 위원들을 불러다 쓰라는 명을 내렸다. 하지만 한편으로 부교 자신이 직속 '오캇피키'를 부린다는 소문이 돌았다.

서민들에게는 반가운 조치였지만, 부교쇼의 일부 요리키와 도신들 사이에서는 불만의 목소리가 흘러나왔다. '오캇피키'는 요리키와 도신들이 개인적으로 부리는 자들로, 자연스레 시정에 얼굴이 알려지게 되고 그 편으로 청탁을 해 오는 사람이 생겨난다. 그걸 금지했으니, 그만큼 불편한 점도 늘어나고 일도 늘어난다. 마치 자치 위원들에게 부탁하면 예전처럼 마음대로 할 수 없다. 그러다 보니 장마철이면 곰팡이가 피듯 불만분자가 하나둘 생겨났다. 안타깝지만 어찌 보면 당연한 귀결이었다.

그런 와중에 가마이타치가 나타났다. 게다가 꼬리조차 잡지 못했다. 시민들 사이에서도 부교를 비난하는 목소리가 나오기 시작했다. 부교에게 불만을 가지고 있던 자들에게는 더할 나위 없는 기회였다. 이대로 가마이타치가 붙잡히지 않기를 바라는 괘씸한 작자들이 부교쇼 내부에 있다—이따금 들려오는 그런 불온한 소문을 귀동냥으로 들은 적이 있다.

'이 나리도 혹시 그런 생각을 하시는 걸까?'

자신을 머리에서 발끝까지 훑어보고 나서 귀찮다는 듯 일어나는 간베를 보고, 오요는 불현듯 그런 생각을 떠올렸다 황급히 털어 버렸다.

오요와 간베, 자치 위원 둘, 모두 합해 네 명은 빗속을 뚫고 달렸다. 제각기 낑낑대며 언덕길을 올라 산비탈로 나왔다. 아까보다 훨씬 많은 등롱이 그 자리를 비췄다.

"아무것도 없잖아."

간베가 먼저 말문을 열었다.

"이봐, 틀림없나? 정말 여기가 맞아?"

당번으로 자리를 지키던 자치 위원 중 하나인 야헤이란 사내가 물었다. 반백의 노인이다.

"틀림없어요. 분명히 여기였어요."

오요는 대답했다. 목소리가 떨렸다.

"그 사이에 없어졌어요."

"비 맞기 싫어서 시신이 제 발로 자리를 옮겼나 보지."

간베가 퉁명스레 내뱉었다.

"다들 겁만 늘어서. 지금까지 두 번이나 이런 일이 있었어. 조금만 놀라도 호들갑을 떨어대니, 원. 정신머리 없는 계집애 때문에 물에 빠진 생쥐 꼴이 됐군."

침을 뱉듯 고개를 확 돌리는 간베를 보자 오요는 목까지 울음이 차올랐다. 야헤이는 달래듯 그녀의 어깨를 다독이고 나서, 등불을 들고 다시 수색을 시작했다. 그러다가 아까 오요를 무시한 채 빗속에 서 있던 간베가 몸을 수그리고 있는 모습을 보고 말을 걸었다.

"나리, 뭔가 발견하셨습니까?"

"아니, 아무것도 아닐세. 그냥 돌이었어."

간베는 성가신 듯 대답했다.

"말도 안 돼요. 어찌 이런 일이……."

오요는 눈물을 참지 못하고 반쯤 울먹였다.

"똑똑히 봤어요. 무사 나리가 변을 당했다고요. 가마이타치의 모습도 봤어요."

"그러면 시신은 어디 있지?"

간베는 날이 선 목소리로 말했다.

"흉한 꿈을 꾼 모양이구나. 공무로 바쁜 어른들을 함부로 귀찮게 했다간 호되게 경을 칠 게야. 명심하거라."

간베는 자치 위원들에게 턱을 까딱했다.

"이 애의 주소와 이름을 적어 두게. 다음에 또 이런 일을 벌이기만 해 봐라, 그때는 가만 두지 않을 줄 알아."

2

"일은 어찌 됐느냐?"

조용한 목소리가 물었다.

"분부대로 처치했습니다."

시원시원한 목소리가 대답했다.

"다친 곳은 없느냐?"

"네. 허나……."

"말해 보거라."

"지나가던 행인에게 모습을 들켰습니다."

"순시관이었느냐?"

"아닙니다. 젊은 처녀였습니다."

"젊은 처녀라고?"

잠시 침묵이 흘렀다. 이내 조용한 목소리가 감탄한듯 말했다.

"홀로 걷고 있더냐?"

"네. 간신히 그 자리는 모면했습니다만, 제 불찰입니다."

"돌발 상황이었는데 어쩌겠느냐. 그 처녀가 어디 사는 누군지 알아냈느냐?"

"네."

"잘했다. 그럼 바로 손을 써야겠구나."

비는 동틀 무렵에야 그쳤다.

이와테 간베는 날이 밝자마자 바로 밖으로 나갔다. 그가 걸음을 멈춘 곳은 우치간다에 있는 하타모토 오다기리 마사노리의 저택 대문 앞이었다.

오다기리 가문은 녹봉이 팔천오백 석으로, 하타모토 중에서도 꽤 신분이 높은 가문이다. 오다기리 집안의 당주는 대대로 오반가시라에도 성을 경비하는 부대의 수장으로, 유사시에는 막부군의 지휘를 맡는 중책이다 직책을 맡으며, 무용을 자랑하는 명문가이다. 현 당주인 마사노리는 서른하나, 벌써 호이남성용 기모노의 일종으로 막부의 허락을 받은 자만 착용 가능 착용도 허락받은 검술의 달인으로 이름이 높았다.

간베는 문지기가 있는 오두막으로 다가가 "이 댁 나리를 뵙고 싶다"고 전했다. 문지기는 말단 관리 주제에 무슨 일이냐는 표정으로 용건을 물었다.

간베는 잠시 생각한 끝에 이렇게 대답했다.

"어젯밤 간다 야쓰지가하라사키에서 무엇을 주웠는데, 그게 이 댁의 안위와 관련된 물건이란 생각이 들어 뵈러 왔다고 말씀드리게."

겐안은 동이 틀 무렵에야 돌아왔다.

"졸중으로 쓰러진 환자인데, 상태가 심히 좋지 않아서 밤새 옆에서 지켜봤다."

겐안은 녹초가 된 듯했지만, 오요 역시 어젯밤부터 한숨도 자지 못했다. 오요는 어젯밤에 있었던 일을 단번에 쏟아냈다.

이야기를 들은 겐안은 턱을 쓸었다.

"귀신이 곡할 노릇이죠?" 오요는 열띤 어조로 말했다.

"정말 봤어요. 이 두 눈으로 똑똑히 봤다고요."

오요는 형언할 수 없는 불길한 예감에 휩싸였다. 아버지의 표정만 봐도 무슨 생각을 하는지 대충 짐작이 간다. 이 표정은 난감해하는 얼굴, 어떻게 얼버무릴지 궁리하는 얼굴이다.

"안 믿으시는 거죠?"

오요는 말했다. 아버지는 연신 턱을 쓸며 괜스레 고쳐 앉았다.

"안 믿으시는군요. 아버지도 제 얘기를 믿지 못하시는 거예요."

"오요야, 들어 봐라." 겐안은 천천히 말문을 열었다.

"너 말이다, 예전에도 이런 일이 있지 않았느냐?"

오요는 기억을 더듬었다.

"그건 아주 어릴 적 일이잖아요."

어릴 적, 오요는 무척 생생한 꿈을 꾸고는 했다. 그것 자체는 별일 아니었지만, 밤중에 벌떡 일어나 방 안에 고양이가 있다며 뒤지거나, 아침에 일어나 어젯밤 내 머리맡에서 이야기하던 사람은 누구냐고 묻기도 했다. 물론 실제로는 고양이도, 사람도 없었다. 모두 꿈이었다. 처음에는 겐안도 상상력이 풍부한 어린 시절에 흔히 있을 수 있는 일이다 생각했지만, 나이가 들고 나서도 그런 꿈을 꾸는 일이 종종 있었기에 은근히 신경을 쓰고 있었다.

"그리고 어젯밤에는 말짱한 정신으로 밖에 나갔다고요. 잠들어 있지도 않았고, 꿈을 꾸지도 않았어요."

"그래도……." 겐안은 턱을 긁적였다.

"시신이 없었다면서."

오요는 말문이 막혔다.

"그러니까 그건…… 가마이타치가 어디다 숨긴 거예요."

"무엇 때문에? 지금까지는 그런 일이 없지 않았느냐."

"그건…… 제가 자기 얼굴을 봤으니까……."

"그렇다면 시신을 숨기기보다 네 입을 막는 게 우선 아니겠느냐?"

말을 마친 겐안은 다시 타이르듯 입을 열었다.

"오요야, 어젯밤 일은 이 애비가 잘못했다. 야밤에 혼자 마중을 나왔으니 얼마나 무서웠겠니. 무서워서 뭔가 잘못 보았나 보다."

오요는 고개를 숙였다.

"사람은 누구나 그런 일을 겪을 수 있단다. 전국 시대의 무장들조차 적인 줄 알고 버드나무에게 검을 휘둘렀다는 이야기가 전해지니 말이다. 널 탓하는 게 아니라, 걱정 끼친 이 애비가 잘못했다. 나중에 지신반에도 잘 말하고 올 테니 괘념치 말거라."

오요는 서러웠다. 엉엉 울고 싶었다. 아버지한테까지 같은 말을 들을 줄은 몰랐다.

시신이 없다는 게 밝혀지자, 눈물이 찔끔 날 만큼 꾸중하는 이도 있었고, 위로하는 이도 있었고, 동정하는 이도 있었다. 아침이 되니 이번엔 귀 밝은 사람들이 벌써 소문을 듣고 달려왔다. 와서 물어보는 건 좋지만, 아무도 믿는 눈치는 아니었다.

"아닌 게 아니라, 저번에 묘진시타에서도 비슷한 일이 있었잖아요. 젊은 처녀가 가마이타치를 봤다고 야단법석을 떨어서 달려가 봤더니, 재양판載陽板에 헌옷이 걸린 걸 잘못 본 거였다면서요."

"그런 일이 있었죠. 하지만 그것도 어쩔 수 없죠. 무서울 법도 해요."

"다 겐안 선생님 탓이에요. 얼마나 걱정이 됐으면 오요가 헛것을 봤겠어요."

사실이라고, 두 눈으로 똑똑히 봤다고 아무리 이야기를 해도 소용이 없었다. 입 아프게 말해 봤자 딱하다는 듯 고개만 끄덕이고, 그러다 놀림을 당하기 일쑤였다.

"그러고 보면 가마이타치도 어여쁜 처자에게 사족을 못 쓰나 봐. 오요를 곱게 보내 줬으니 말이야."

"어마, 그러면 나도 걱정 없겠네."

"당신은 안 돼. 보자마자 저세상으로 보내 버릴걸."

오요는 한숨을 쉬었다. 이제 곧 환자들이 들이닥칠 시간이다. 깨끗이 빨아놓은 무명천을 둘둘 말며 다시 어젯밤 일을 떠올렸다.

생각만 해도 등골이 오싹했다. 의원의 딸이니 피를 보는 일은 일상다반사였지만, 방금 숨을 거둔 무참한 시신을 앞에 두고 피투성이 검을 든 살기등등한 남자와 대치한 순간, 온몸이 돌이 되어 버린 듯한 공포는 처음이었다. 결코 꿈이 아니었다. 눈으로 본 것도, 귀로 들은 것도 아니다. 전신으로 느낀 것이다.

'어째서 시신이 사라졌을까.'

분명히 아버지의 말대로 가마이타치가 일부러 시신을 숨길 까닭은 없다. 이제까지 무심코 고개를 돌리고 말 정도로 끔찍한 시신들을 태연하게 대로 한가운데에 방치해 놓았던 자다.

'그리고 왜 날 살려 뒀을까.'

이것도 알 수 없었다. 고개를 갸웃거리는데 문가에서 목소리가 들렸다. 대답하며 나가자, 마치 순시관 도신인 오마치 한고로가 서 있었다.

"잠깐 얘기 좀 할 수 있나?"

한고로는 싱긋 웃으며 말했다.

오마치 한고로는 겐안과 비슷한 연배지만, 겐안보다 훨씬 풍채가 좋고 성격도 서글서글하다. 저런 성품으로 마치 순시관으로 일하다니 참 신기하다는 말을 듣는 사내다.

"소문 들었다. 어젯밤에는 많이 놀랐겠구나."

그런 한고로가 그렇게 말했기에 오요는 어렴풋이 기대를 품었다.

"예, 정말 가마이타치를 봤어요. 얼굴도 봤고요. 죽은 무사의 인롱에 박힌 문양까지 똑똑히 기억한다니까요."

한고로는 묘한 표정을 지었다. 그러고는 당황한 듯 몸을 내밀며 "어허, 함부로 그런 소리 마라" 하고 오요를 나무랐다.

"어째서요?"

"몰라서 물어? 시신이 없었다면서. 나는 네가 헛것을 봤다고 들었어. 그래서 많이 놀랐겠다고 한 거다. 그리고 증좌도 없는데 무사 나리가 변을 당했다는 말을 함부로 입에 담았다간 경을 칠 게야."

겐안이 거 보란 표정으로 딸을 보았다. 오요는 기운이 쫙 빠졌다.

"그럼 오마치 나리께서도 제가 꿈을 꿨다고 생각하시나요?"

"그건 아니겠지만, 비슷한 얘기를 들은 적이 있어서."

한고로는 웃으며 말을 이었다.

"뭐, 가마이타치를 붙잡지 못한 우리 죄가 제일 크지만."

"그건 그렇소."

겐안이 진중한 목소리로 맞장구를 쳤다.

"너무 타박하지 말게. 우리도 최선을 다하고 있으니."

잠자코 있던 오요가 느닷없이 입을 열었다.

"분해 죽겠어요."

겐안과 한고로의 눈이 휘둥그레졌다.

"분해 죽겠단 말이에요." 오요는 무릎 위에 올린 손을 꽉 쥐었다.

"모두 제 말은 믿지 않고, 꿈을 꾸었네, 헛것을 보았네."

"오요야."

"증좌란 걸 꼭 찾아내고 말겠어요. 제가 본 게 헛것이 아니라는 증좌를요. 그걸로 가마이타치를 붙잡을 거예요!"

한고로는 어처구니가 없다는 표정을 지었고, 겐안은 고개를 절레절레 저으며 다시 턱을 쓸기 시작했다. 말을 마친 오요는 조개처럼 입을 꾹 다물었지만, 한고로는 입에서 쉰내가 날 만큼 공연한 짓을 하지 말라고 못을 박고 돌아갔다. 조금 있다 첫 환자가 찾아와 바쁜 하루를 시작하면서 이야기는 거기서 끝났다.

하지만 생각지도 못한 곳에서 도움을 주겠다는 사람이 나타났다.

오후가 되자마자 헤이타라는 젊은 가마꾼이 찾아왔다. 가벼운 타박상을 입은 그는 습포를 붙여 주는 오요에게 이렇게 말했다.

"그쪽이 어젯밤 가마이타치를 봤다는 오요란 처자요?"

놀란 오요를 보고 헤이타는 헤헤 웃었다. 눈망울이 동그랗고, 웃는 모양새가 서글서글했다.

"가마꾼을 하다 보면 여러 가지 소문을 듣게 되는 법이거든. 이래봬도 소식통 헤이타라고 불린다네."

"그럼 그게 잘못된 소문이라는 것도 아시겠네요?"

"잘못된 소문? 그렇지, 시신이 사라졌을 뿐이니까."
"정말 그렇게 생각하세요?"
"그럼. 시신이 없다고 쓰지기리까지 없던 일이 되진 않으니까."
오요는 또다시 놀랐다. 이번에는 기뻐서 놀란 것이다.
"그럼 내 말을 믿어 주시는 거예요?"
"믿고말고."
"오요." 겐안이 엄한 목소리로 타박을 줬다.
"계속 잡담만 하고 있을 테냐."
헤이타는 어깨를 으쓱했다. 오요는 그의 팔에 무명천을 감으며 나지막하게 말했다.
"하지만 다른 사람들은 아무도 믿어 주지 않아요."
"증좌가 없으니 그럴 만도 하지. 그 자리에 죽은 무사의 소지품이라도 떨어져 있었으면 모를까."
"내가 찾아볼게요."
"혼자서는 위험해서 안 돼. 나랑 같이 가자고."
헤이타는 목소리를 더욱 죽이며 말했다.
"실은 말이지, 난 옛날에 오캇피키였다우."
오요의 눈이 휘둥그레졌다.
"오캇피키 금지령은 그쪽도 알지? 오캇피키의 이름으로 몹쓸 짓을 하는 녀석들이 하도 많아서, 그런 악습을 근절하기 위해 내린 명이지. 하지만 모든 오캇피키들이 그러는 건 아니야. 그 가운데 몇몇은 지금도 몰래 나리들 일을 돕고 있지. 나도 그중 하나라네. 부교 나리께서도 알면서 모른 척해 주시고. 우리처럼 은밀하게 행동하는 오캇피키를 '오미미'라고 부른다네."

"오미미……."

"부교 나리의 귀미미는 일본어로 귀란 뜻란 뜻이지."

오요는 고개를 끄덕였다. 헤이타의 이야기에 짚이는 구석이 있는 까닭이다.

막부가 정식으로 금지령을 반포해 오캇피키 활동을 금지시킨 건 쇼토쿠正德 2년1712년 이월이다. 이유는 헤이타의 말대로 오캇피키의 직권을 남용해 금품을 갈취하거나 뇌물을 받고 죄를 눈감아 주는 한편, 외려 죄도 없는 자에게 누명을 씌우는 일이 빈번해서였다. 금지령이 반포된 이후, 오캇피키를 사칭한 자에게는 최소 귀양, 심한 경우에는 사형까지 내려졌다.

하지만 남부, 북부 합쳐 채 백 명도 안 되는 요리키와 도신만으로 치안을 유지하기에는 에도는 너무 넓었다. 그런 까닭에 예전에는 금지령도 흐지부지 사라져 있던 상태였다.

오오카 에치젠노카미는 허울뿐인 법이었던 이 금지령을 본격적으로 추진하여 철저하게 시행하는 데 온 힘을 쏟았다. 그리고 큰 고생 없이 정해진 인원만으로 치안을 유지했다. 몹쓸 오캇피키에게 애를 먹던 에도 시민들은 또 한 번 다다스케의 수완에 탄복했지만, 재미있게도 한편으론 오오카 나리 또한 은밀히 특별 오캇피키를 부리고 있음이 틀림없다는 소문이 돌았다.

"소문이 사실이었군요."

오요는 고개를 끄덕였다.

"그렇지. 하지만 딴 데다 흘리면 안 돼."

"알았어요. 그럼 이제 어쩌죠?"
"음……."

헤이타와 만나기로 한 신시오후 네시가 다가오자 오요는 장을 보고 오겠다고 집을 나섰다.

어젯밤과 같은 길을 종종걸음으로 걸었다. 어제와는 달리 날도 맑고 해도 밝아서 꼭 다른 길을 걷는 것 같았다.

도중에 걸음을 멈추고 숨을 고른 뒤 다시 천천히 발길을 옮겼다. 어쩐지 어젯밤부터 거품을 물고 달리기만 하는 것 같다. 진정하고 마음을 가다듬자. 헤이타도 그리 말하지 않았는가.

'증좌만 찾으면 되니까, 너무 조바심 내지 말게.'

믿어 주는 사람이 있다. 그게 더없이 기뻤다. 게다가 헤이타는 높으신 분들의 명을 받드는 자다. 이게 진정 가마이타치를 붙잡는 단서가 될지도 모르는 것이다.

자연스레 걸음이 빨라졌다. 옻칠을 한 게다가 경쾌한 소리를 냈다. 뒤에서 누군가 따라오는 듯한 기척을 느낀 것은 바로 그 순간이었다.

오요는 걸음을 멈췄다. 그러자 한 박자 느리게 등 뒤에서 들리던 발소리가 뚝 끊겼다.

뒤를 돌아봤다. 저 멀리 시루시반텐에도 시대에 소방수나 목공 등 직인들이 입던 허리까지 오는 겉옷을 입은 사내 둘이 잰걸음으로 걷는 모습이 눈에 들어왔다. 근처에 사람 그림자는 없다.

오요는 고개를 젓고 이내 발길을 재촉했다. 하지만 얼마 가지 않아 다시 걸음을 멈췄다.

역시 누가 뒤따라오고 있다.

걸음을 멈춘 채 주변을 둘러보며 "헤이타 씨" 하고 불러 보았다.

대답은 없다. 앞에도, 뒤에도 저물어 가는 햇빛을 받은 먼지 수북한 길이 뻗어 있을 뿐이다. 오요는 냅다 달렸다.

숨을 헐떡이며 예의 좁은 언덕길을 뛰어 올라가자 헤이타가 먼저 와서 기다리고 있었다. 그는 놀란 표정으로 물었다.

"무슨 일 있었나? 왜 그리 헐떡거려?"

"누가 따라오는 것 같았어요."

헤이타는 놀라서 주변을 살피더니, 오요를 안심시키듯 웃으며 말했다.

"아무도 없는데. 어제 일로 아직도 많이 놀랐나 봐. 그런 일을 당했으니 무리도 아니지."

오요도 그런가 보다고 대답했다.

"뭔가 찾아냈어요?"

"아니, 아직 아무것도. 어제 내린 비 때문에 혈흔과 발자국이 흔적도 없이 씻겨 내려갔어."

두 사람은 서로 분담해 주변을 샅샅이 뒤졌다.

얼마 지나지 않아 헤이타가 "어?" 하고 소리쳤다.

커다란 모밀잣밤나무 아래를 살피던 오요는 뒤돌아 "무슨 일이에요?" 하고 물었다.

"아니, 저건……." 헤이타는 오요의 팔을 붙잡았다.

그 순간, 무언가가 휘익 허공을 갈랐다.

그것은 오요를 휙 스치고 지나가 모밀잣밤나무 줄기에 꽂혔다. 세 치쯤 되는 길이에 가늘고 날카로운 날붙이다. 오요는 비명을 질렀고, 헤이타도 외마디 소리를 냈다. 두 번째 날붙이가 날아와 헤이타의 머리를 스쳤다.

"도망쳐!" 헤이타가 고함을 쳤다. 두 사람은 달렸다. 언덕을 정신없이 내려가 큰길로 뛰어나오던 찰나 누군가와 부딪혀서, 오요는 다시 비명을 질렀다. 부딪힌 상대는 쓰러지려는 오요를 붙잡고 큰 소리로 외쳤다.

"이게 누구야. 어젯밤 그 처자잖아."

목소리를 듣고서야 오요는 제정신을 찾았다.

"난 어젯밤 지신반에 있던 야헤이라네. 무슨 일인가? 꼭 귀신에게 쫓기는 사람처럼."

비탈과 멀리 떨어진 곳에서, 오요와 헤이타는 방금 있었던 일을 야헤이에게 말했다. 헤이타는 무서운 표정으로 주변을 살폈지만, 뒤따라오는 자는 없었다.

"그런 일이 있었구먼." 야헤이는 고개를 끄덕였다.

"보아하니 자네들도 나와 비슷한 생각을 한 모양이군."

"그럼 어르신도?"

"그렇다네. 나도 어젯밤 자네가 본 일이 말짱 헛것은 아니란 생각이 들더라고. 자네가 거짓말을 하는 것처럼 보이지는 않았거든. 그래서 다시 한 번 그곳을 조사하러 온 걸세."

"우리 목숨을 노렸습니다." 헤이타는 이를 갈며 말했다.

"가마이타치의 소행이 분명해."

"증좌가 될 만한 것은 아무것도 없었어요. 만일 남아 있었더라도 벌써 가져갔겠죠." 오요는 몸서리를 치며 말했다.

"나한테 생각이 있네." 야헤이는 말했다.

"이렇게 된 이상 가만히 있을 수 없네. 지금 당장이라도……."

"생각이라니, 어쩌실 작정입니까?" 헤이타가 물었다.

"증좌가 있을지도 모르네. 아니, 분명히 있을 게야." 야헤이가 말했다. 그러고는 안심시키듯 오요의 어깨를 툭툭 두드렸다.

"금방 찾아낼 테니 염려하지 말아. 오늘은 그만 돌아가 쉬게나. 결코 경솔한 짓을 해서는 안 돼. 헤이타, 자네도 마찬가지고."

꼭 야헤이의 당부가 아니더라도, 그날은 더 이상 밖에 나갈 마음이 들지 않았다. 게다가 집으로 돌아오자 공사 현장에서 부상을 당한 인부들이 들것에 실려 와서, 겐안은 함께 온 인부들에게 지시를 내리며 부상자를 돌보느라 정신이 없었다. 오요는 말 없이 저녁 준비를 했다.

안전한 집으로 돌아오자, 새삼 공포가 밀려들었다. 얼굴에서 핏기가 가셨다. 물을 마시려 국자를 들었지만 계속 손이 떨려서 그냥 내려놓고 말았다.

"오요, 안에 있니?"

느닷없이 부엌문이 열리며 기운찬 목소리가 들렸다. 오요는 화들짝 놀라 펄쩍 뛰었다.

"뭘 그렇게 놀라. 무슨 일 있어?"

놀란 오요를 보고 웃으면서도 걱정스레 물어온 처녀는 이웃에 사는 목공의 딸 오소노로, 오요와는 소꿉동무라 가깝게 지냈다. 하지만 성격은 정반대라 매사에 수다스럽고 화려한 것을 좋아하는 처녀로, 살림이 넉넉해서인지 차림새에도 신경을 많이 썼다. 오늘도 화사한 빛깔의 겹옷을 걸쳤다.

"어머, 낯빛이 왜 그래? 어디 아파?"

"아무것도 아냐." 오요는 고개를 저었다. 오소노에게 걱정을 끼쳐서는 안 된다.

"종일 바빠서 정신이 없었거든. 무슨 볼일이야?"

"새로운 소식이 들어왔어." 오소노는 환하게 웃었다.

"저 건넛집, 계속 비어 있었잖아. 새로 이사 들어온대."

"이사를 온다고? 이 시간에?"

"응, 어제 혼조 쪽에서 불이 났잖아. 거기 살던 사람인가 봐."

오소노는 황홀한 표정으로 말을 이었다.

"그런데 이게 엄청난 미남이야. 한 번 봤는데 정신이 몽롱해지더라니까."

오요는 웃었다. 그런 무서운 일을 당한 직후인데도 웃음이 나는 자신에게 조금 놀랐지만, 오소노라는 처녀는 주변을 밝게 만드는 신기한 힘이 있었다. 오요도 그 점을 좋아했지만, 때로는 단점이 되기도 했다. 분위기에 잘 휩쓸리는 탓이다.

"또 시작이네."

"어머, 무슨 소리야. 못 믿겠으면 직접 확인해 봐. 아직 이 근처에 있을 거야."

오소노는 오요를 끌고 밖으로 나갔다. 오요는 키득키득 웃으며 오소노가 이끄는 대로 따라갔다.

해가 서산으로 저물고 있었다. 저녁놀과 집집마다 흘러나오는 불빛 때문에 골목은 신비한 빛으로 물들어 있었다. 오요는 오소노가 가리키는 곳을 보았다.

관리인인 우헤와 웬 훤칠한 젊은이가 서 있다. 낡았지만 깔끔하게 손질한 옷을 입은 차림새를 보아하니 한눈에 직공임을 알 수 있었다. 두 처녀에게 등을 돌리고 있던 젊은이가 사람의 시선을 느꼈는지 이쪽을 돌아보았다. 그 얼굴을 본 순간, 오요는 온몸의 피가 바싹 마르는 걸 느꼈다.

어젯밤의 그 남자다.

오요는 눈을 껌뻑거렸다. 시간이 되돌아간 것 같았다. 말도 안 돼. 사내의 눈이 오요를 붙잡고 놓아 주지 않았다. 한 대 세게 얻어맞은 듯 오요는 깨달았다.

'아는 거야. 저 남자는 날 알고 있어. 내가 기억하는 것처럼 날 기억하고 찾아온 거야. 날 쫓아온 거라고.'

멀리서 관리인의 목소리가 들렸다.

"어허, 사람한테 손가락질을 하면 어쩌나."

오소노는 곰살궂게 웃으며 말했다.

"죄송해요. 하지만 오요한테도 새로 오신 분을 인사시키려고요."

"그건 내가 할 일이지." 우헤는 한 마디도 지지 않고 받아쳤다. 이 동네에서 오소노에게 넘어오지 않는 사람은 이 우헤뿐이다. 그거 하나는 참 대단하다고 주변의 감탄을 사고 있다.

오요의 귀에는 오소노의 싹싹한 목소리도, 우혜의 퉁명스런 목소리도 들어오지 않았다. 우두커니 선 채, 정신이 아득해질 만큼 오랜 시간을 남자와 서로 노려보았다. 직감이 성난 파도와 같이 밀려들어 흡사 화재를 알리는 경종처럼 머릿속에서 뎅뎅 울렸다. 남자가 먼저 눈을 돌렸다. 그 순간, 얇은 입술 끝에 희미한 미소가 번지는 것을 보았다. 등줄기가 오싹해졌다.

"세공장이인 신키치 씨라네."

우혜가 말했다.

"오늘부터 그 댁 건넛집에 살게 됐습니다. 앞으로 잘 부탁해요."

신키치라 불린 남자는 예의 바르게 오요에게 고개를 숙였다.

오소노에게 쿡쿡 팔꿈치로 찔리고 나서야 오요는 가까스로 인사를 건넸다. 목뼈가 삐걱거리는 소리가 들릴 만큼 온몸이 뻣뻣하게 굳어 있었다.

'대체 어떻게? 어떻게 여길 알고 왔지?'

"그럼 의원님께는 나중에 인사하러 찾아뵙겠다고 전해 주게."

말을 마친 우혜는 홱 뒤돌아 신키치를 데리고 떠났다. 우혜를 뒤따르던 신키치가 오요 옆을 스쳐 지나갔다.

'피 냄새가 나.'

오랫동안 부상자들을 돌봐 온 오요는 금세 알아챘다.

'아버지가 사람을 베고 나면, 아무리 손을 씻고 옷을 갈아입고 목욕을 해도 피 냄새가 하루 이틀은 간다고 했어. 틀림없어. 이 남자가 내가 본 가마이타치야.'

"어때, 내 말이 맞지?" 오소노가 말했다.

"까무잡잡하고 턱선이 날렵한 게……. 어머? 오요, 무슨 일이야. 얼굴이 새파랗잖아."

"아까부터 몸이 좋지 않아."

오요는 힘겹게 입을 열었다.

"좀 어지럽네. 그만 들어가 볼게."

"어머, 어떡해. 고뿔인지도 몰라. 얼른 들어가서 누워."

오소노의 부축을 받아 주방으로 돌아오는 동안에도, 오요는 마음 속으로 같은 말을 되뇌었다.

'대체 어떻게? 어떻게 여길 알아냈지? 오늘 그 사건 현장에서부터 뒤를 밟은 걸까……? 아니야, 헤이타 씨가 그만큼 주의를 기울였는데 그럴 리 없어.'

"의원님, 오요가 아픈가 봐요."

오소노의 목소리에 겐안이 황급히 뛰쳐나왔다.

"어찌 된 거냐?"

"별일 아니에요. 고뿔에……."

오요는 말하다 말고 경악했다. 처마 끝에 매달린 등롱이 눈에 들어왔기 때문이다.

— 야쓰지하라사키 의원 니노 겐안.

'그때 들었던 등롱이야.'

오요는 절망적인 기분으로 눈을 감았다.

'등롱에 이름이 적혀 있었어. 아아, 하지만 지금에서야 깨닫다니, 이제 다 틀렸어!'

3

"일은 어찌 되어가는가?"

"네, 역시 수상한 자가 나타났습니다."

"그래, 염려하던 대로군. 오다기리 쪽 사람이겠지."

"아무래도 그게 아닌 것 같습니다."

"뭣이?"

"오늘 나타난 사내는 차림새도 서민 같았고, 뒤를 밟았지만 오다기리 나리 쪽 가신과 접촉하려는 낌새는 전혀 없었습니다."

"음……."

"이건 순전히 억측입니다만."

"말해 보거라."

"아무래도 이 일에는 자치 위원이 관련된 모양입니다."

"외람되옵니다만."

다른 목소리가 나타났다.

"뭔가?"

"지금 막 들어온 소식에 의하면 간다 이시카와초 도쿠베 상회 관리인인 야헤이란 자가 길에서 칼을 맞아 죽었다고 합니다."

"들었나?"

"네, 그자가 바로 그 자치 위원입니다."

"음. 조심, 또 조심하게."

이튿날, 오요는 아직 동이 트기도 전에 일어났다.

전날 밤, 겐안이 달여 준 약탕을 마시고 일찍 자리에 들었지만 잠이 올 리 만무했다. 자잘한 하루 일과를 마치고 겐안이 잠자리에 들자, 오요는 밤새 어둠 속에서 눈을 부릅뜨고 있었다. 칸막이 너머에서는 아버지가 조그맣게 이를 갈고 있었다.

바깥으로 나온 오요는 새벽바람을 맞으며 몸을 떨었다. 고개를 들어 건넛집을 보았다. 비스듬히 보이는 나가야 제일 끝집은 다른 집과 다를 바 없는 구조다. 하지만 그 안에 있는 사람은 다르다. 너무나도 다르다.

'지금 뭘 하고 있을까?'

잠들어 있을까, 깨어 있을까? 어젯밤부터 감시했지만 외출하는 기척은 없었다. 하지만 상대는 가마이타치다. 지금까지 뱀처럼 요리조리 오랏줄을 피해 다닌 교활한 녀석이다. 오요의 눈을 속이는 일쯤은 식은 죽 먹기이리라.

'야헤이 나리와 헤이타 씨는 무사할까?'

"오요 씨."

불쑥 등 뒤에서 목소리가 들렸다.

오요는 소스라치게 놀랐다. 다리가 덜덜 떨렸다. 누구 목소리인지 알기 때문이다.

"아니, 뒤돌아보지 않는 편이 좋을 거야."

오요는 주먹을 꼭 쥐고 앞을 바라보며 꿋꿋하게 말했다.

"무슨 볼일이죠?"

"말하지 않아도 잘 알잖나?"

오요는 애써 태연한 척했지만, 마음처럼 쉽지 않았다.

"당신 얘기를 아무한테도 못하도록 내 입을 막으러 왔나요?"
"글쎄."
상대는 슬며시 웃었다. 목소리가 조용해서 더욱 두렵게 느껴졌다.
"마음대로 해요. 당장이라도 날 베어 버리면 되잖아요."
허세를 부려 봤지만, 막상 입 밖으로 내고 보니 정말 그럴 작정이면 어쩌지 하는 생각에 식은땀이 흘렀다. 하지만 상대는 다시 웃으며 대꾸했다.
"내가 그렇게 얼빠진 놈처럼 보이나? 지금 그쪽을 없애 봤자 아무 도움도 되지 않아. 도움은커녕 그쪽이 한 말이 사실임을 입증하는 꼴이겠지. 긁어 부스럼이야. 그보다 당신이 잠시 얌전히 있어 주면, 그저께 일은 사람들 기억 속에서 흐지부지 사라질 테지."
"왜 내가 얌전히 있을 거라고 생각하죠?"
"그러지 않을 생각인가?"
"지신반에 달려가 신고할지도 모르잖아요."
오요는 힘껏 턱을 쳐들었다.
"백주 대낮에 지신반에 간다고 길을 나서면, 당신이 무슨 수로 붙잡겠어요. 여기는 보는 눈이 한둘이 아니라고요."
"그래, 한둘이 아니지."
목소리가 서서히 낮아졌다.
"당신 아버지도 있고 말이야."
오요는 누가 목을 조르는 듯한 느낌을 받았다.
"아버지를……."
"맞아, 당신은 원하는 시간에 원하는 곳으로 가서 하고 싶은 대로 이야기할 수 있지. 지신반에 달려가도 좋고. 하지만 나도 그만한 눈치는 있다는 걸 잊지 마. 위험하겠다 싶으면 재빨리 내빼면 되고, 전별 선물로 당신 아버지 목숨을 가져가는 건 일도 아니야."

오요는 끓는 물을 뒤집어쓴 고양이처럼 펄쩍 뛰었다. 홱 몸을 돌려 뒤돌아보자, 신키치는 팔짱을 낀 채 한 간도 떨어지지 않은 문간에 서 있었다.

오요는 자기가 아는 모든 욕설을 머릿속에 떠올리다 간신히 잠긴 목소리로 외쳤다.

"이 천하에 나쁜 놈아!"

신키치는 어깨를 으쓱했다.

"악당이라 미안하군."

"나중에 후회하게 될 거야."

오요는 부들부들 떨며 말했다. 두려움과 분노가 한데 섞인 몸부림이었다.

"당신이 그 자리에서 날 베지 않았던 걸 반드시 후회하게 만들어 주겠어."

머릿속에 야헤이의 말이 떠올랐다.

'증좌는 있어, 분명히 있어.'

하지만 신키치는 오요의 마음을 들여다본 듯 말했다.

"자치 위원인 야헤이 영감 말인가?"

오요는 헉 하고 숨을 들이마셨다.

"그 영감은 죽었어."

"죽었다고……."

신키치의 목소리가 매섭게 경고하는 빛을 띠었다.

"그러니까 경거망동하지 말라고. 목숨 아까운 줄 알면 얌전히 입 다물고 살아. 그렇지 않으면 이게 단순한 협박이 아니라는 걸 신물이 날 정도로 알게 될 테니."

오요는 안간힘을 다해 눈을 부릅뜨고 신치키와 속내를 읽을 수 없는 그 싸늘한 눈을 노려본 뒤, 발길을 돌려 냅다 달렸다. 그래서 오요가 고개를 돌리자마자, 그때까지와는 다른 표정이 신키치의 눈을 스치고 지나간 걸 알아채지 못했다.

야헤이가 가마이타치에게 변을 당했다는 소식을 듣자마자 나가야는 난리가 났다.

오요는 굳은 표정으로 야헤이의 집으로 달려갔다. 온 동네가 가마이타치의 새로운 희생자 이야기로 떠들썩했다. 어딜 봐도 삼삼오오 모여 수군대고 있다. 요미우리가 큰 소리로 소식을 알리며 골목을 달렸다.

야헤이의 집에 다다랐을 때는, 지신반에서 인계받은 시신이 막 도착한 참이었다. 이웃들이 모여 있다. 사람들을 헤치고 안으로 들어가자, 눈앞 덧문짝 위에 거적을 덮은 야헤이의 시신이 보였다. 거적 가장자리로 퍼렇게 변해 구부러진 손가락이 튀어나와 있다.

시신의 머리맡에 산발하고 고개를 푹 숙인, 어린애를 안은 여자가 앉아 있었다. 생김새가 닮은 걸 보니 야헤이의 딸인 모양이다. 오요는 가슴이 먹먹해졌다.

모인 이들이 나누는 이야기가 귀에 들어왔다.

“원, 어찌 이런 천인공노할 짓을 저지르는지.”

“사람이 할 짓이 아닐세. 가마이타치 녀석은 금수만도 못한 놈이야.”

“높으신 분들은 대체 뭘 하는 건가?”

“오오카 나리도 별 볼일 없구먼.”

오요는 조심스레 물었다.

“야헤이 어르신은 어디에 다녀오는 길이셨대요?”

글쎄, 하는 소리가 들리더니 아이를 안은 여자가 고개를 들었다. 두 눈이 옹이구멍처럼 어둡고 퀭했다.

“잠깐 나갔다 오겠다고 했어요.”

얼이 빠진 듯한 목소리였다.

“금세 돌아오겠다고, 어디 간다는 말도 없었어요. 날도 밝을 때라 걱정하지 않았는데…….”

품에 안긴 아이도 어미의 상태가 심상치 않음을 알아챘는지 겁먹은 얼굴로 매달렸다.

“그랬는데 이런 모습으로 돌아오다니…….”

오요는 망연자실한 심정으로 자리를 떴다. 다 글렀다. 야헤이 어르신이 무엇을 발견했는지, 이제 알아낼 도리가 없다.

‘헤이타 씨에게 뭔가 귀띔하지 않았을까.’ 그런 생각을 하다 정신이 퍼뜩 들었다. 헤이타 씨는, 헤이타 씨는 무사할까?

그 후로는 영겁과도 같은 괴로운 시간이 흘러갔다. 오늘도 환자들이 줄을 이었고, 겐안은 여전히 바빴다. 오요는 겉으로는 평소와 다름없이 행동했지만, 내심 속을 끓이며 헤이타가 오기만을 기다렸다.

진료를 도우며 때때로 건너편을 힐끔거렸다. 볕이 좋은 날이라 어느 집이나 문을 활짝 열어 놨다. 신키치네 역시 마찬가지여서, 오요가 있는 곳에서도 허리를 구부리고 은세공을 하는 그의 모습이 보였다. 하지만 거꾸로 생각하면 그의 눈에도 오요의 모습이 잘 보인다는 뜻이다.

게다가 신키치네 문간 귀틀에 오소노가 자리를 잡고 앉아 즐겁게 이야기를 나누는 게 아닌가. 오요는 눈앞이 아찔해졌다.

'제발, 오소노. 부탁이야, 제발, 제발.' 마음속으로 외쳤다.

'그 남자는 살인자야, 그놈이 바로 가마이타치라고.'

점심나절이 지났을 무렵, 골목으로 들어서는 헤이타의 다부진 모습을 보았을 때 오요는 우물가에 있었다. 빨래를 하다 안색을 바꾸며 손에 든 빨랫감을 떨어뜨린 오요를 보고 주변 아낙들이 눈을 휘둥그레 떴다.

"오요, 무슨 일이야? 손은 괜찮고?"

한 아낙이 물었다. 오요는 대답하는 둥 마는 둥 쏜살같이 뛰쳐나갔다. 뒤에서 "어머, 드디어 오요한테 봄이 왔나 보네?" 하고 깔깔대는 웃음소리가 터져 나왔지만 오요의 귀에는 들리지 않았다.

"소식 들었어. 야헤이 어르신이 변을 당했다면서?"

헤이타는 오요의 얼굴을 보자마자 그렇게 말했다.

"그뿐만이 아니에요."

다행히도 겐안은 중한 수종을 앓는 노인을 진료하는 데 여념이 없었기에, 오요는 그 틈을 타 재빨리 어젯밤에 있었던 일을 이야기했다. 헤이타는 놀란 표정으로 되물었다.

"그게 정말인가?"

오요는 입술을 깨물며 고개를 끄덕였다.

"헤이타 씨, 부디 조심하세요. 그 사람은 알고 있어요. 어제 산비탈에서 우리를 노린 것도 그 녀석이고, 거기서 야헤이 어르신이 뭔가 알아낸 걸 눈치채고 입막음하려 해친 것도 그 녀석이에요."

헤이타는 나지막이 신음했다.

"우라질……."

"무슨 수를 써서든 증좌를 찾아내야 해요. 아니면 그 무사의 시신을 찾아내서 지신반에 신고하면, 이번에는 믿어 줄 거예요."

"젠장, 내가 옛날처럼 오캇피키였다면 증좌 같은 게 없어도 관청으로 끌고 갔을 텐데. 오오카 나리께서는 확실한 증좌가 없는 한 결코 경거망동해서는 안 된다고 당부하셨어. 그러니 가마이타치 같은 악한이 활개를 치고 돌아다니지."

"어떻게든 찾아내자고요."

"암, 찾아내고말고. 하지만 그 녀석이 결코 이 일을 눈치채게 해서는 안 돼. 이제 단념한 척 얌전히 구는 거야. 알겠지? 뭔가 발견하면 내가 몰래 신고할 테니 걱정 말라고. 조금만 기다리면 곧 가마이타치의 목이 저잣거리에 내걸릴 게야."

오요와 헤어지고 나서 헤이타는 곧바로 유시마 방면으로 느긋하게 걸음을 옮겼다. 그는 큰길을 오가는 사람들과 짐수레 틈에 섞여 들어갔다.

유시마텐진의 문전 마을참배객이 많은 대형 신사나 사찰 앞에 참배객을 상대하는 가게들이 생기면서 그곳을 중심으로 형성되는 마을에 들어서자 그의 발길이 조금 빨라졌다. 작은 찻집 모퉁이를 돌아 구석진 곳에 있는 아오야기란 선술집에 다다랐을 즈음에는 거의 뛰고 있었다.

아오야기는 대충 지은 비좁은 가게였다. 칸막이 너머에서 나른한 표정으로 재료 준비를 하던 여자가 헤이타의 얼굴을 보자마자 "어머, 일찍 왔네" 하고 말했다. 일어난 지 얼마 되지 않았는지 옷매무새가 단정치 못하다.

"형님 계신가?"

"언제는 없었나."

여자는 입을 삐죽이며 웃었다.

"오캇피키 일을 그만둔 뒤로는 어디 갈 곳도 없고, 일이라고 해봤자 술 마시는 것밖에 더 있어?"

"들어가 볼게."

헤이타는 안으로 들어갔다. 가게 뒤편에 비슷한 넓이의 쪽방 한 칸이 있다. 헤이타가 장지문을 열자 펴 놓은 이부자리와 잡동사니들로 발 디딜 곳 없이 너저분한 방 안이 보였다. 창가에는 서른 중반의 남자가 격자에 기대 앉아 있다. 남자는 술에 찌든 흐리멍덩한 눈을 힐끗 움직여 헤이타를 보았다.

"형님, 일이 들어왔수."

"일이라고?"

남자는 더듬거리듯 천천히 말했다.

"어젯밤에 허탕을 쳐 놓고 일은 무슨 일."

"그 일은 잊어버리쇼. 알아냈어."

"뭘 알아내?"

남자는 몸을 일으켰다. 왼쪽 소매가 말려 올라가 팔뚝이 훤히 드러났다. 뚜렷히 새겨진 문신자자(刺字). 에도 시대에 전과자의 표시 두 줄이 보였다.

"가마이타치였어."

"가마이타치라고?"

"그래. 그 계집애를 협박하러 나타났더군. 바로 코앞에서 감시하고 있어."

"호오." 흐릿했지만, 문신을 새긴 남자의 눈에 처음으로 빛이 번뜩였다.

"일이 재밌게 됐군."

헤이타는 히죽 웃었다. 오요에게 지었던 서글서글한 미소였다. 하지만 눈빛이 달랐다.

"나리께서 기뻐하시겠군. 뜯어먹을 게 또 하나 늘었으니 말이야."

문신을 새긴 남자는 비틀거리며 일어났다.

"그래서 날더러 어쩌라고?"

"가마이타치 녀석을 슬쩍 떠보는 거야. 한 마디로 거래지. 우리말만 잘 들으면 앞으로 마음껏 사람을 베게 해 주겠다고 꾀자고."

"나리께서는 가마이타치를 붙잡아 공을 세울 마음은 없으신가?"

"나리가 어디 그깟 공을 탐내실 분이신가?"

헤이타는 코웃음을 치며 말했다.

"그건 먼젓번 일로 형님도 잘 알잖수. 그리고……."

생김새와 어울리지 않는 격렬한 악의가 헤이타의 둥근 얼굴에 떠올랐다.

"가마이타치가 소란을 피우면 피울수록 오오카의 숨통을 죄는 꼴이잖소. 그런 구경은 돈 내고도 하겠수. 오오카를 부교쇼에서 몰아내기만 하면 형님도 술독에 빠져 살지 않아도 되고, 다시 오캇피키로 돌아가 에도를 안마당처럼 누비고 다닐 수 있다고."

4

헤이타는 꼬박 사흘 동안 나타나지 않았다.

오요는 그동안 겉으로는 태연한 척, 평소처럼 일하며 신키치를 빈틈없이 감시했다.

'증좌를 찾는 건 나한테 맡기고 오요 씨는 가만히 있어. 괜히 수상한 낌새를 보였다간 목숨이 위험하고, 의원님도 이상하게 여길 테니 말이야. 조금만 참으라고.'

오요는 헤이타의 말을 따랐다. 대신 매일 뜬눈으로 밤을 지새우며 건넛집을 감시했다. 꿈자리가 사납다는 이유로 아버지에게 침상 위치를 바꿔 달라 말씀 드려, 문간 옆으로 난 살창을 통해 건넛집이 잘 보이게 만들었다. 아버지의 의심을 사지 않도록 일단 눕기는 했지만, 자리에 누워 밤새 어둠 속을 뚫어져라 바라보았다. 만일 신키치가 밖으로 나가는 낌새가 보이면 무슨 구실이든 붙여 소란을 피울 작정이었다. 그러면 최소한 새로운 희생자가 나오는 건 막을 수 있을지도 모른다.

나가야 주민들도 날이면 날마다 가마이타치에 대한 이야기를 하기 바빴다.

"요새는 유곽들도 밤마다 파리만 날린다더군."

"어디 목숨을 계집질에 비할 수 있나."

"그래? 난 계집이 더 좋은데."

"실없는 소리 작작 하고 어서 돈이나 벌어 와요!"

그런 말을 들을 때마다 오요는 마음속으로 다짐했다.

'내가 녀석을 감시하는 한 더는 사람을 해치게 두지 않을 거야. 기필코.'

하지만 뜬눈으로 사흘 밤을 보내자 오요는 눈에 띄게 핼쑥해졌다. 잠만 못 자는 게 아니라 한시도 마음 편할 새가 없으니 그도 무리는 아니었다. 딸의 건강을 걱정하는 겐안의 물음에 요리조리 핑계를 대며 빠져나가는 데도 애를 먹었다.

겐안뿐 아니라 오소노 역시 걱정이 말이 아니었다.

"무슨 고민거리라도 있어? 요즘 낯빛이 영 좋지 않아."

"아무것도 아냐. 어젯밤에 잠을 설쳐서 그래."

"정말? 그래도 내가 도울 일이 있으면 뭐든 말해."

오요는 고맙다고 말하며 싱긋 웃었다. 오소노는 그 모습을 보고 조심스레 말했다.

"오요, 너 혹시……."

"응?"

"그거 아냐? 상사병."

오요는 화들짝 놀랐지만, 오소노는 진지한 얼굴로 말을 이었다.
"우리 어머니가 틀림없다잖아. 오요는 너 같지 않고 순진하다나."
"그런 거 아냐."
그런 거라면 얼마나 좋을까. 오요는 그런 생각을 했다.
"정말? 정말 아니야? 실은 나도 오타네 씨한테 들은 얘기가 있거든. 어떤 남자와 만나는 걸 봤다더라고."
헤이타를 말하는 것이다.
"오타네 씨가 지레짐작한 거야."
"그래? 난 상사병인 줄만 알았지. 그런 거면 걱정 말고 나한테 맡기라고 말할 작정이었어. 소꿉친구인 오요 일이고, 또 내가 그쪽으로는 도사잖아?"
오요는 미소 지었다. 오소노의 이런 점이 좋았다.
"고마워. 그런 날이 오면 부탁할게."
"맡겨 둬. 실은 나도 지금 마음에 둔 사람이 있거든."
"어머, 그 행운아가 대체 누굴까?"
오소노는 함박웃음을 지으며 말했다.
"신키치 씨야."
오요는 가슴이 철렁했다. 오소노가 종종 그를 찾아오는 건 알고 있었고, 그 모습을 볼 때마다 등골이 오싹했는데, 설마…….
"진심이야?"
"응, 진심이야."
오소노는 주저 없이 대답했다.
"그 사람도? 그 사람도 네가 좋대?"

"그게 말이지, 꿈쩍도 안 해."

오소노는 분해 죽겠다는 듯 말했다.

"나 같은 건 안중에도 없는 눈치야. 정말 속상해 죽겠어. 이제껏 한 번도 이런 적이 없거든. 관리인 아저씨 말로는, 목석같다고 소문이 자자한 사내라 이곳에 들였대. 글쎄, 나더러 공연히 진 빼지 말라고 하지뭐야. 그 얘기를 들으니까 더 불이 붙는 거 있지? 꼭 나한테 넘어오게 만들 테야."

오요는 오소노의 얼굴을 물끄러미 바라보았다. 오소노는 이 근처에서 둘째가라면 서러운 미색이라, 첫눈에 반해 중매쟁이를 보내는 사람도 한둘이 아니다. 그런데 하필이면 그런 녀석을…….

"오소노." 오요는 나지막한 목소리로 조용히 말했다.

"지금부터 내가 하는 말, 묻지도 따지지도 말고 들어줄래?"

오소노는 다소 놀란 표정을 지었다.

"그 사람에게 접근하지 마. 오소노라면 훨씬 좋은 사람을 만날 수 있어. 다른 사람은 몰라도 그 사람은 안 돼."

"어머, 왜? 아, 이유는 묻지 말랬지."

오요는 진지하게 고개를 끄덕였다.

"부탁이야. 널 위해서 하는 말이니 제발 내 말 들어."

빨간 입술을 삐죽이며 생각에 잠기더니, 오소노는 이내 오요의 얼굴을 바라보며 장난스럽게 웃었다.

"아하, 그렇구나. 너도 신키치 씨에게 마음이 있구나?"

오요는 힘없이 고개를 숙였다.

"그런 거 아냐……."

"괜찮아. 부끄러워하지 않아도 돼."

오소노는 고개를 끄덕이더니, 갑자기 생기 넘치는 모습으로 오요를 쿡쿡 찔렀다.

"그래, 그랬구나. 그래서 이 오소노 님이 몰랐던 거야. 처음부터 이상하다 싶었어. 신키치 씨를 힐끔힐끔 쳐다봤잖아. 그러면 그렇다고 말을 하지."

오요는 머리를 싸안으며 말했다.

"오소노……."

"괜찮아. 난 신경 쓰지 마. 관리인 아저씨한테 그런 말을 들으니 괜한 오기가 생긴 거지, 진심은 아니었거든. 참말이야. 그러니까 걱정 마, 이제 이 오소노 님에게 맡겨 두라고. 내가 해결해 줄게."

무슨 말을 해도 통하지 않을 것 같아서, 오요는 단념하고 입을 다물었다.

'헤이타 씨가 하루빨리 증좌를 찾아야 할 텐데.'

그 무렵, 신키치의 집으로 묘한 손님이 찾아왔다.

사내가 들어왔을 때, 신키치는 완성된 비녀를 닦던 참이었다. 상대는 동네 사람들더러 들으라는 듯 큰 소리로 일 얘기를 하러 왔다고 했지만, 문을 닫자마자 팔을 걷어붙이고 문신 두 줄을 내보이며 히죽 웃었다.

"난 유시마 아래거리에 사는 이스케라고 하네."

신키치가 들은 체 만 체 손을 움직이자,

"오캇피키 금지령이 내리기 전까지는 높으신 분들의 명령을 받들었지. '귀신 잡는 이스케'라고 하면 제법 유명했어"라고 말했다.

"그런 대단한 분이 여긴 무슨 일이오?"

사내는 대답하지 않았다. 대신 입꼬리에 이지러진 웃음을 지으며 신키치를 바라보았다.

"사람은 겉모습만 봐선 모른다더니."

이스케는 혼잣말처럼 중얼거렸다.

"가마이타치의 정체가 큰 상회에도 물건을 납품하는 훤칠한 미장부라는 게 밝혀지면 세상이 발칵 뒤집히겠군."

신키치는 눈을 들었다. 이스케의 붉은 눈은 그 시선을 놓치지 않았고, 잠시 동안 두 사람은 서로를 노려보았다. 신키치가 먼저 눈을 돌렸다. 기 싸움에서는 이스케가 우세한 듯했다.

"어찌 알았는지 궁금하지? 내 얘기부터 들어 보게."

이스케는 의미심장하게 웃으며 말을 이었다.

"자네도 딴에는 빈틈없이 처리할 생각이겠지만, 저 오요란 계집은 뭔 짓을 해서든 자네 꼬리를 붙잡을 마음인가 보더군. 우리가 던진 미끼를 덥석 물었거든. 우리 패거리의 헤이타란 녀석은 자네도 알지? 산비탈에서 봤을 거 아냐. 그 녀석과 함께 그곳에서 살인이 일어났다는 증좌를 찾고 있어. 기특하기도 하지."

이스케는 음험하게 웃었다.

"자네가 산비탈에서 훼방을 놓았지? 공연한 짓을 했어. 헤이타는 애초부터 증좌를 찾을 생각이 없었단 말씀이야. 계집을 밖으로 꾀어낼 방편이었지. 그날, 그곳에서 해치워 버릴 작정으로 내가 몰래 노리고 있었거든."

"호오, 정말 공연한 짓을 했군."

신키치는 고개를 돌린 채 말했다.

"그렇지. 하지만 걱정할 필요 없어. 계집은 당장 내일이라도 우리가 처리할 테니까."

"무슨 뜻이지?"

신키치의 눈이 매서워졌다.

"댁들이 왜 그 여자를 처치한다는 거요?"

"어떤 분께서," 이스케는 한껏 거드름을 피우며 말했다.

"자네가 없앤 오다기리 가문에서 부탁을 받았거든."

"오다기리?"

"그래. 그날 밤 자네가 벤 자는 유력 하타모토인 오다기리 마사노리였어. 오다기리 하면 선조 대대로 무용이 드높아서 일반 서민들도 모르는 자가 없는 집안이지. 그런 대단한 집안 당주가 누군지도 모르는 괴한에게 당했다고 알려져 봐, 체면이 말이 아니지 않겠나. 까딱하다가는 집안이 풍비박산될 판이지. 그래서 수행하던 무사가 서둘러 시신을 숨기고, 무슨 수를 써서든 현장을 목격한 자를 처치하려 한 게야. 그 계집도 참 아둔하기 짝이 없다니까. 가만히 있었으면 목숨은 보전했을 텐데."

"그렇게 된 건가." 신키치는 낮게 웃었다.

"무사란 참 제약이 많군. 하지만 왜 오다기리의 가신이 직접 나서지 않지?"

"자네가 여기서 손 놓고 있는 것과 같은 이치지. 잘못 건드렸다가 긁어 부스럼이 될 수도 있으니까. 감쪽같이 속여 넘겨 없앤 다음에 가마이타치에게 당한 것처럼 꾸미려는 속셈이지. 내가 모시는 분께서 그 일을 맡으셨고."

"의뢰를 받아 증인을 없애려는 거군. 그럼 야헤이란 영감을 해친 것도 댁이 말한 '그분'인가?"

"그래. 성가신 영감이었어. 보지 말아야 할 것을 보고, 하지 말아야 할 말을 해서 없애 버렸지."

"그럼." 신키치는 이스케를 보며 말했다.

"그렇게까지 하는 데는 무슨 꿍꿍이가 있겠지. 나한테 대체 뭘 바라시나?"

"바라는 건 아무것도 없어."

"아무것도 없다고?"

"그래. 그저 지금까지처럼 세상을 떠들썩하게 만들면 돼. 그뿐인 줄 아나, 그분께서 더 굉장한 인물을 베도록 손을 써 주신다고까지 하셨네."

잠시 침묵이 흘렀다.

"어떤가? 자네로서는 쌍수 들고 환영할 얘기일 텐데. 이제 번거롭게 감시할 필요 없이 헤이타가 계집을 처치하는 걸 구경이나 하면 되니까."

신키치는 잠시 상대를 빤히 바라보더니 고개를 저었다.

"믿음이 가지 않는군."

"뭐가 말인가?"

"그쪽이 말한 그분이 대체 누구인지, 무엇 때문에 날 붙잡지 않고 내버려두는 건지 확실치 않다는 소리야."

"그분에 대해서는 신경 쓰지 말게."

이스케는 단호하게 말했다.

"그건 자네와 상관없는 일이야. 하지만 그분이 자네를 내버려두는 건 부교의 숨통을 죄기 위해서지."

"부교의 숨통을?"

"오오카 말이야."

이스케의 눈이 어둠 속에 숨은 짐승처럼 번뜩였다.

"그러려면 앞으로도 더 힘써 줘야겠어. 부교의 목이 잘려나가는 걸 보면 자네도 통쾌할 거 아냐."

신키치는 잠시 침묵을 지키다 입을 열었다.

"여자를 어떻게 처치할 작정이지?"

"증좌를 찾았다는 말로 꾀어내야지. 헤이타가 알아서 처리하기로 했어."

"증좌……."

"그래, 증좌 말이야."

이스케는 다시 입꼬리를 올리며 웃었다.

"너무 빨리 찾아도 의심을 살 것 같아 시간을 끌었는데, 내일부터는 일을 시작할 작정이야. 자네는 편히 구경이나 하라고."

"그 여자를 너무 얕잡아봐선 안 돼. 거짓 증좌에 속아 넘어간단 보장은 없어."

"아니, 증좌는 진짜야. 그 자리에 떨어져 있던 오다기리 마사노리의 인롱이지."

"인롱이라……. 어떻게 그걸 입수했지?"

이스케는 그 물음에 대답하지 않았다.

"아무튼 일은 우리한테 맡겨 둬."

그렇게 말하며 재미있다는 듯 신키치를 훑어보았다.

"그나저나 자네도 참 별나군. 왜 사람을 베는 거지? 실력을 시험할 심산인가?"

신키치는 대답하지 않았다.

"흐음, 대충 짐작이 가는군. 세상이 점점 살기 빡빡해지니, 한바탕 난리법석을 피워 보고 싶겠지. 하지만 왜 그 계집을 그 자리에서 처치하지 않았지?"

"그때는 다른 사람도 같이 있었거든. 당신이 말한 오다기리의 호위 무사겠지. 미적대다간 내 목숨이 위험할 판이었으니까."

"일부러 오다기리를 노린 게 아닌가? 혹시 원래는 무사…… 아니, 무사가 이런 일을 할 리는 없지. 어쩌면 전직 오캇피키일 수도 있겠군."

"글쎄."

"왠지 그런 냄새가 나. 솜씨도 뛰어나고, 오다기리 마사노리를 벨 정도의 실력이면……."

신키치는 이스케의 말을 막았다.

"꼬치꼬치 캐묻지 말라고 한 건 그쪽 아닌가?"

이스케는 웃고 나서, 왔을 때와 마찬가지로 절도 없는 걸음으로 사라졌다.

홀로 남은 신키치는 잠시 생각에 잠겼다.

널문을 반쯤 열자, 마침 건너편 겐안의 집에서 환자가 나오는 모습이 보였다. 오요가 배웅하러 나왔다.

안으로 들어가려던 오요는 힐끗 신키치 쪽을 보았다. 긴장을 늦추지 않는 빈틈없는 눈으로 그녀가 밤새 한숨도 자지 않고 자신을 감시한다는 건 신키치도 알고 있었다. 그 탓에 신중을 기해 움직여야만 했다.

"그분, 이라……." 신키치는 중얼거렸다.

"있잖아요, 아버지." 오요가 물었다.

"왜 그러냐?"

"아버지 생각엔 가마이타치가 어떤 녀석일 것 같으세요? 무슨 이유로 사람을 해치는 걸까요?"

"글쎄다."

"제 생각에 무사는 아닐 것 같아요."

"그야 모르지."

"만일 무사가 아니라 서민이라면, 자기 실력을 시험해 보려는 것도 아니면서 왜 그렇게 끔찍한 짓을 저지르는 걸까요?"

"음…… 살인 음락淫楽일지도 모르겠다."

"살인 음락이요?"

"그래. 화란네덜란드 의서에 나오는 마음의 병인데, 사람을 해치며 쾌락을 느끼는 병을 말한다더구나."

"병이에요?"

"그래."

"하지만 그런 사람은,"

오요는 조심스레 물었다.

"겉으로는 평범한 사람과 다를 바 없죠?"

"그렇지. 겉모습만 봐서는 모르지."

오요는 입을 다물었다. 그러자 이번에는 아버지가 물었다.

"지금도 가마이타치를 봤다고 생각하는 게냐?"

"아니에요." 오요는 거짓말을 했다.

"사람들 말대로 근처에 사는 너구리가 조화를 부렸나 봐요."

"그래. 하기야 가마이타치를 만났으면 무사했을 리가 없지."

"고양이는 쥐를 괴롭히다 죽이기도 한다잖아요." 오요의 말에 겐안은 의아한 듯 얼굴을 찌푸렸다.

"……그게 무슨 말이냐?"

"아무것도 아니에요. 하지만 쥐도 궁지에 몰리면 고양이를 문다는 말이 생각나더라고요."

5

"나리."

"어찌 됐느냐? 배후에 있는 자의 이름을 알아냈느냐?"

"네."

목소리가 어떤 이름을 말했다.

"그자라면 아귀가 맞습니다. 어찌 처리할까요?"

침묵 끝에 잠긴 목소리가 대답했다.

"오다기리 마사노리 때처럼 처리하거라."

"괜찮으시겠습니까?"

"음, 하는 수 없지."

"알겠습니다."

"이번에도 네가 고생하겠구나. 부탁한다."

헤이타에게서 전갈이 온 건 나흘째 되던 날 점심이었다.

오요가 환자들을 돌보고 있는데, 고집이 세 보이는 일곱 살쯤 먹은 사내아이가 다가와 무명천 두루마기 하나를 건넸다.

"어떤 아저씨가 누나한테 전하라고 했어."

잠시 미심쩍었지만, 금세 무슨 일인지 짐작이 갔다. 아이에게 심부름 삯을 쥐여 주고, 태연한 표정으로 안으로 들어와 서둘러 무명천을 펼쳤다. 거기에는 이렇게 적혀 있었다.

'증좌인 인롱을 찾았네. 유시오후 다섯시에 오이카와 이나리에서 기다리겠네. 헤이타.'

오요는 가슴이 두근거렸다. 오이카와 이나리는 여기서 엎어지면 코 닿을 곳이다. 인기척이 없는 고즈넉한 장소지만, 경내를 빠져나가면 바로 스키야바시에 있는 남부 부교쇼가 나온다.

'대체 어떻게 찾아냈을까……. 그 인롱이 용케도 남아 있었네.'

어쨌거나 좋은 소식임이 분명하다. 자세한 이야기는 헤이타를 만나서 들어보면 된다. 오요는 허리를 꼿꼿하게 폈다. 신키치는 아침부터 바쁘게 일하고 있었다.

'저 사람, 실력은 좋대.'

그 이후로 계속 귀여운 착각에 빠진 오소노는 종종 신키치에 대한 소문을 듣고 와서 오요에게 가르쳐 주었다.

'미나토 상회에도 납품한대. 이제 오오쿠에도 성에서 쇼군의 정실과 측실들이 거처하던 곳에도 출입할 거란 소문이 드는 큰 상회잖아. 굉장하지 않아?'

오요 역시 굉장하다고 생각했다. 그리고 실제로 오소노가 주워 들어 와 해 주는 이야기를 들어 보면, 신키치가 어째서 그런 끔찍한 짓을 하는지 까닭을 도무지 알 수 없었다. 무엇을 위해? 뭐가 부족해서? 그런 생각을 하다 보니, 오요 자신조차도 만일 그 당시 무사가 살해된 현장을 목격하지 않았다면 신키치가 가마이타치라는 이야기를 들었어도 믿지 못했으리란 생각이 들었다.

'살인 음락.'

오요의 생각은 끝내 그곳으로 돌아왔다.

또다시 그녀는 몸서리를 치고 나서, 그 생각을 머릿속에 묻어 버렸다. 상대는 정신 나간 자다. 방심해서는 안 된다. 오요는 문간 너머로 보이는 신키치의 넓은 등을 힐끗 보며, 조급해지는 마음을 억누르고 유시가 되기를 기다렸다.

오요에게 전갈을 보내고 나서, 헤이타는 다시 어슬렁어슬렁 아오야기로 향했다.

이제 일이 성사된 셈이나 마찬가지니 조바심 낼 필요가 없다. 오요가 나올 때까지 기다리면 된다.

'가마이타치라, 헤헤.'

헤이타는 의미심장하게 웃었다.

아오야기 입구에 들어섰을 때, 뒤에서 누가 어깨를 툭 쳤다. 돌아보니 마치 순시관 도신 오마치 한고로가 히죽거리며 서 있었다.

"나리 아니십니까. 공무 보시느라 고생이 많으십니다."

"그렇지, 뭐. 자네도 수고가 많네." 한고로가 말했다.

"수고하는 김에 자네한테 묻고 싶은 일이 있는데."

헤이타는 화들짝 놀랐다. 낌새가 이상하다 싶었지만 이미 늦었다. 차가운 쇠붙이가 등을 찔렀다. 고개를 돌려 뒤를 돌아본 순간, 헤이타의 둥근 얼굴이 놀라움으로 가득 찼다.

"너, 너는……."

유시가 가까워진 시각, 마침 오요는 혼자 있었다. 겐안은 조금 전에 왕진을 나갔다. 집을 빠져나올 구실을 생각하지 않아도 되니 다행이다. 그런 사소한 일조차 마음을 든든하게 했다.

'지금까지는 계속 당하기만 했지만, 이제는 운이 좀 따라 주는 것 같아.'

당사자인 신키치는 오늘 거의 밖에 나오지 않았다. 오후에 한 번 나오기는 했지만, 그때는 오마치 한고로와 함께였다. 함께였다기보다는, 외출하는 신키치를 한고로가 불러 세웠다.

"자네 혹시 미나토 상회에 가는 길인가?"

한고로는 히죽거리며 물었다.

"나도 같이 감세. 실은 마누라가 새 비녀를 사 달라고 성화인데, 요새 주머니 사정이 영 좋지 않아서 말이야. 미나토 상회의 주인에게 흥정을 해 보려 하는데, 혼자보다는 자네와 함께 가는 편이 낫지 않겠나."

한고로의 말에 여기저기서 웃음소리가 터져 나왔다. 이런 점 때문에 '성품이 저러한데도 마치 순시관으로 일하는 것이 신기하다'는 평을 듣는 것이다. 참으로 털털한 성격이라 오요도 종종 상대가 관원이라는 사실을 잊고는 했다.

하지만 그때의 오요는 걸어가는 한고로의 뒷모습을 향해 합장하고 싶은 마음이었다.

'오마치 나리, 부디 잠시만 그 녀석을 붙잡고 있어 주세요.'

반 각약 한 시간 정도 지나 신키치가 혼자 돌아왔다. 다시 엉덩이를 붙이고 일을 시작하는 모습을 보고 오요는 안심했다. 알아채지 못한 모양이다. 약속 시간이 다가오자 몰래 집을 나선 오요는 오이카와 이나리까지 매에 쫓기는 산토끼처럼 숨 가쁘게 달렸다.

한눈에 들어오는 자그마한 경내에 들어섰지만, 헤이타의 모습은 보이지 않았다.

그 후로도 얼마간 기다렸지만 헤이타는 나타나지 않았다.

오요는 계속 기다렸다. 그림자가 점점 길어진다. 주변이 어둠에 잠겨간다. 가슴속에 점차 불길한 예감이 번졌다.

'헤이타 씨, 왜 안 오는 거예요?'

일을 마치고 귀가하는 중인 인부 두 명이 지나가다 오요를 보고 낄낄댔다.

"이봐, 처자. 정인이랑 만나기로 했나? 가마이타치가 나오기 전에 일찍 들어가지그래."

'왜 안 오지? 무슨 일이라도 생겼나?'

단념한 오요가 터덜터덜 집으로 돌아오자, 왕진을 마치고 귀가한 겐안이 엄하게 나무랐다.

"이런 시간까지 대체 어딜 싸돌아다니는 게냐."

"잘못했어요."

오요는 시무룩한 표정으로 대답했다.

"대체 요즘 왜 그러냐? 어찌 그리 안절부절못하는 게야."

뭐라고 둘러댈 기운도 없어서 오요는 힘없이 주저앉았다. 마침 그때, 큰길을 달려가는 요미우리의 목소리가 들렸다.

"가마이타치다, 가마이타치가 또 나타났어!"

오요는 헉, 숨을 들이쉬었다. 갖가지 목소리가 정신없이 뒤섞여 들려왔다.

"이번에 변을 당한 건 헤이타라는 가마꾼이래."

"마치 순시관인 오마치 나리가 시신을 발견하셨다는데, 너무 끔찍해서 아무도 보지 못하게 하라고 부교 나리께서 엄명을 내리셨다는군."

"어찌 이런 일이."

"가마이타치 녀석, 이번에는 해가 저물지도 않았는데 활개를 치고 다니네."

상한 음식을 먹은 것처럼 속이 메슥거리고 손발이 얼음장처럼 차가워졌다. 증좌인 인롱을 빼앗긴데다 헤이타까지 목숨을 잃었다. 이제 오요가 할 수 있는 일은 아무것도 없다.

오요의 눈이 건넛집 문간에 기대 있는 신키치의 모습을 찾았다. 겉보기에는 동네 사람들과 마찬가지로 소식을 듣고 놀란 표정을 짓고 있다. 오요는 어금니를 악물며 그를 노려보았다. 지금까지 한 번도 느낀 적 없는, 미칠 듯이 격렬한 분노가 솟아올라서 눈을 뗄 수가 없었다.

신키치는 쇠붙이를 살갗에 가져다 댄 듯, 싸늘한 시선으로 오요를 바라보았다. 그 순간, 그의 목소리가 마치 귓가에 속삭이듯 또렷하게 들렸다.

'이제 알았지? 목숨 아까운 줄 알면 더 이상 나대지 말라고.'

벌떡 일어난 오요는 부엌으로 들어가 가마솥 앞에 주저앉았다. 얼마 지나지 않아 오소노가 "큰일 났어" 하고 소리치며 들어왔다.

오요는 손으로 얼굴을 가렸다.

"어머, 너 왜 그래?"

오소노는 당황한 목소리로 말하더니, 가녀린 손으로 오요의 등을 어루만졌다.

"얘, 너 우니……?"

그날 밤, 오요는 머리에서 발끝까지 옷을 깨끗히 갈아입고 허리띠를 졸라맨 차림으로 머리를 곱게 빗어 넘기고 홀로 방에 앉아 있었다. 겐안은 오소노네 집에서 열리는 술자리에 참석하느라 집을 비웠다. 오소노의 아버지도 겐안처럼 주당이라, 한 달에 한 번은 밤새워 술을 마셨다. 간신히 마음을 추스르고 이야기를 할 수 있을 만큼 기력을 되찾은 오요는 곧바로 오소노에게 부탁했다.

"오늘 밤 우리 아버지를 초대해 술자리를 열어 달라고 아저씨께 부탁 좀 해 줘."

"그래, 알았어. 그깟 일은 식은 죽 먹기지. 한데 그런 부탁을 하는 이유가 뭐야?"

"오늘 밤에 아버지 몰래 가 봐야 할 곳이 있어."

"밤에? 위험한데 어딜 간다고 그래."

"괜찮아. 혼자가 아니니까 걱정 마."

오요는 그때 일생일대의 연기에 도전하는 심정으로 수줍게 미소 지었다.

"신키치 씨도 같이 가."

오소노는 어머나, 하는 표정을 지었다. 그녀의 착각에 오요는 진심으로 감사했다. 이야기를 들은 오소노는 흔쾌히 승낙했다.

"알았어. 나한테 맡겨. 의원님을 밤새 잡아 둘 테니. 목이 달아나도 네가 어디 갔는지 이야기하지 않을게."

잘 놀다 와, 오소노는 그렇게 속삭이고 집으로 돌아갔다. 오요는 고개를 끄덕였다.

머릿속에는 어린애를 안고 넋 나간 사람처럼 주저앉아 있던 야헤이의 딸과 시체의 곱은 손가락, 자신을 믿고 힘을 빌려 주었다가 목숨을 잃고 만 헤이타의 얼굴이 떠올랐다. 더 이상 물러설 수는 없다. 이번에는 내 차례다. 오요는 단단히 각오를 굳혔다. 설령 너 죽고 나 죽는 한이 있어도 가마이타치의 숨통을 끊어야 한다.

오요는 아버지가 서안 뒤에 숨겨 놓은 단도를 꺼내 소매 안에 감추고 나서, 허리띠 사이에 아까 준비해 놓은 작은 약 꾸러미를 넣었다. 준비를 마친 오요는 길게 숨을 내쉬었다.

'어머니.' 세상을 떠난 어머니의 위패를 향해 빌었다.

'부디 지켜 주세요.'

문을 열고 문지방을 넘었다. 그 순간 밖으로 나가려던 신키치와 딱 마주쳤다.

"마침 잘 만났네요."

오요는 스스로도 놀랄 만큼 차분한 목소리로 말했다.

"당신한테 할 말이 있어요."

"그럴 시간 없는데."

신키치는 단칼에 거절하더니 성큼성큼 걸음을 옮겼다. 오요는 허리를 곧게 펴고 뒤를 따랐다.

신키치가 워낙 걸음이 빨라서 오요는 반쯤 달려야 했다. 놓치지 않으려 기를 쓰고 따라가는 동안에는 자신과 저 사내가 서로의 목숨을 노리는 사이라는 사실이 뇌리에서 잊혀, 신기하게도 무섭다는 생각은 들지 않았다. 결투장으로 향하는 무사의 마음이 이런 것일까. 그런 생각을 할 여유조차 생겼다.

하지만 신키치가 걸음을 멈춘 순간에는 가슴이 철렁 내려앉았다. 오요도 따라서 걸음을 멈췄다.

신키치가 뒤돌아보았다.

"대체 무슨 꿍꿍이지?"

그는 오요를 보며 짜증스레 말했다.

"할 말이 있다고 했잖아요."

오요는 침착하게 대답했다.

"지금 그쪽이 무슨 짓을 하는지 알고나 있는 건가?"

"잘 알아요."

신키치가 이렇게 안달을 낸 적은 처음이다.

"이런 고집불통 말괄량이를 봤나."

그는 험악한 목소리로 말했다.

"당장 뒤돌아 온 길을 되돌아가. 그러지 않으면……."

"날 죽일 건가요?"

신키치는 땅이 꺼져라 한숨을 쉬더니 다시 걸음을 옮겼다. 아까보다 훨씬 걸음이 빠르다. 뒤따라 달리던 오요는 그 길이 예의 산비탈로 향하는 길임을 알아챘다. 대체 무슨 속셈이지?

인기척이 없는 길. 오늘 밤은 구름도 없고 중천에는 눈썹 같은 가느다란 달이 걸려 있다. 싸늘한 밤바람이 오요의 목덜미를 스치고 주변의 수풀을 흔들었다.

다시 신키치가 걸음을 멈춘 순간, 오요는 숨을 헐떡이면서도 바로 뒤에 착 달라붙어 있었다. 그는 기가 차다는 표정을 지었지만 한편으로는 놀란 기색이 역력했다.

"대체……."

"따돌리려 해도 소용없어요."

오요는 가쁜 숨을 몰아쉬며 말했다.

"급한 환자가 생기면 무거운 약 지게를 짊어지고 아버지를 따라 달리며 단련된 다리예요."

신키치는 허리에 두 손을 올리고 한숨을 쉬며 고개를 저었다.

"잘 들어, 그쪽이 하려는 짓은……."

"그 인롱은 가짜예요."

오요는 느닷없이 말했다.

'병법의 극의는 기선 제압이다.'

겐안이 취하면 항상 입버릇처럼 하는 말이다.

'한마디로 상대의 허를 찌르는 것이지. 병법이란 얼마나 비겁해질 수 있는지, 그 지혜를 겨루는 일이나 마찬가지야.'

귀에 딱지가 앉도록 들어왔기에 다소 지겹게 느끼기도 했지만, 비겁자든 뭐든 지금 이 순간만큼 이 말이 묵직하게 다가온 적은 없었다. 오요는 처음으로 선수를 쳤다고 생각했다. 신키치가 당혹스러워하는 기색을 보였기 때문이다.

"뭐라고?"

그는 되물었다.

"당신이 헤이타 씨에게 빼앗은 인롱."

오요는 큰 소리로 말했다.

"그건 새빨간 가짜였어요. 진짜는 아직 내가 가지고 있죠."

나무들이, 수풀이, 주변 풍경 전체가 달빛 아래서 술렁거렸다. 오요의 귓가에도 그 소리가 울려 퍼졌다. 어쩌면 피가 끓는 소리인지도 모른다.

"사실이에요. 진짜는 내가 가지고 있다고요."

"그럼 왜……."

신키치는 팔짱을 끼더니, 주변을 힐끗 살피며 물었다.

"그걸 가지고 지신반으로 달려가지 않았지?"

오요는 어깨를 으쓱했다.

"당신하고 거래를 하려고 했어요. 헤이타 씨는 당신을 붙잡는 일밖에 안중에 없었지만, 당신 목에 현상금이 걸린 것도 아닌데 붙잡는다고 나한테 득 될 건 없잖아요. 그래서 인롱을 바꿔치기한 거예요. 우리 아버지는 바깥으로 소문이 새어 나가면 곤란한 부상을 입은 무사들을 몰래 진찰하기도 하거든요. 그런 때 몰래 빼돌린 인롱이 있으니까요."

"인색한 부교가 내 목에 현상금을 걸지 않은 덕분에 목숨을 건졌군."

"그렇죠. 부교 나리한테 감사하라고요."

"그래서? 나와 무슨 거래를 하자는 거지? 바라는 게 뭔데?"

"당연히 돈이죠."

그리 말하며 오요는 조금씩 신키치에게 다가갔다. 평소에는 약에 쓸래도 찾아볼 수 없는 애교 섞인 미소를 머금은 채, 자연스레 허리띠에 손을 가져다 댔다.

"당장 큰돈을 내놓으라는 소리는 않을게요. 이러는 게 어때요? 앞으로는 사람을 베면 품 안의 재물을 훔치는 거예요. 이렇게 목을 단칼에……."

신키치에게 접근한 오요는 순식간에 오른손을 띠 안에 넣어 무언가를 꺼냈다. 그러고는 있는 힘껏 상대의 얼굴을 향해 내던졌다. 하얀 가루가 허공에 퍼졌고, 신키치는 외마디 비명을 지르며 얼굴을 감쌌다.

섬소다. 두꺼비에게서 분비되는 하얀 액체를 말린 귀한 약으로 강심, 진통 작용이 있다. 단 눈에 들어가면 무척 매워서, 겐안은 이 약을 만지고 나서는 꼭 손을 씻으라고 입버릇처럼 말했다.

오요는 재빨리 단도를 꺼내들었다. 달빛을 받은 칼날이 흉악하게 번뜩였다. 온 힘을 다해 찌르자 칼날이 살갗을 스치고 지나가는 감촉이 느껴졌다. 그 와중에 균형을 잃고 쓰러졌지만, 안간힘을 써 일어나 다시 단도를 꼭 쥐었다.

신키치는 바닥에 쓰러진 채다. 오요는 덜덜 떨면서 몇 번이고 단도를 꼭 쥐며 방어 자세를 취했지만, 그는 한참이 지나도 일어나지 않았다.

살인이라는 게 이리도 쉽다니. 오요는 넋이 나간 사람처럼 발치에 쓰러진 남자를 보고 나서, 제 손 안의 단도를 보고, 다시 자신의 손을 보았다. 단도 칼날과 오른손바닥에 많지는 않지만 분명히 피가 묻어 있다.

손에서 단도가 떨어졌다. 온몸이 휘청거렸다. 끝났다. 이걸로 끝이다.

애초 생각은 이랬다. 일단 저지르고 보자. 설령 일이 잘못되어 목숨을 잃더라도, 자신이 누구와 함께 있었는지 아는 오소노가 어떻게든 주변에 알려 줄 것이다. 그게 아니라 지금처럼 이기게 되면 그 길로 부교쇼로 달려가 오오카 나리께 죄다 고하자. 오오카 나리는 사리에 밝고 현명한 어른이다. 진정으로 이야기하면 왜 이런 끔찍한 짓을 해야만 했는지 분명 알아주실 터다. 그리고 신키치의 신변을 조사하면 분명 그가 가마이타치라는 증좌가 나올 것이다. 그러면 걱정 없다. 이렇게라도 하지 않으면 앞으로 몇 사람이나 더 목숨을 잃을지 모른다. 나도, 아버지도, 무사하리란 보장은 없다. 이렇게라도 하지 않으면…….

후들거리는 다리에 힘을 주고 온 길을 되돌아가려 몸을 돌렸다.

그 순간 등 뒤에서 누군가가 오요의 목에 칼을 들이댔다. 이내 귀에 익은 목소리가 들렸다.

"네가 수고가 많다."

그 얼굴을 본 오요는 제 눈을 의심했다.

"이와테 나리……!"

"정말 수고가 많아." 이와테 간베는 웃으며 말을 이었다.

"가만히 있어도 방해물들이 알아서 한자리에 모여 주니, 내 수고를 덜었지뭔가."

당최 어찌 된 일인지 알지 못한 채, 오요는 두 팔로 몸을 꼭 껴안고 우두커니 서 있었다. 그 모습을 보고 간베와 그 뒤에 있던 사내는 한껏 낄낄대며 웃음을 터뜨렸다. 오요는 알 턱이 없지만, 간베와 함께 있는 사내는 이스케다.

"대체 어떻게 된 일이죠?"

오요는 상황을 파악하려 애쓰며 물었다. 지금 이 상황은 흡사 어릴 적 꾸었던 악몽 같다.

"별거 아니야. 아주 간단한 일이지." 간베가 말했다.

"오요, 네가 본 건 전부 사실이었다. 너는 이놈이,"

간베는 쓰러진 신키치를 발로 툭 건드리며 말을 이었다.

"오다기리 마사노리라는 하타모토를 벤 현장을 목격했어. 이놈은 냅다 줄행랑을 쳤고. 시신을 감춘 건 이놈이 아니라 죽은 하타모토의 가신들이야. 왜냐고? 무용을 자랑하는 명문 세가의 당주가 근본도 모르는 괴한의 손에 목숨을 잃었다는 소문이 퍼지면 집안이 뿌리째 흔들릴 테니까."

오요는 그때 보았던 지체 높은 무사의 시체를 떠올렸다.

"해서 네가 현장에 우리를 데리고 갔을 때, 시신이 사라진 게야. 난 그곳에서 인롱을 주웠지. 네가 시신 옆에서 본 물건 말이다. 원과 오동나무. 단번에 오다기리 집안의 가문인 줄 알아챘지. 사정이 짐작 가더군. 오다기리 저택으로 찾아가 일이 이러저러하게 됐다고 하니, 그쪽은 화들짝 놀라서 무슨 수를 써서든 그 현장을 목격한 자를 없애달라고 간청하지뭐냐. 나는 그러겠노라 약조하고 나서 한몫 두둑이 챙겼고 말이다. 하여 내 수하를 너한테 보낸 것이다. 그게 바로 헤이타지."

몸을 감싸고 있던 오요의 두 팔에서 힘이 빠졌다.

"헤이타 씨가?"

"그래. 너는 녀석을 철석같이 믿은 모양이지만, 녀석이 네 역성을 들어 준 것도 모두 널 밖으로 꾀어내 의심을 사지 않고 없애기 위해서였다."

간베는 빈정대며 웃었다.

"그런데 이놈이 나타난 거야. 가마이타치가."

간베는 쓰러진 신키치를 향해 턱을 까딱했다.

"너한테 얼굴을 들킨데다, 아무리 겁을 줘도 네가 포기하지 않으니 입을 막으려 한 게지. 이놈도 너와 마찬가지로 헤이타를 네 편이라 생각하고 증좌를 찾으러 간 너희 둘을 습격했어. 실은 여기 이스케가 헤이타와 작당하고 널 없애 버리려 했는데, 그런 줄은 꿈에도 몰랐겠지."

오요는 그때 일을 떠올렸다. 당시 헤이타는 오요의 팔을 단단히 붙잡았다.

'그럼 그건…….'

간베는 품에 손을 넣은 채, 진상을 알고 경악하는 오요의 표정을 즐기는 듯했다. 그러더니 다시 발로 신키치를 가리켰다.

"이놈이 나타나 너를 협박한다는 헤이타의 보고를 듣고, 나는 거래를 해야겠다고 생각했지. 너를 대신 없애 줄 테니, 지금까지 그랬듯 살인을 계속하라고."

"왜 그런 짓을……. 나리는, 나리는 나랏일을 하시는 관원이 아니십니까."

"관원이라."

간베는 퉤, 침을 뱉고 나서 말을 이었다.

"관원이 이슬만 먹고 사는 줄 아나? 이놈이 이제껏 그랬듯 세상을 떠들썩하게 만들고, 때로는 우리와 작당해 계집놀음하고 돌아오는 장사치나 국수 가게 주인과는 비교도 안 되는 거물을 없애 주면 우리에게도 도움이 된단 말이다."

"도움이 된다고요?"

"오오카를 부교쇼에서 내쫓을 수 있으니까."

간베의 말에 이스케가 음험한 웃음으로 동조했다.

"이놈에게도 나쁜 제안은 아닐 터. 그런데 증좌인 인롱 얘기를 하자마자 냉큼 딴마음을 먹더군. 너를 꾀어내려던 헤이타를 베어 인롱을 뺏은 후 나와 직접 거래하자고 수작을 부리지 뭐야. 만일 거절하면 오다기리 가와 직접 담판을 짓겠다나. 세상을 떠들썩하게 만든 쓰지기리가 어떻든 집안 체면이 더 중요할 테니, 당연히 이놈에게 돈을 건네고 인롱을 돌려받아 일을 무마하려 하겠지. 그렇게 되면 우리 입장이 난처해진다고. 협박할 거리가 없어지면 그쪽에서는 협박당한 보복으로 우리 입을 막으려 할 테니 말이야. 그래서 하는 수 없이 이놈과 손을 잡기로 했지. 오늘 밤도 그 일로 만나자고 불러내서 나온 건데, 오요 네가 참으로 큰일을 했지뭐냐. 네 덕에 우리는 목숨을 건졌어. 인롱이 거짓이라니, 어떻게 그런 거짓말을 할 생각을 했느냐."

간베의 뒤에서 이스케가 소름 끼치는 미소를 띠며 단도를 뽑았다.

"이 친구는 '귀신 잡는 오캇피키'라 불리던 사내야. 실력은 확실하지. 고통 없이 저세상으로 보내 줄 게야."

"야헤이 어른도 당신이 해쳤나요?"

오요는 이스케를 쏘아보았다.

"용케 알았군. 그 영감은 이와테 나리께서 인롱을 주워 드신 모습을 봤거든."

"오요, 그만 단념해. 네가 가마이타치에게 목숨을 잃었고, 그 가마이타치는 내 손에 죽었다. 내일 아침에는 온 에도가 그 이야기로 떠들썩할 거야. 마음 같아서는 조금 더 살려 두고 싶지만, 일이 이렇게 되었으니 도리가 없지. 어차피 오오카를 내쫓을 계략은 다시 세우면 되니까. 지금은 일단 가마이타치 퇴치라는 공을 세우는 걸로 만족해야지."

간베가 신호를 보내자 이스케가 천천히 오요에게 다가왔다. 오요는 반 발짝 물러나, 쓰러져 있는 신키치의 팔을 넘어 다시 한 발짝 뒷걸음질 쳤다. 이스케가 바로 앞까지 다가왔다. 송곳니를 드러내며 웃는다. 이번에는 진짜 끝이다. 오요는 몸을 움츠렸다. 이스케가 치켜 들은 칼끝이 달빛을 받아 번뜩였다.

그때 난데없이 섬뜩한 비명을 지르며 이스케가 바닥에 나동그라졌다.

"여어, 귀신 잡는 오캇피키 양반."

신키치가 천천히 일어났다. 아까 오요의 일격으로 왼쪽 눈을 감은 채다. 하지만 오른쪽 눈에는 굳건한 의지가 느껴졌다.

오요와 간베는 어안이 벙벙한 표정을 지었다. 간베는 입을 떡 벌리고 눈을 부릅뜨더니 신음하듯 말했다.

"네, 네놈이……."

"죽은 시늉을 하기도 쉬운 일이 아니군. 특히 바로 옆에서 내 험담을 할 때는 더더욱."

신키치는 앞으로 나와 뭐가 뭔지 모르겠다는 표정의 오요 앞을 가로막았다. 쓰러져서 나지막이 신음하던 이스케가 힘없이 고개를 떨궜다. 신키치에게 발목을 잡혀 쓰러진 와중에 들고 있던 단도가 배에 박힌 것이다.

"자, 이와테 나리. 이제 어쩌시겠습니까."

신키치는 간베를 향해 말했다.

"영 도움이 안 되는 한패로군요."

"날 어쩔 생각이냐."

간베는 식은땀을 흘리며 말했다.

"원하는 건 모두 얻었잖아. 난 여기서 손 떼겠어. 그간 있었던 일은 눈감아 줄 테니 없던 일로 해 주게. 날 베어 봤자 하나도 좋을 게 없어."

"나리께서는 네놈을 베라고 말씀하셨다."

신키치는 매몰차게 말했다.

"오다기리 마사노리처럼 베어 버리라고 하셨지."

"나리?"

"오오카 나리 말이다."

간베 뒤에서 또 다른 목소리가 들렸다. 오마치 한고로였다.

"이와테, 당신은 제일 중요한 걸 착각하고 있어. 요리키와 도신의 역할을 잘못 아는 것처럼 말이야. 신키치는 가마이타치가 아니라 오미미야."

'오미미!'

오요는 아연실색해서 신키치의 뒷모습을 바라보았다. 이 사내가 헤이타가 말한 '오미미'라니.

신키치가 움직이려 하자, 한고로가 고개를 저으며 말렸다.

"그냥 나한테 맡기게."

한고로는 검을 뽑아 들었다. 온화한 얼굴이 달빛 아래서 가면처럼 무표정하게 바뀌었다. 간베가 황급히 칼자루에 손을 댔지만, 기백부터가 달랐다.

승부는 눈 깜짝할 새에 판가름이 났다.

오요는 질끈 눈을 감았다. 다시 떴을 때에 이미 간베는 쓰러져 있었고, 한고로의 검도 제자리에 돌아가 있었다. 항상 보던 둥그런 얼굴의 한고로 나리다.

"어디 다친 데는 없나, 오요."

한고로가 물었다.

오요는 멀거니 한고로가 덤덤한 어조로 말하는 사건의 진상을 듣고 있었다.

"가마이타치의 정체는 다름이 아니라 하타모토인 오다기리 마사노리 님이었어……. 오오카 나리께서는 진작부터 알고 계셨지. 허나 상대는 하타모토, 함부로 손을 댈 수가 없다. 설령 사람을 해치는 현장을 덮쳐 따지더라도, 무례를 범하여 베었다고 둘러대면 할 말이 없으니까. 그래서 우리도 이제껏 속만 끓여 왔지. 이대로 두어서는 안 되겠다고 생각하신 나리께서는 오미미를 시켜서 오다기리 집안을 조사하게 하셨단다."

한고로는 신키치에게 눈길을 주었다. 오요도 고개를 돌려 그를 보았다. 그의 눈에서 싸늘한 빛이 사라진 느낌을 받는 건 단순히 기분 탓일까. 아니면 이게 진짜 모습일까.

신키치가 말을 받았다.

"오다기리의 가신들은 이미 당주의 기행奇行을 알고 있었어. 하지만 후계자가 정해질 때까지는 당주 자리를 보전해야 했지. 마사노리의 병은 사람을 해치며……."

"살인 음락."

오요는 중얼거렸다. 신키치와 한고로는 서로 마주 보았다.

"의원님이 그리 말씀하시던가?"

한고로가 물었다.

"네. 가마이타치는 그런 마음의 병을 앓는 사람일 거라 말씀하셨어요."

"통찰력이 뛰어나시군."

신키치도 고개를 끄덕였다.

"사람을 베는 한, 평소에는 제정신을 유지할 수 있지. 그래서 가신들이 힘을 모아 마사노리의 악행을 도왔던 거야."

"더는 두고 볼 수 없다 판단하신 부교 어르신께서는 신키치에게 은밀히 마사노리를 베라는 명을 내리셨네."

한고로가 말을 이었다.

"그런데 그만 오요 자네가 그 현장을 목격한 게야. 우리야 문제될 게 없지만, 오다기리 집안에서는 그냥 내버려둘 수 없었지. 뒷일은 이와테 간베가 말한 대로네. 녀석은 신키치가 가마이타치라 믿고 오다기리 집안을 협박했지. 그쪽에서는 이와테가 착각하도록 내버려 두었고. 그편이 유리하니 말이야. 간베를 조종해 자네를 없애고, 마사노리는 병사했다 발표하면 되니까. 나중에 사람들의 뇌리에서 이 일이 잊힐 무렵 간베의 입을 막을 속셈이었겠지. 간베도 참 멍청한 녀석이야."

오요는 뺨에 손을 대고 고개를 저었다.

"대체 뭐가 뭔지 모르겠어요."

"그럴 법도 하지. 여러 가지 일이 한꺼번에 일어났으니까. 허나,"

한고로는 싱긋 웃었다.

"자네는 역시 니노 의원님의 딸이야. 무슨 소리를 들어도 본 건 본 거라며 한 발짝도 물러나지 않더군. 아까도 신키치가 신호를 보내지 않았다면 나도 모르게 튀어나올 뻔했어. 그때는 정말 신키치가 당한 줄 알았다니까.”

“명안이었어.”

신키치는 웃으며 말했다. 왼쪽 팔꿈치 윗부분이 찢어져 피가 났다. 오요의 단도가 스치고 지나간 곳이다.

“설마 그런 수를 쓸 줄은 몰랐지뭐야. 내가 오요 씨를 너무 얕잡아 봤어.”

오요는 둘의 얼굴을 번갈아 바라보았다. 특히 신키치의 얼굴을.

“그럼 일부러 가마이타치 행세를 한 거예요?”

간신히 입을 열어 그리 물었다.

“나와 아버지를 죽이겠다고 협박한 일도, 아까 일도 전부?”

“그래.” 신키치는 미안한 듯 말했다.

“오요 씨에게는 정말…….”

“그렇게 부르지 말아요.”

오요는 정색하며 말했다.

“여태까지 사람을 속여 놓고, 미안하단 한 마디면 끝이에요?”

“이봐, 오요…….” 한고로가 중재에 나섰다.

“그야 그렇지만, 다 자네를 지키기 위해서였다고.”

그건 말하지 않아도 안다. 하지만 한번 쏟아지기 시작한 말은 멈추지 않았다.

“어쩜 이럴 수가 있어요. 아까는 정말 사람을 죽여야겠다 마음먹고…… 정말…… 내가 얼마나…….”

오요는 끝까지 말을 잇지 못하고 와들와들 떨며 하얗게 질렸다. 위로하듯 내민 신키치의 손을 뿌리치고 그녀는 휘청거렸다. 지금까지 겪은 모든 공포와 긴장, 피로가 봇물 쏟아지듯 흘러 넘쳤다. 오요는 주먹을 꼭 쥐고 신키치에게 달려들었다. 힘껏 때리면 분이 풀릴 것 같았다.

반 발짝 물러나 오요를 붙잡은 신키치는 그녀의 성이 풀릴 때까지 내버려두겠다는 듯 저항하지 않았다. 오요는 떼쓰는 어린애처럼 팔을 휘둘렀지만 이내 힘이 빠졌고, 결국 울음을 터뜨렸다. 꾹 참았던 눈물이 터져 나왔다.

어느샌가 오요는 신키치의 품에 안겨 있었다.

신키치는 말없이 와들와들 떨며 흐느끼는 오요를 꼭 안고는 등을 다정하게 토닥였다. 그 손길은 오요가 어릴 적 악몽을 꾸다 깨었을 때, 울음을 그칠 때까지 자신을 달래던 아버지의 손길과 놀랄 만큼 비슷했다. 얼마나 마음이 편안한지, 계속 이대로 있고 싶다, 이제 무서운 일은 하나도 없을 것이다, 그런 생각까지 들었다.

한참 있다 한고로가 조심스레 말을 걸었다.

"방해해서 미안한데."

사람 좋은 도신은 머리를 긁적였다.

"이제 그만 사람을 불러야 하네."

6

이튿날, 이른 아침부터 '가마이타치가 붙잡혔다'는 소문이 나돌았다.

"예전에 오캇피키였던 이스케라는 자라는구먼."

"남부 마치부교쇼의 이와테 간베 나리가 놈을 처단하셨는데, 그 와중에 부상을 입어 세상을 뜨셨다면서."

"참 고마우신 분이야. 이제야 마음 놓고 나다닐 수 있겠어."

하지만 소문을 들은 오요는 마뜩치 않은 표정으로 신키치에게 말했다.

"왜 죄다 이와테 간베의 공으로 돌렸죠? 진상을 숨겨야 한다는 건 알지만, 그래도 영 못마땅해요."

신키치는 웃으며 사정을 설명했다.

"부교 나리께서 그리 분부하셨어. 부교쇼의 부정부패를 감추려는 건 아니지만, 이와테 같은 자의 소문이 널리 퍼지면 일이 훨씬 복잡해진다고. 에도 시민들이 모두 부교쇼에 대해 불신을 품으면 어떻게 되겠어."

듣고 보니 일리가 있다. 오요는 생각을 고쳐먹었다. 오오카 어르신이 밤낮으로 애써 시정을 개선시켰는데, 그걸 물거품으로 만들 수는 없다.

오다기리 마사노리의 인롱은 날이 밝자마자 오마치 한고로가 순시를 돌다 발견한 것처럼 꾸며 부교에게 넘겼고, 효조쇼를 거쳐 로주老中 쇼군 직속으로 정무를 담당하던 최고 집정관의 손에 들어갔다. 마사노리의 죽음을 '급환'이라 우겨대던 오다기리 집안에서도 더는 숨길 수 없다 생각했는지, 당주 마사노리가 가마이타치라 불리는 정체불명의 괴한에게 목숨을 잃었다고 고했다. 반쪽짜리 진실이었지만, 오다기리 가문은 얼마 지나지 않아 멸문당했으니 결국은 사필귀정이라 해야 하리라.

에도는 금세 본래의 활기를 되찾았다.

신키치의 부상은 생각보다 심해서 완치되기까지 보름이나 걸렸다. 치료는 물론 겐안이 맡았다.

"싸우다 다쳤나?"

"그게……."

"이유가 뭔가? 술? 여자?"

신키치가 뭐라 말하기 전에 오요가 아버지를 밀쳐내고 자리를 차지했다.

"치료는 끝났죠? 나머지는 제가 할 테니 아버지는 저쪽 환자한테 가 보세요."

겐안이 묘한 표정을 지으며 자리를 뜨자, 오요는 날름 혀를 내밀었다. 그 모습에 신키치는 웃음을 터뜨렸다. 오요는 태연한 표정으로 말했다.

"내 검술 솜씨도 제법 쓸 만하죠?"

그날 저녁, 관리인 우헤가 홀로 약재를 다듬고 있던 겐안을 찾아왔다.

"집세 받으러 왔나?"

"요새는 약값을 치르는 환자가 많아졌다 들었습니다."

겐안은 떨떠름한 표정을 지었다.

"귀도 밝군."

"건넛집 신키치의 다친 팔도 의원님이 봐주셨다더군요. 성실한 녀석이니 약값도 꼬박꼬박 치르죠?"

"그건 그런데." 겐안은 턱을 쓸며 말했다.

"그 대신이라 하긴 뭣하지만, 왠지 딸을 빼앗길 것 같은 기분이 든단 말이야……."

선달의 손님

1

그 손님은 매년 섣달 초하루에 찾아와 닷새간 우메야에 묵는다. 올해도 어김없이 찾아왔다.

센주 윗목에 자리한 우메야는 주인 내외와 내년이면 아홉 살이 되는 아들까지 세 식구가 꾸려 가는 작은 여관이다.

센주의 여인숙들은 오슈 가도를 오가는 다테 가문, 마쓰다이라 가문, 사타케 가문, 난부 가문이 묵는 숙소라 오래전부터 번영해 왔다. 그뿐 아니라 수많은 유녀들을 거느린 유흥가로도 알려져 있다. 그런 큰 여관들 틈에서 우메야는 홀로 묵묵히 가게를 꾸려 왔다.

그래도 우메야에서 손님들에게 대접하는 식사는 센주에서도 제법 평판이 좋다. 예전에 요릿집에서 일했던 주인의 실력이 어찌나 뛰어난지, 전국 방방곡곡을 다니며 각지의 소문난 음식을 먹어 본 입맛 까다로운 행상인들도 일부러 우메야에 짐을 풀고는 했다.

그리고 또 하나, 이 작은 여관은 이름에 운치가 있었다. 주인이

다케조竹蔵, 외아들이 마쓰키치松吉, 여주인이 오사토お里, 가게 이름이 우메야梅屋다. 넷이 합치면 '송죽매골'이 된다. 한해를 마무리하는 섣달 바람과 함께 찾아오는 그 손님도 식사와 이름이 마음에 들었다며 웃었다.

손님의 이름은 쓰네지로다. 센다이에서 가가미야라는 작은 방물 가게를 한다고 들었다. 매년 섣달마다 에도를 찾는 이유는 정월 대목을 앞두고 가게에 비녀며 빗 따위를 들여놓기 위해서라고 했다.

"역시 에도 물건은 세련됐다면서 무가의 마나님과 아가씨, 상인의 여식들이 좋아라 사 간다니까요."

과연 장사꾼, 나이는 다케조와 엇비슷했지만 유창한 에도 말씨였다. 피부는 투명할 만큼 희지만 북쪽 사람 특유의 수줍음은 찾아볼 수 없었다. 낯가림 없이 누구에게나 서글서글한 쓰네지로는 우메야의 단골 중에서도 특히 환영받는 손님이었다.

또한 숙박비를 치르는 방식도 별나서 우메야 사람들은 모두 손꼽아 그를 기다렸다.

"내년은 뱀의 해죠. 쓰네지로 씨가 이번에는 또 어떤 세공품을 놓고 갈지 기대되네요."

부엌에서 무를 손질하며 오사토는 남편에게 속삭였다. 오늘 밤의 손님은 모두 여덟 명, 밥상에 갓 데친 뜨끈뜨끈한 무를 올리기로 마음먹은 다케조의 손길이 분주했다.

쓰네지로뿐 아니라 섣달에 우메야에 묵는 손님들은 올해 안으로 처리해야 할 일을 싸들고 왔기에 모두 바빴다. 하지만 손님들이 늦게 돌아와도 항상 따뜻한 식사를 대접하는 것이 주인 다케조의 신념

이었다. 그런 까닭에 규모가 작은데도 숯이며 기름값이 제법 들었고 자리에 누웠다가도 손님이 들어오면 일어나야 했지만, 우메야의 개성이라 생각했기에 크게 개의치 않았다.

"이번에도 세공품을 주시면 벌써 십이지의 절반이 차네요." 오사토가 신이 나서 말했다. "자, 축, 인, 묘, 진, 사……."

"지레짐작하지 마. 쓰네지로 씨가 올해도 세공품으로 숙박비를 치르신다고 장담할 수는 없잖아."

다케조는 웃으며 아내를 타일렀지만, 내심 같은 생각을 하며 기대에 부풀어 있었다.

방물 가게 쓰네지로는 항상 숙박비 대신 금으로 만든 세공품을 놓고 갔다. 그 세공품은 이듬해, 요컨대 새해에 돌아오는 십이지를 본뜬 물건으로 어른 엄지손가락 손톱만 한 크기의 자그마한 것이었지만, 세공이 어찌나 정교한지 혀를 내두를 정도였다. 쥐의 경우에는 꼬리에 난 솜털까지 보였고, 호랑이의 줄무늬는 금 표면을 검게 그을려 표현했다.

어쩌다 숙박비 대신 세공품을 놓고 가게 되었느냐 하면, 쓰네지로가 우메야에 묵은 첫해, 볼일을 마치고 아침 일찍 길을 떠나기 전날 그가 다케조를 방으로 불러들인 게 발단이었다.

"주인장, 실은 말이죠."

쓰네지로는 장지문을 닫고 주변을 경계하듯 나지막한 목소리로 말했다. 눈빛이 심상치 않았다면 숙박비가 없다며 억지를 쓸 작정이라 여길 만한 상황이었다.

하지만 쓰네지로의 얼굴은 환했고 눈에도 생기가 넘쳤다. 목소리를 낮추고 몰래 부른 것도 다른 데로 새어 나가면 안 되는 이야기인 까닭이라고 한다.

"제가 이렇게 해마다 섣달에 에도를 찾는 건 겉으로는 정월 장사 물건을 들이기 위해서지만, 사실은 아닙니다. 실은 지난해에 왔을 때 부탁해 둔 세공품을 찾으러 오는 겁니다. 제가 고향으로 가지고 가는 건 모두 솜씨 좋은 직공이 일 년 동안 공들여 만든 훌륭한 세공품들입니다. 금과 은, 수정, 산호를 아낌없이 쓴 값비싼 물건들이죠. 그리고 대부분은 살 사람이 이미 정해져 있습니다."

다케조는 딱히 감탄한 기색도 없이 고개를 끄덕였다. 쓰네지로의 말을 곧이곧대로 믿지 않았기 때문이다. 쓰네지로는 다케조의 눈을 바라보며 말을 이었다.

"지금 이 자리에서 그 물건들을 보여 드릴 수는 없습니다. 섣달 에도에는 눈 뜨고도 코 베어 가는 녀석들이 득시글대니까요. 어디서 누가 귀를 쫑긋 세우고 엿듣고 있을지 모릅니다. 하지만 이것 하나만은 주인장에게 보여 드리려 합니다."

그렇게 말하며 쓰네지로는 품에서 보랏빛 비단 보자기를 꺼냈다. 언뜻 보기에는 평평해서 속에 아무것도 든 것 같지 않았지만, 쓰네지로가 천천히 펼치자 아주 작은 금색 쥐가 나왔다.

"내년 십이지인 쥐를 본뜬 세공품입니다." 쓰네지로는 속삭이듯 말했다. "순금이지요. 여기 세공 좀 보세요."

다케조는 아직 반신반의했지만, 가만히 손을 뻗어 쥐를 집어 들었다. 크기에 걸맞지 않은 묵직함과 정교한 세공을 보니 아무래도 진품 같다.

"뛰어난 물건이군요."

쓰네지로에게 건네자, 그는 정중히 받아들었다.

"그야 물론이죠. 에도에서 제일가는 장인의 솜씨니까요." 쓰네지로는 눈을 한층 크게 뜨며 속삭였다. "비밀입니다만, 이건 다테 님께서 주문하신 물건입니다."

"다테 가문에서……." 다케조는 뒤로 물러나며 말했다. "그런 귀한 물건을 저한테 보여 주셔도 됩니까?"

쓰네지로는 무릎을 모으며 자세를 고쳐 앉더니 진지한 표정으로 말했다.

"본론을 말씀드리겠습니다. 다테 님께서는 매년 하나씩 그 해의 십이지 세공품을 모으시겠다며 저한테 물품 조달을 하명하셨습니다. 예부터 특이하고 기발한 취향으로 이름 높은 가문입니다. 돈을 퍼부어 한 번에 다 모을 수도 있지만, 그러면 운치가 없다면서 매년 하나씩, 십이지마다 조금씩 다른 장인의 솜씨를 즐기며 열두 해 동안 모으고 싶다고 말씀하시더군요."

"오호, 과연 멋을 아는 분이시로군요."

다케조는 싹싹하게 맞장구를 쳤지만 아직도 왜 이 이야기를 자기한테 하는지 짐작이 가지 않았다.

"이 이야기를 들었을 때 이런 생각을 했습니다. 같은 물건을 하나 더 만들게 하자고. 물론 다테 님께는 비밀로요."

쓰네지로는 히죽 웃었다. "시간은 오래 걸리겠지만, 다테 님이 열두 해에 걸쳐 십이지를 모으시는 동안 저도 몰래 십이지를 모으자고 결심했습니다. 그리고 십이지를 모두 모으면 비밀리에 팔기로 했습니다."

"파신다고요?"

"그렇습니다. 백 냥은 되고도 남으리라 생각합니다. 다테 님은 십이지를 다 모으시면 분명 여기저기에 자랑을 하실 겁니다. 어쩌면 쇼군께 헌상할지도 모르죠. 어느 쪽이든 그렇게 되면 제가 가진 다른 십이지의 값어치는 엄청나게 뛰겠죠. 다테 님, 쇼군 님과 같은 물건을 가지고 싶다, 그런 욕심에 돈을 쏟아 부을 사람이 한둘이 아닐 테니까요."

"하지만 그런 큰돈을 내고 같은 물건을 손에 넣어도 무용지물 아닙니까. 같은 물건을 가지고 있다고 떠벌렸다가는 쓰네지로 씨에게 불똥이 튈지도 모르고요."

쓰네지로는 호탕하게 웃었다. "그렇죠. 그러니 몰래 가지고 있어야 한다는 조건을 붙일 겁니다. 풍류를 즐긴다는 이들은 남에게 자랑하지 못해도, 제 수중에 있다는 사실만으로도 흡족해한답니다."

다케조는 고개를 끄덕였다. 자신에게는 딴 세상 이야기지만, 돈깨나 있다는 사람들 사이에는 이런 허세와 자랑이 판치는 모양이다.

"이곳에 묵기 전까지는 나머지 십이지를 제 손으로 고이 보관해야겠다고 생각했습니다." 쓰네지로는 말을 이었다.

"하지만 이곳의 맛있는 밥과 먼 길 피로를 풀어 주는 깨끗한 잠자리, 그리고 구석구석 깔끔하게 정돈된 방을 보고 나서 생각을 고쳐먹었습니다. 저는 장사꾼이니 앞으로도 이런 기회가 여러 번 찾아올 겁니다. 그러나, 기분 나쁘게 들으실 수도 있겠지만, 주인장 같은 분이 이런 귀한 물건을 접할 기회는 두 번 다시 없을지도 모릅니다."

"여부가 있겠습니까. 저한테는 마냥 꿈같은 이야기지요."

"꿈을 이루고 싶지 않으십니까?" 쓰네지로는 몸을 내밀었다. "어려운 일은 아닙니다. 여기 숙박비를 이 세공품으로 대신 치르고 싶습니다."

다케조는 너무 놀란 나머지 말이 나오지 않았다.

"앞으로 매년 이 시기에 이곳을 찾을 겁니다." 쓰네지로는 생글생글 웃으며 말했다. "그리고 그때마다 숙박비 대신 세공품을 드리겠습니다. 열두 해가 지나면 다테 님이 가지고 계신 것과 같은 십이지가 완성되겠죠. 그러면 제가 잘 중개해서 원하는 사람에게 팔 수 있도록 돕겠습니다."

다케조는 말문이 막혔다. 쓰네지로는 여전히 생글생글 웃고 있다.

"저는 평생에 한 번쯤은 주인장네처럼 정직하고 성실하게 장사하는 분에게 이런 좋은 기회를 드리고 싶었습니다. 열두 해 동안 아무도 모르게 소중히 보관하시기만 하면 됩니다. 십이지가 완성되고 아드님이 장성할 무렵에는 우메야를 센주 제일가는 여관으로 키우는 것도 가능하죠."

다케조의 가슴이 젊은 처녀처럼 두근거렸다.

마쓰키치도, 우메야도, 그에게는 모두 둘도 없이 소중했다. 그 소중한 것을 지금보다 더 훌륭하게 키울 수 있을지도 모른다. 이런 기회는 내 평생 다시 오지 않으리라.

다케조는 지금까지 정직하고 소박하게 장사하는 데 온 힘을 쏟았다. 노름은 물론 투기에도 손을 대 본 적이 없고, 그런 마음을 먹은 적도 없다.

하지만 이 제안은 넝쿨째 굴러 들어온 호박이나 다름없었다.

"정말 저희에게……." 다케조는 신중하게 물었다.

"네. 주인장만 좋다 하시면 저는 그럴 작정입니다."

그렇게 말하고 나서, 다케조의 난처한 표정을 본 쓰네지로는 찰싹 이마를 쳤다.

"제가 생각이 짧았습니다. 난처해하실 만도 하죠. 그러면 먼저 이 쥐가 진짜 금인지 아닌지 아는 사람에게 확인해 보도록 하십시오. 하지만 반드시 입이 무거운 사람이어야 합니다."

결국 쓰네지로와 다케조는 근처에 하나밖에 없는 골동품 가게를 찾았다. 가게 주인은 묵묵히 금으로 만든 쥐를 살피더니 순금이 틀림없다고 단언했다.

"그래도 이런 귀한 물건을 받을 수는 없습니다." 다케조는 손사래를 쳤다. "제가 받아야 할 숙박비는 이 금의 절반 가격도 되지 않습니다."

"그게 마음에 걸리면 내년에 저한테 맛난 식사를 대접해 주십시오." 쓰네지로는 호쾌하게 말했다. "매년 우메야를 찾을 일이 기대되는군요."

다케조는 오사토와 머리를 맞대고 의논했다. 마쓰키치도 자리를 함께했다. 이 가족은 어떤 일이든 항상 셋이서 상의해 결정해 왔다.

"아빠, 그냥 받아요." 마쓰키치가 천진난만하게 말했다. "쥐가 참 귀여워요."

쓰네지로의 제안을 받아들이면 그의 숙박비를 받지 못하는 셈이다. 이 세공품은 열두 개가 다 모이지 않으면 팔지도 못하고, 자칫하다가는 다테 님의 노여움을 사게 될 수도 있다.

“그래도 가지고 있으면 복을 가져다주는 물건이잖아요.” 오사토는 부드럽게 말했다. “쓰네지로 씨는 우리 가족을 생각해서 하신 말씀일 텐데, 그 마음은 고맙게 받아야 하지 않겠어요?”

그리하여 다케조는 쥐 세공품을 받기로 결정했다. 쓰네지로는 크게 기뻐하며 열두 개가 전부 모이기 전까지는 결코 팔지 말 것, 행여 도둑맞지 않도록 소중히 보관할 것을 단단히 일러 두고 고향으로 돌아갔다.

약속대로 이듬해도, 그 이듬해도 쓰네지로는 우메야를 찾았다. 그리고 소, 호랑이, 토끼, 용, 십이지 순서대로 만든 세공품을 숙박비 대신 놓고 갔다.

호랑이까지는 꼬박꼬박 감정을 받았지만, 해를 거듭하며 쓰네지로를 믿는 마음이 커지자 그만두었다. 쓰네지로에 대한 믿음이 깊어짐에 따라 자연히 대접도 융숭해졌고, 그가 우메야에 묵는 동안 소중히 맡아 둔 세공품을 술안주 삼아 다케조와 술잔을 기울이는 일도 연례행사가 되었다.

2

“올해도 이날이 왔군요.”

우메야를 찾은 지 닷새째 되던 날 밤, 쓰네지로는 우메야 부부를 불러다 놓고 말문을 열었다.

어느샌가 다케조 내외는 매년 쓰네지로의 방문을 손꼽아 기다리게 되었다. 쓰네지로 또한 한 해에 한 번 찾아오는 즐거움에 싱글벙글했다.

하지만 올해는 달랐다. 쓰네지로는 이맛살을 찌푸리고 손깍지를 꼈다 풀었다 하며 안절부절못하고 있다.

"무슨 일 있으십니까?"

쓰네지로의 심상치 않은 표정을 보고 다케조가 조심스레 묻자, 그는 한숨을 내쉬며 말했다.

"일이 곤란하게 됐습니다."

"무슨 문제라도 생겼습니까?"

"네. 실은 그 세공품 말입니다만……."

그 순간 닫힌 장지문 너머에서 부스럭대는 소리가 들렸다. 쓰네지로는 놀라서 펄쩍 뛰더니 낯빛을 바꾸며 장지문을 열었다.

문밖에는 투실투실한 하얀 개를 안은 마쓰키치가 놀란 얼굴로 서 있었다.

"죄송해요. 데쓰가 몰래 빠져나와 돌아다녀서 잡으러 왔어요."

쓰네지로는 다케조 내외를 보았다. 오사토는 송구스러운 듯, 웃음을 참으며 말했다.

"데쓰는 저희 집 개 이름이랍니다. 마쓰키치가 어디서 주워 온 녀석인데, 먹성이 좋아서 밥도 많이 축내는데다 밤중에 몰래 돌아다니며 손님들을 놀래키는 몹쓸 녀석이죠."

"그래도 쥐를 잡아 주잖아요." 마쓰키치가 부루퉁한 표정으로 말했다. "뱀도 잡고. 방물 가게 아저씨, 데쓰는 어치와 종달새의 알을 몰래 훔쳐 먹는 뱀을 붙잡아 먹어 버리거든요. 아주 쓸모 있는 녀석이에요."

"알았다, 알았어." 쓰네지로는 고개를 끄덕였다. "잠깐 밖에서 놀다 오너라. 어른들끼리 긴히 할 이야기가 있으니."

"알겠습니다."

얌전히 고개를 끄덕이더니, 마쓰키치는 데쓰를 안고 쪼르르 달려갔다. 데쓰는 못내 아쉬운 듯 낑낑댔다.

"자, 하던 이야기를 계속하죠. 먼저 이걸 보십시오. 내년 십이지인 뱀입니다."

쓰네지로가 비단보에서 꺼낸 건 금빛으로 번쩍이는 정교한 뱀 세공품이었다. 세 겹으로 똬리를 틀고 머리를 한가운데에 척 올렸다.

"이번 물건도 대단하군요." 다케조는 감탄을 금치 못했다. 오사토도 황홀한 듯 한숨을 내쉬었다.

오른쪽으로 똬리를 튼 뱀의 몸에는 정교하게 비늘까지 조각되어 있다. 지금까지의 세공품과는 달리 두 눈에 특별히 수정까지 박아 넣어 마치 살아 있는 뱀처럼 번뜩였다.

하지만 이제까지 받았던 세공품과 다른 점이 또 하나 있었다. 바로 크기다.

"보시다시피 이 똬리만 해도 한 치 반이나 됩니다. 지금까지 드렸던 세공품의 세 배는 되는 금이 들어갔죠." 쓰네지로가 말했다. "문제는 바로 그겁니다."

다케조도 쓰네지로가 왜 난처해하는지 알아챘다.

"무슨 말씀인지 알겠습니다. 저희가 받기에는 너무 과하군요."

오사토도 그제야 알아채고 어마, 하고 나지막하게 말했다. 쓰네지로는 침울한 표정으로 고개를 끄덕였다.

"그렇습니다. 어쩌다 이렇게 되었는지 장인에게 물었습니다만, 뱀이라는 건 다른 십이지보다 훨씬 만들기 어려운 동물이라, 성에 차도록 세공하려면 이 정도 크기는 되어야 한다고 하더군요. 제가 크기를 가지고 뭐라 하니까, 설마하니 다테 님쯤 되는 분이 비싸서 못 사겠다고 하실 리는 없지 않느냐고 따지지 뭡니까."

이 일을 어째야 할지 모르겠습니다. 쓰네지로는 부부의 얼굴을 빤히 바라보았다.

"이번만큼은 맛있는 식사와 술로 세공품 값을 받겠다는 말을 못하겠습니다. 금액이 달라도 너무 다르거든요. 그렇다고 올해 십이지를 건너뛰고 열한 개만 드릴 수는 없습니다. 열두 개가 다 모여야 비로소 가치를 지니는 물건이니까요……."

십이지 중 다섯 개나 모았는데. 쓰네지로는 입술을 깨물었다. 잠시 침묵이 흐른 뒤, 다케조가 결의에 찬 얼굴로 물었다.

"이 뱀을 받으려면 숙박비를 제외하고 얼마나 드려야 합니까?"

"여보……." 오사토가 남편의 팔을 붙잡았다. 다케조는 아내의 팔을 다정히 떼어내며 말을 이었다.

"말씀해 주십시오."

쓰네지로는 생각에 잠기더니, 힘없이 중얼거렸다.

"열 냥은 받아야 합니다."

"열 냥이나!" 오사토는 자세를 고쳐 앉으며 말했다. "저희 형편에는 턱도 없어요."

“그렇습니까…….” 쓰네지로는 팔짱을 끼며 눈을 감았다. “어떻게 마련하실 수 없겠습니까?”

다케조는 곰곰이 생각에 잠겼다. 밖에서는 섣달의 매서운 바람이 창문을 흔들고 있다.

“한번 마련해 보겠습니다.” 다케조는 결심을 굳힌 듯 말했다.

다케조가 궁리해 낸 방법은 감정을 맡긴 적이 있는 골동품 가게의 주인에게 부탁해 뱀 세공품을 담보로 열 냥을 빌리는 것이었다.

골동품 가게에는 쓰네지로도 동행했다. 비단보에 싸인 세공품을 들고 진눈깨비가 흩날리는 밤길을 걸으며, 그는 연신 다케조에게 미안하다는 말과 격려하는 말을 번갈아 했다.

골동품 가게 주인은 무표정한 얼굴로 두 사람의 이야기를 들었다. 그러고는 뱀 세공품을 찬찬히 살펴보았다. 주인이 세공품을 살펴보는 동안 다케조와 쓰네지로는 옆방에서 안주인이 내준 차를 마시며 말없이 기다렸다.

“빌려 드리겠소.”

이내 장지문이 열리고 뚱한 표정의 주인이 그리 대답하자, 다케조와 쓰네지로는 서로 어깨를 두드리며 기뻐했다.

“소중히 맡아 주셔야 합니다. 어디 두실 생각이십니까?”

쓰네지로는 걱정스레 물었다. 주인이 자물쇠가 달린 곳간에 보관하겠다고 대답하자, 쓰네지로는 자기가 직접 넣게 해 달라고 간청했다.

“다케조 씨에게 맡길 때도 그리했습니다. 만에 하나라도 이 세공품을 도둑맞아 제가 몰래 같은 물건을 만들었다는 사실이 들통 나면, 제 목이 달아날 테니까요."

골동품 가게 주인은 그 부탁을 들어주었다. 쓰네지로는 제 맘에 드는 곳에 조심스레 세공품을 넣고는 흡족한 표정으로 다케조를 보았다.

"이제 저도 마음 놓고 내일 아침 고향에 돌아갈 수 있겠습니다."

돌아가는 길은 눈으로 하얗게 뒤덮여 있었다. 하지만 다케조의 마음은 그저 따스했다. 그는 꿈이 한 발짝 성큼 다가온 듯한 기분에 젖어 있었다. 열 냥은 눈이 튀어나오게 큰돈이지만 앞으로 여섯 해가 지나 십이지를 모을 때까지는 다 갚을 수 있을 것이다. 아니, 꼭 갚도록 노력하자.

쓰네지로도 무척 기뻐했다. 그는 다케조와 오사토에게 몇 번이고 고개를 숙이더니, 내일 일찍 길을 떠나야 하니 먼저 잠자리에 들겠다며 방으로 들어갔다. 다케조는 가슴이 벅차오르는 걸 느끼며 오사토와 밤늦게까지 도란도란 이야기를 나누었다. 여관 안을 어슬렁거리던 데쓰를 따끔하게 야단치고 부부가 잠자리에 들었을 즈음에는 벌써 자정이 훌쩍 지난 시각이었다. 그래도 이튿날에는 평소보다 일찍 일어나 쓰네지로를 위해 푸짐한 도시락을 만들었다.

3

골동품 가게에서 급한 기별이 온 건 점심 식사 준비를 시작할 무렵이었다.

"없어졌습니다!" 골동품 가게 견습 일꾼은 벌건 얼굴로 숨을 헐떡이며 외쳤다. "뱀 세공품이 없어졌습니다!"

자세한 사정은 묻지도 않고 다케조는 어제와 달리 햇빛에 눈이 녹아내린 길을 무작정 달려 골동품 가게로 향했다. 골동품 가게 주인은 오만상을 찌푸린 채 곳간 앞에서 다케조를 기다리고 있었다.

"물건이 사라졌소." 견습 일꾼보다는 침착한 어조였지만, 그 역시 벌레 씹은 표정이었다.

"오늘 아침 일하는 아이에게도 조심해 다루라 일러 두려고 곳간을 열어 보니 그 뱀 세공품만 감쪽같이 사라졌더군."

"그것만 없어졌다고요? 다른 없어진 물건은 없습니까?" 다케조는 새파랗게 질려 물었다.

"그렇소." 주인은 고개를 끄덕였다. "짚이는 구석이 있어서 일단 안사람과 일하는 아이에게 바닥 아래와 뒤뜰을 샅샅이 살펴보게 시켰소."

"바닥 아래와 뒤뜰이요?" 다케조는 넋 나간 사람처럼 되물었다.

그 순간, "찾았습니다! 주인님, 찾았어요!" 하는 목소리가 들렸다. 주인은 다케조를 데리고 뒤뜰로 달려갔다.

뒤뜰에는 주인의 취미인지 모양새 좋은 분재들이 즐비했고, 녹은 눈에 젖은 푸른 솔잎과 동백나무 잎이 반짝이고 있었다. 그 옆에 선 견습 일꾼이 두 사람을 향해 막대기를 내밀었다.

"여기 보세요."

막대기 끝에는 금색 뱀이 달라붙어 있었다. 뱀은 자세히 들여다보지 않으면 알아채지 못할 정도의 속도로 아주 천천히 움직였다.

"깜짝 놀랐습니다. 주인님, 세상에 이런 작은 뱀도 있습니까?" 견습 일꾼이 물었다.

"이건 아오야마 뱀이라고 오슈 산중에 사는 뱀이네. 작고 온순하지. 그리고 요놈은 아직 새끼야."

주인은 팔짱을 낀 채 다케조를 돌아보더니, 성난 표정으로 입을 열었다.

"그자에게 속아서 열 냥과 숙박비를 날렸군."

"그게 무슨 말씀입니까?" 다케조는 혼잣말처럼 중얼거리더니, 이내 큰 소리로 외쳤다. "제가 속았다고요?"

"그렇소. 그자는 당신 내외를 감쪽같이 속이고 이런 짓을 벌인 거요. 날이 추우면 뱀의 움직임이 둔해진다오. 찬물이나 눈 속에 넣어두면 마치 죽은 것처럼 똬리를 틀고 꼼짝도 않지. 거기다 금가루를 발라 세공품처럼 꾸민 거요. 오늘 아침에 날이 풀리자 먹이를 찾아 밖으로 기어 나온 거지."

"하지만 주인께서 직접 감정하지 않으셨습니까."

"그때는 진짜를 내놨겠지." 주인은 퉁명스레 말했다. "곳간에 넣어 둘 때 바꿔치기했을 거요."

다케조는 다리에 힘이 풀려 그 자리에 풀썩 주저앉았다. 기가 막혀서 말도 나오지 않았다.

"그냥 웃어 버리시오." 주인은 진지한 얼굴로 조언했다. "장사를 하다 보면 이런 일도 있고 저런 일도 있는 법이오. 그럴 때 나는 웃는다오. 목청껏 한바탕 크게 웃어 버리지. 그렇게라도 하지 않으면 미쳐 버릴 것 같거든."

다케조는 힘없이 웃었다. 골동품 가게 주인은 안쓰러운 눈길로 그를 바라보며 말을 이었다.

"댁에서 보관하는 다른 세공품도 분명 가짜로 바꿔치기했을 테니 어서 확인해 보시오."

다케조는 일어날 기력도 없었다.

4

골동품 가게 주인의 예상은 적중했다. 어느샌가 쥐도, 소도, 호랑이도, 토끼도, 용도 죄다 가짜로 바꿔치기됐다. 놀라기도 놀랐지만, 남편의 낙담하는 모습에 오사토는 눈물을 훔쳤다.

"여보, 당신 탓이 아니니 너무 자책하지 마세요."

"아니, 다 내 탓이야. 과한 욕심을 부려서 천벌을 받은 거야."

부모의 이야기를 듣던 마쓰키치는 슬픈 표정으로 고개를 떨구고 밖으로 나갔다.

"그나저나 우리 같은 사람들을 속여서 무얼 얼마나 뜯어내겠다고 이렇게 번거로운 짓을 했는지 도통 모르겠어요. 그런 장사꾼들에게 그깟 열 냥은 푼돈이잖아요."

골동품 가게 주인은 딱하다는 표정으로 말했다. "이 댁만 피해를 본 게 아닐 수도 있소. 시나가와나 신주쿠, 이타바시, 그보다 훨씬 먼 곳에서도 여인숙을 돌며 같은 짓을 저질렀을 게요. 세공품 몇 개만 있으면 얼마든지 사람들을 속일 수 있으니 말이오. 한 건에 열 냥이니까 열 건이면 백 냥. 이 정도 벌이면 해 볼 만하지."

힘없이 어깨를 떨군 다케조 내외와 하늘을 노려보고 있는 골동품 가게 주인 앞으로 마쓰키치가 울상을 지으며 달려왔다.

"엄마, 데쓰가 이상해요. 뭘 잘못 먹었나 봐요. 몸부림을 치면서 괴로워해요."

오사토는 남편을 바라보았다. 충격을 받은 다케조는 개에 대해서는 신경도 쓰지 않는 눈치였다. 골동품 가게 주인이 홱 돌아보며 물었다.

"개를 키우시오?"

"네." 상대의 매서운 표정에 오사토는 놀라 뒷걸음질 쳤다.

"묶어 놓지 않고 놓아기르시오?"

"네."

"어젯밤에도?"

"네."

"개를 한번 봅시다. 댁에 회충약 있소?"

한바탕 몸부림을 치더니, 데쓰는 괴로운 듯 배를 드러내고 가쁘게 숨을 내쉬었다. 골동품 가게 주인은 회충약을 물에 타서 먹인 다음 마쓰키치에게 데쓰의 배를 문질러 주라고 일렀다. 그러고는 귓가에 뭐라고 속삭였다. 그 말을 듣자마자 마쓰키치는 눈을 크게 뜨며 물었다.

"정말이에요?"

"아마 그럴 게다." 골동품 가게 주인은 진지한 표정으로 말했다.

마쓰키치는 그가 시키는 대로 했다. 주인은 우메야 객실에서 기다렸고, 다케조와 오사토는 마음을 다잡으려고 분주히 일에 전념했다.

이 각약 네 시간쯤 지나자 마쓰키치의 환성이 울려 퍼졌다.

"아저씨, 나왔어요, 나왔다고요!"

골동품 가게 주인은 다케조 내외를 데리고 마쓰키치에게 달려갔다. 마쓰키치는 우물물을 가득 퍼올려 무언가를 닦고 있었다.

그 옆에서 기운을 되찾은 데쓰가 꼬리를 흔들고 있다.

"이거 보세요!"

마쓰키치가 부모에게 내민 건 금색 뱀이었다. 쓰네지로가 보여 준 뱀 세공품이다. 골동품 가게 주인은 넋 나간 사람처럼 그것을 바라보는 다케조 내외보다 먼저 뱀을 집어 들어 이리저리 살폈다.

"내가 감정한 물건이 맞소. 진품이오."

"먹보 데쓰가 진짜 뱀인 줄 알고 먹었나 봐요."

마쓰키치는 신이 나 폴짝폴짝 뛰었다. 데쓰는 멍멍 짖으며 빙글빙글 돌았다.

"값을 잘 치면 열세 냥까지는 나갈 거요." 골동품 가게 주인이 말했다. "내가 산다는 사람을 알아봐 주겠소. 이제 근심 없이 새해를 맞이할 수 있겠구료."

다케조와 오사토는 번쩍이는 뱀에서 눈을 떼지 못하고 꼭 손을 잡았다.

"그 사람은 어쩌죠? 쓰네지로 씨 말이에요." 오사토가 작게 중얼거렸다.

"그냥 내버려둬. 무슨 염치로 여기 다시 얼굴을 내밀겠어. 지금쯤 뱀이 없어진 걸 알고 혼비백산해 있을걸."

다케조가 대꾸했다.

"나중에 혹시라도 찾아와서 그 뱀은 어찌 됐냐고 묻거든, 하도 진짜처럼 만든 뱀이라 밤마다 새 둥지를 들쑤시며 말썽을 피우길래 개한테 던져 줬다고 하면 되겠군."

골동품 가게 주인은 그렇게 말하고는, 데쓰와 마쓰키치의 머리를 쓰다듬었다.

말하는 검 •

1

남부 마치부교쇼 순시관 도신 나이토 신노스케는 데릴사위다. 원체 소심해서 뇌물 수수는 꿈도 꾸지 못한다. 도신의 쥐꼬리만 한 녹봉으로 생활을 꾸려 나가기란 쉬운 일이 아니다. 올해 들어서는 장모가 정초부터 눈병을 앓아 치료비로 거금이 나갔다. 수입은 없고 지출만 늘어나는 바람에 끝내 허리에 찬 검 두 개 중에 와키자시일본도의 일종으로, 큰 검에 곁들여 허리에 차는 작은 검를 저당 잡혔다. 열흘만 쓰고 꼭 갚을 테니 이 일은 불문에 부쳐 달라고 사정했더니 전당포 주인도 승낙했다. 무사가 검을 맡기는 건 천하가 태평하다는 증거지요, 이런 일이 종종 있습니다. 전당포 주인은 그렇게 말하며 와키자시를 대신할 죽도까지 내어 주었고, 별 불편함이 없었기에 열흘 기한이 이십 일, 삼십 일로 늘어났다.

그로부터 보름이 지나 어느 상가와 관련된 사건이 발생했고, 무사히 해결되자 주인이 답례차 사례금을 돌렸다. 신노스케도 얼마간 받았는데, 저 혼자만 받는 게 아니었기 때문에 안심하고 가져갔다. 돈이 생기니 와키자시를 다시 찾아와야겠다고 생각했다. 없어도 불편하지 않은 물건인데 굳이 찾겠다는 걸 보면 참 고지식한 사내다. 그런데 전당포 주인은 신노스케보다 몇 갑절은 고지식한 사내라, 변제 기한이 지나자마자 와키자시를 처분했다고 한다.

"천하의 명검일 리도 없을 테고, 대신 다른 검을 드릴 테니 가져가시죠."

주인은 미안한 기색도 없이 말했다.

이런 까닭에 신노스케는 무사히 다른 와키자시를 차고 집으로 돌아왔다. 일이 원만하게 수습된 셈이다.

하지만 이야기는 여기서 끝나지 않았다. 신노스케가 새로 입수한 와키자시는…….

말을 했다.

정확히 말하면 신음 소리를 냈다. 매일 밤 자정이 되면, 주인 없는 절의 낡은 종소리가 황폐한 무덤 위로 음침하게 울려 퍼지듯, 배속에서 울려 퍼지는 목소리로 우오오 하고 신음하기 시작한다. 네 시진 반 정도를 신음하다 뚝 그치는데, 그런 상황에서 잠을 잘 수 있을 리가 없다.

사흘 밤이나 계속되자 아내가 먼저 나가떨어졌다. 뜬눈으로 밤을 지새우고 대낮에 쪽잠을 자게 된 것이다. 낮에 잘 수도 없는 신노스케는 충혈된 눈으로 간신히 버텼지만, 잠이 부족하면 못 먹는 것보다 몸에 훨씬 좋지 않다. 신노스케의 아내도 마찬가지였다. 다소 출세가 늦다 해도 엄연한 핫초보리 도신의 안사람이 창기처럼 대낮부터 쿨쿨 잔다면 남들이 뭐라고 생각하겠는가. 난처해진 신노스케는 먼저 전당포 주인에게 따지러 갔다.

"나리, 농이 심하십니다. 아무렴 칼이 말을 하겠습니까?"

만일 그런 일이 있다면 지금부터 제 대신 냄비와 솥더러 여기 앉아 장부를 쓰라고 합지요. 주인은 너스레를 떨었다. 아무리 흐리멍덩한 구석이 있다고 해도, 신노스케도 일단은 도신이다. 주인의 시선과 매부리코 끝에 맺힌 땀방울을 보니, 이 작자가 이상한 칼인 줄 알면서도 처분해 버리려고 떠넘겼다는 사실을 쉬이 짐작할 수 있었다. 허나 어쩔 도리가 없었다. 상대가 알면서 시치미를 떼는데 어쩌겠는가. 계속 끈질기게 물고 늘어졌다가는 외려 겁쟁이란 소문을 퍼뜨릴지도 모른다. 신노스케는 잔뜩 풀이 죽어 발길을 돌렸다. 지껄이는 검을 허리에 찬 채 다시 밤이 오기를 기다리는 수밖에 없었다.

"영험한 절에 부탁해 공양을 올려 보면 어떨까?"

"그런 수도 있지만……." 아내는 가느다란 눈썹을 찌푸리며 말했다. "그러려면 시주를 많이 해야 할 텐데요."

허전한 품에 손을 찔러 넣고 신노스케는 생각에 잠겼다. 그리고…….

2

"그런 연유로 이걸 맡게 됐다."

로쿠조가 바닥에 올려놓은 한 자루 검에 오하쓰는 살며시 손을 얹어 보았다.

"이게 그 말하는 검인가요?"

이곳은 니혼바시 도리초의 식당 시마이야. 이곳 주인 로쿠조는 한가할 때에는 항상 이 좁은 방에 붙어 있다. 공무를 맡아보는 오캇피키 신분이니 한가한 날은 거의 없지만. 식당은 누이동생인 오하쓰와 아내인 오요시가 함께 꾸려가고 있다.

"나이토 나리는 딱하게도 다시 죽도를 차고 다니신다더군. 이 일은 아무래도 오하쓰와 네가 맡아야겠구나." 로쿠조는 목덜미를 긁적거리더니 아우를 보며 말했다.

"사정은 잘 알겠습니다. 부교 나리께서 좋아하실 법한 이야기로군요."

나오지는 그렇게 대답했다. 그가 팔짱을 끼고 문제의 검을 바라보는 모습은 마치 로쿠조에게 울먹이며 하소연하기 전에 검을 들여다보던 신노스케와 별반 다를 바 없었지만, 다른 점은 나오지가 이런 종류의 이야기를 많이 접했다는 것이다.

"나이토 님은 우리에 대해 알고 계시던가요."

"아니, 그건 아니야. 나한테 부탁한 건 우연이었어. 그분은 대쪽같이 올곧은 분이지만 굽힐 줄 모르는 점도 대쪽 같아서 오캇피키 사이에서는 붕 뜬 존재거든. 나하고는 저번 다이마스야 일로 인연이 있으니 부탁했을 거야."

오하쓰는 검을 들어 찬찬히 살펴보았다. 새 검은 아닌 듯하지만, 그리 오래 쓴 것 같지도 않았다. 검은 실로 장식한 검자루는 낡은 느낌이 들지 않는다. 옻칠한 검집도 깨끗했지만 장식은 달려 있지 않다. 정석대로 만들기는 했으나, 꾸밈이 없으니 화려하지도 않다.

"칼은 어떠냐?"

로쿠조가 묻자 오하쓰는 검을 뽑았다.

"하몬도 스구하로군. 뭔가 새겨진 건 없느냐?"

하몬이란 검날에 새겨진 다양한 무늬를 뜻한다. 물결무늬나, 낙타의 혹을 붙여놓은 무늬 등 여러 가지다. 스구하란 그 무늬가 거의 일직선인 경우를 말한다.

"아무것도 없어요." 오하쓰가 대답했다. 구리로 만든 날밑검날과 검자루 사이에 끼워 손을 보호하는 도검장구에도 장식 하나 없다. 전체적으로 우직하고 투박한 느낌의 검이다.

겐로쿠元禄일본의 연호. 1688~1704 때부터 지금까지 검은 본래의 목적에서 벗어나 대부분 감상용, 수집용, 예술품으로 만들어졌다. 무사뿐 아니라 부유한 상인들도 돈을 쏟아부어 호화로운 검을 만들게 하고 서로 자랑을 해댔다. 검날에 부동명왕이나 여의주를 쫓는 용을 새기거나, 날밑에 나비와 물떼새를 새겨 금과 적동으로 장식한 멋들어진 검들이 지금까지도 남아 있다. 물론 천하가 태평했기에 이런 검을 만들 수 있었던 것이다. 막말에 흑선黑船1853년, 미국의 페리 제독은 흑선 네 척을 끌고 함포 사격을 가하며 개국을 요구했다. 이 일을 계기로 막부는 강제로 미일 화친 조약을 맺었으며, 일본 내부는 개국파와 쇄국파로 나뉘었다이 나타나자 다시 '무기로서의 검'이 부활하지만 이 무렵은 아직 평온한 시대였다.

"이상하네. 와키자시만 만들었으면 조금 더 공을 들였을 텐데."

"역시 어딘가에 와키자시만 죽도로 차고 다니는 무사 나리가 있는 게 아닐까요?" 오요시가 한마디 했다.

"만든 도공의 이름은 없고?"

"그걸 보려면 자루를 뽑아야 하니까 내일로 미루죠. 일단 오늘 밤은 이대로 두고 대체 어떤 말을 하는지 들어 보자고요." 나오지가 말했다.

"그게 말이다." 로쿠조가 고개를 갸웃했다. "나이토 님 말로는 엄청나게 큰 소리로 떠들기는 하는데 뭐라고 하는지는 당최 알아듣지 못하겠다고 하시더라."

"아가씨, 조심해요. 그러다 손 베겠어요." 날을 어루만지는 오하쓰를 보고 오요시가 놀라 외쳤다.

"새언니, 종이 좀 주세요." 오하쓰가 말했다. 은빛 칼날에 오하쓰의 하얀 얼굴이 어렴풋이 비쳤다.

오하쓰는 오요시가 건넨 종이를 반으로 접어 그 사이에 칼날을 넣고 비스듬히 기울여 당겼다. 이러면 아이들이 장난감을 만드는 데 쓰는 칼로도 종이를 자를 수 있다.

하지만…….

종이는 멀쩡했다. 칼날 위를 스르륵 미끄러질 뿐이다. 흡사 바느질할 때 쓰는 자로 종이를 자르려 드는 것 같다. 오하쓰는 조심스레 손가락으로 만져 봤지만 마찬가지였다. 문살을 아무리 꾹 눌러도 손가락은 아무렇지도 않은 것과 같은 이치다.

여하튼 밤중에 검이 말할 때까지 기다려 보기로 했다.

봄이면 으레 그렇듯 세찬 바람이 사납게 날뛰는 밤이었다. 화재에 취약한 에도 사람들은 바람을 싫어한다. 집집마다 신경을 곤두세운다. 옆으로 돌아누워 어딘가에서 종소리가 나지 않나 귀를 기울여야 하니 편히 잘 수도 없다.

시마이야 사람들도 바람 소리에 귀를 기울이고 있었다. 하지만…….

"들었어?"

꾸벅꾸벅 졸던 로쿠조가 화들짝 고개를 들었다. 오요시가 움찔하며 괜스레 옷깃을 꼭 쥐었고, 기둥에 기대 있던 나오지도 몸을 일으켰다.

오하쓰는 입가에 두 손을 대고 비밀 이야기라도 듣는 듯한 표정을 짓고 있었다.

우오오오오오오오오. 목소리가 들린다. 검은 분명히 신음하고 있었다. 한 번, 두 번, 비가 추적추적 내리는 밤에 들개가 왈왈 짖듯, 죽어가는 이를 황천에서 불러들이려 우물 바닥을 향해 외치듯. 귀를 막아도 애원하듯 손가락 사이를 비집고 들어왔다.

"이게 대체……."

로쿠조가 저도 모르게 중얼거린 오요시의 팔을 붙잡아 입을 막았다.

우오오오오오.

실제로는 네 시진 반 정도였지만 하룻밤처럼 느껴질 만큼 긴 시간이 지난 뒤, 부들부들 떨며 길게 꼬리를 끌고는 마지막으로 신음하고 나서야 검은 입을 다물었다.

비좁은 방 안이 조용해지자 바깥에서 바람 소리가 느닷없이 귓가를 때렸다. 어느 집 처마에 걸어 둔 등롱이 날아갔는지 한차례 요란

한 소리가 들리자 오요시가 다시 움찔했다.

"오하쓰……."

나오지는 누이동생의 얼굴을 보았다. 오하쓰는 입을 반쯤 벌리고 이웃에 사는 누구누구가 사랑의 도피행을 벌였다는 소문이라도 들은 양 길고 가느다란 눈을 부릅뜨고 있었다.

로쿠조가 주름 잡힌 이마를 닦으며 한숨을 쉬었다.

"……정말이네. 무슨 말인지 알아들을 수가 없어." 오요시가 부르르 몸서리쳤다.

"아니, 나한테는 들렸어요. 신음이 아니라 말이었어요." 오하쓰는 그제야 제정신을 찾은 듯 말문을 열었다.

"뭐라고 하더냐?"

"자기 말을 알아들으면 기오로시 강기슭에 있는 고사키 마을의 사카우치 고타로에게 전해 달래요. 호랑이가 날뛰고 있다, 호랑이가 날뛰고 있다……. 몇 번이고 그렇게 말했어요."

3

이튿날 아침 일찍 나오지는 간다묘진시타에 있는 전당포 마사고야로 향했다. 마사고야가 나이토 신노스케에게 예의 와키자시를 떠넘긴 가게이기 때문이다. 주인인 기치조는 물에 빠져 죽은 너구리처럼 통통한 얼굴의 중년 사내로, 살갑기는 했으나 방심할 수 없는 구석이 있었다.

나오지는 로쿠조와는 달리 높으신 분의 명을 받들어 공무를 맡아 보는 신분이 아니다. 본업은 정원사다. 네기시 히젠노카미와도 그 댁 정원을 돌봐 주다 인연을 맺게 되었다.

원래 정원사란 쉴 새 없이 돌아다녀야 하는 직업이다. 곳곳에 얼굴을 비치고 집 안에까지 발을 들인다. 유명한 '오니와반御庭番에도 시대의 관직명으로 쇼군에게 직접 명을 받아 비밀리에 첩보활동을 했던 밀정. 니와는 정원이라는 뜻이다'이라는 밀정 집단의 이름도 여기서 유래한 것이다. 그렇기에 나오지는 시정의 다양한 소문과 사람을 접할 수 있는 위치에 있었고, 자연스레 시탓피키 일을 하게 되었다.

시탓피키란 오캇피키 밑에서 그들을 돕는 자를 말한다. 관원은 아니더라도 사람들에게 인정받는 오캇피키와는 달리, 시탓피키는 표면적으로 다른 직업을 가지고 시탓피키임을 숨기는 사람이 많다.

"다름이 아니라 나이토 나리의 와키자시 일로 여쭙고 싶은 일이 있어서 왔습니다." 나오지는 단도직입적으로 말했다.

기치조는 눈을 크게 뜨며 말했다. "나이토 나리? 무슨 일입니까?"

쓸데없이 시간을 낭비할 필요는 없다. 나오지는 자신이 나이토의 집안 일을 맡아보는 정원사이며, 비밀리에 그 와키자시를 처분해 달라는 부탁을 받았다고 말했다.

"나이토 나리께서 아주 난처해하고 계십니다. 이제 돈은 아무래도 좋으니 그 와키자시를 원래 주인에게 돌려줬으면 좋겠다고 말씀하시더군요. 그러면 주인장도 손해 볼 건 없으니 좋은 게 좋은 거 아닙니까."

기치조는 미심쩍은 듯 인상을 썼다. 너구리 같은 얼굴이 더 둥그레졌다.

"정말입니까?"

나오지는 고개를 끄덕이며 웃었다. 훤칠하고 앳된 얼굴의 그는 웃으면 더욱 서글서글하게 보인다. 한 배에서 난 형제지만 험상궂게 생긴 로쿠조와는 영 딴판이다.

기치조는 마지못해 와키자시를 저당 잡힌 인물을 가르쳐 주었다. 쇼헤이바시 옆 유시마요코마치에 사는 나가야의 관리인이라 했다.

"언제 저당을 잡혔습니까?"

기치조는 성가신 듯 대장을 넘겼다.

"정월 마지막 날이네요."

"그러면 그즈음부터 칼이 말을 했습니까?"

"아뇨. 괴기스런 일이 일어난 지 그리 오래 되지 않았습니다. 아마 열흘 전이었을 겁니다." 기치조는 넌더리를 내며 말했다.

인사를 하고 발길을 돌려 문턱을 넘으려던 나오지는 불현듯 걸음을 멈추고 돌아보며 물었다.

"주인장은 와키자시가 뭐라고 하는지 알아들으셨습니까?"

기치조는 고개를 절레절레 저었다.

"하나도 모르겠더이다."

나오지는 고개를 끄덕이고 밖으로 나왔다.

그 무렵 시마이야는 바쁜 아침 장사를 막 마친 참이었다. 가게를 오요시에게 맡기고 들어온 오하쓰는 방 안에서 와키자시를 살펴보았다.

오하쓰는 손을 깨끗이 씻고, 옷매무새를 단정히 한 다음 정좌한 상태로 검을 들었다. 조심스레 검집을 벗겨 밝은 빛에 비추어 보니 칼날이 아름답게 반짝 빛났다. 오하쓰는 칼에는 문외한이나 다름없다. 아는 칼이라고는 부엌칼과 부교 나리의 검밖에 없지만, 그래도 이 검의 아름다움은 이해할 수 있었다. 호화롭지는 않지만 은근한 기품이 느껴진다.

'이렇게 잘 만든 칼이 왜…….'

어젯밤 오하쓰에 이어 검을 살펴본 로쿠조는 날이 없으니 종이도 베지 못하는 게 당연하다고 말했다.

"이 칼은 날이 무뎌져서 못 베는 게 아니야. 원래 날을 세우지 않았어."

검자루를 빼서 들여다보니 '안에이安永 7년1778년 이월 길일'이라 적혀 있었고, 뒷면에는 '구니노부'라는 이름만 있었다. 이 역시 담백하다. 여기서 알아낼 수 있는 건 대략 이십 년 전에 구니노부란 도공이 만든 검이란 사실뿐이었다.

'이 검을 왜…….'

기오로시 강기슭의 고사키 마을, 사카우치 고타로라는 인물에게 전해 달라고 하는 것일까. 그것도 호랑이가 날뛰고 있다는 묘한 소리와 함께.

오하쓰는 와키자시를 다시 검집에 넣어 두고 생각에 잠겼다. 야무진 말씨와 가게 일을 척척 해내는 모습을 보고 제 나이보다 어른스럽게 보기도 하지만 오하쓰는 아직 열여섯이다. 손에 와키자시만 들지 않았으면, 영락없이 상사병을 앓는 처녀처럼 보인다.

'호랑이가 날뛰고 있다…….'

지금껏 일본에 호랑이가 살았던 적은 없다. 병풍이나 공예품 속에서는 찾아볼 수 있지만, 옛날이야기도 아니고 그림 속의 호랑이가 빠져나와 날뛴다는 이야기는 들어 본 적이 없다.

'그리고…….'

내 말을 알아들으면. 그 말이 묘하게 신경 쓰였다. 지금까지 이 검의 말을 알아들은 사람은 없다. 오하쓰 하나뿐이다. 그 사실에 뭔가 책임을 느꼈다.

복도를 등지고 앉아 오하쓰는 깊은 생각에 잠겼다. 그래서 왠지 바깥이 어수선하다고 생각했을 즈음에는 이미 시끄러운 발소리와 새된 목소리가 바로 근처에서 울려 퍼지고 있었다.

급하게 뛰어오는 발소리와 "아가씨!" 하고 부르는 오요시의 목소리가 동시에 귓가에 들렸다. 오하쓰는 화들짝 놀라 뒤를 돌아보았다. 그 순간 뜰에서 맨발로 뛰어 올라온 남자와 눈이 딱 마주쳤다. 덜컥 숨이 멎었다.

열일곱에서 열여덟쯤 되었을까. 기모노 앞섶이 흐트러진데다 머리도 헝클어지고 입에 거품까지 물고 있다. 오하쓰가 제대로 본 건 그뿐이었다. 남자가 오른손에 아직 피가 달라붙은 비수를 쥐고 있다는 사실을 알아챘을 때 이미 상대는 짐승 같은 소리를 내며 오하쓰에게 달려들고 있었다.

그 후로 무슨 일이 일어났는지는 오하쓰도 알지 못한다. 그저 눈 깜짝할 새에 무릎 위에 있던 와키자시를 뽑고 있었다. 오하쓰는 검술을 배운 적이 없다. 그런데도 오른손에는 검자루를 쥐고, 번뜩이는 하얀 칼날을 휘둘러 하늘에 호를 그리며, 날아오는 비수를 막아냈다. 튕겨나간 비수는 쨍 소리를 내더니 두 동강이 났다.

정체불명의 남자를 쫓아 방 안으로 달려 들어온 사람들이 본 것은 정좌한 모습으로 옷깃 하나 흐트러지지 않은 채 입을 떡 벌리고 와키자시를 쥐고 있는 오하쓰와 부러진 비수를 들고 우두커니 서 있는 남자였다. 남자는 무릎을 부들부들 떨며 그 자리에 주저앉았다.

와키자시를 들고 있던 오하쓰는 겨우 입을 열어 중얼거렸다.

"종이도 못 자르던 칼이……."

쇼헤이바시의 나가야 관리인은 좋게 말하면 야무지고 싹싹했고, 나쁘게 말하면 융통성 없는 완고한 노인네였다. 그 와키자시를 저당 잡힌 사연을 듣고 나오지는 적잖이 놀랐다.

"집세 대신 받았다는 말씀입니까?"

와키자시의 원래 주인은 올해 초까지 이 나가야에 살던 노지마 하루노리와 미사오라는 부부였다. 두 내외 모두 지금은 저세상 사람이라고 했다.

하루노리는 시코쿠의 작은 번藩 영주가 다스리는 지역, 또는 그 지역을 관리하는 기구에서 고난도小納戸 잡무를 담당하는 무사로 일하다 오 년 전에 사소한 일로 공금 횡령 혐의를 썼다. 그 일로 인해 사람을 베고 아내인 미사오와 함께 에도로 도망쳐 왔다. 부부는 도피중인 몸이지만 얼마간은 나름대로 평온하게 살았던 모양이다. 그런데 한 달 전, 결국 추격자에게 소재를 들켜 하루노리는 덧없는 최후를 맞이했고, 미사오도 함께 목숨을 잃었다고 한다.

"횡령 혐의는 누명이었던 모양입니다. 노지마 나리는 참 좋은 분이셨죠. 허나 받을 건 받아야 하지 않겠습니까. 집세도 내지 않고 돌아가시면 제 입장도 난처해진다고요. 그래서 남은 가재도구를 전당포에 처분했지요."

"그래도 무사의 혼이라 할 수 있는 검을 팔다니, 너무 매몰찬 처사가 아닙니까?"

관리인은 콧방귀를 뀌었다.

"아무렴 제가 그렇게까지 했겠습니까. 처분한 건 마님의 칼입니다."

"하지만 그 칼은 장도가 아니라 분명히 와키자시였는데요."

"미사오 마님은 원래 무가 출신이 아닙니다. 부친이 도공刀工이셨다는군요. 친정에서 가져온 것인지 와키자시를 하나 가지고 계셨습니다. 지참금 대신 가져온 칼이니 제법 값이 나갈 줄 알았습니다만 당치도 않은 착각이었죠."

한 푼도 손해 보지 않겠다는 심보로군. 나오지는 고개를 설레설레 저으며 관리인과 헤어졌다.

'도공의 딸이 아버지에게 받은 와키자시라…….' 나오지는 그런 생각을 하며 시마이야로 돌아갔다. 집에 큰일이 일어난 줄도 모른 채.

시마이야에 뛰어든 젊은 남자는 난봉꾼으로 소문난 자로, 돈을 구하러 근처의 환전상에 들어갔다가 실패하고 쫓기다 시마이야를 발견하고 도망쳐 온 것이다. 인질을 잡아 시간을 벌 속셈으로 오하쓰에게 달려들었다고 한다. 소식을 듣고 달려온 로쿠조를 비롯해 식구들과 함께 안도의 한숨을 내쉬고 나서, 오하쓰는 와키자시의 신비한 힘에 대해 털어놓았다.

"수호도로구나."

이야기를 들은 나오지의 말에 로쿠조도 고개를 끄덕였다. "그래, 그러고 보니 나도 들어 본 적이 있다."

수호도란 자신을 지킬 때만 날이 서는 검을 말한다. 몹쓸 자들의 손에 넘어가 남을 죽이거나 다치게 하는 데 쓰이지 않도록, 또한 힘없는 여자나 어린애를 무기를 가진 자들의 위협에서 지킬 목적으로 만들어진 검이다. 하지만 수호도는 명장이라 불리는 도공이 심혈을 다해 만들지 않으면 완성하기 극히 어렵다고 전해진다.

"전 아무것도 하지 않았고 아무것도 할 수 없었지만, 칼이 멋대로 움직여 목숨을 구해 줬어요."

"생각보다 일이 복잡해졌구나." 로쿠조가 말했다.

"나오지, 기오로시 강기슭에 있는 고사키 마을로 가서, 사카우치 고타로라는 자를 찾아봐라. 그게 먼저일 듯싶다."

오하쓰는 말하는 와키자시와 함께 에도에 남았고, 와키자시는 그날 밤도 어김없이 소리를 냈다. 한층 절박함을 더한 목소리에 오하쓰의 속도 타들어 갔다.

'대체 무엇을 전하려는 거니?' 검을 바라보며 물었다.

'사카우치 고타로란 사람이 누구야? 호랑이가 어디서 날뛰는데?'

검은 대답이 없었다.

이튿날, 급히 날아온 비보를 듣고 시마이야 식구들은 잠시 말하는 검에 대해 까맣게 잊었다. 근처 동네의 쌀집 엔슈야 일가가 끔찍하게 살해된 것이다.

4

엔슈야는 가게 규모는 그리 크지 않지만 부근에 땅이 많아, 거기서 나오는 지대와 견실한 가게 운영으로 도리초에서도 알부자로 소문난 집안이었다. 때문에 소식을 들은 로쿠조의 머릿속에 가장 먼저 떠오른 건 바로 재물을 노린 강도에 의한 범행이었다. 엔슈야에 식구는 이제 곧 환갑을 맞이하는 부부와 과년한 외동딸밖에 없다. 칼을 든 도적이라도 들이닥쳤다면 제대로 손도 쓰지 못하고 당했으리라. 평소부터 그 점이 마음에 걸렸던 로쿠조는 외동딸에게 얼른 시집을 가라고 권해 왔는데, 하필이면 바로 얼마 전 혼처가 정해져서 한숨 돌린 직후에 일어난 참사였다.

항상 새벽같이 일어나 가게 문을 열던 엔슈야 부부가 큰길에 사람이 오가는 시간이 되었는데도 덧문조차 열지 않았다. 무슨 일이 생겼나 싶어 집 안에 들어갔던 이웃 콩조림 가게 노인이 참사를 발견했다. 퍽 배짱이 두둑한 노인이라 쓸데없이 소란 피우지 않고 심부름꾼 아이를 지신반으로 보내 변고를 알리게 한 다음, 자신은 남아 가게를 지켰다. 로쿠조가 달려갔을 때에는 그 담대한 주인장도 새파랗게 질려 있었지만.

"뒷문에 빗장은 걸려 있었소?" 로쿠조가 물었다.

"네. 빈틈없이 걸려 있었습죠. 하치베 씨는 꼼꼼한 사람이라 항상 문단속을 철저히 했습니다. 대장님도 아시잖습니까."

로쿠조는 고개를 끄덕였다. "주인장이 손도끼로 문을 부수고 들어갔소?"

"그렇습니다. 아무리 불러도, 문을 두드려도 대답이 없어서……. 조금 과하다 싶었지만 지금까지 이런 일이 한 번도 없었거든요."

집 안에 들어간 주인장의 눈에 들어온 건 깔끔하게 정리된 부엌과 정적에 휩싸인 복도, 그리고 안쪽 방에서 흘러나오는 사방등 불빛이었다. 살뜰한 엔슈야 하치베가 아침까지 불을 켜 놓았을 리 없다. 등 뒤에서 내리쬐는 아침 햇살과 대조를 이루는 그 불길한 불빛을 보고 주인장은 심상치 않은 일이 벌어졌음을 짐작했다고 한다.

두 다리를 덜덜 떨면서 하치베와 부인, 외동딸의 이름을 부르며 집 안으로 들어간 주인장은 그곳에서 무덤에 들어가서도 잊지 못할 광경을 보고 말았다. 방문턱에 쓰러져 초점 없는 눈으로 주인장을 올려다보는 하치베의 머리였다. 그 너머로 격자창에 매달린 채 숨을 거둔 부인과 외동딸의 무참한 시체가 보였다. 발바닥이 끈적거린다는 사실을 깨닫고 아래를 내려다본 주인장의 눈에 흥건하게 피에 젖은 바닥이 눈에 들어왔다. 하치베의 몸뚱이는 머리에서 저만큼 떨어진 도코노마방 한 면에 바닥을 높여서 만들어 놓은 부분 근처에 대자로 뻗어 나뒹굴고 있었다.

얼마 지나지 않아 검시관들이 도착해 현장을 꼼꼼히 조사하기 시작했다. 로쿠조의 짐작과는 달리 이 살인은 강도 살인과는 다른 양상을 보였다. 문단속도 철저히 되어 있었고, 집 안을 뒤진 흔적도 찾아볼 수 없다.

"묘한 사건이군."

로쿠조는 혼잣말처럼 중얼거렸다.

바깥에서 침입한 흔적이 보이지 않는다. 봉당에는 빗자루 자국까지 남아 있고, 신도 가지런히 정돈되어 있다. 애초에 발자국도 없다. 방에는 이불이 깔려 있고, 부인과 딸은 잠옷 차림이다. 피투성이 이불에 있는 칼자국이 두 사람의 상처와 일치하는데다, 몸에 칼자국이 났음에도 팔이나 손에 저항한 흔적이 없는 것을 보면 잠들어 있다 변을 당했음을 짐작할 수 있었다. 자다가 날벼락을 맞고 이불에서 나와 창문까지 도망쳤지만 끝내 숨을 거두고 만 것이다.

그에 비해 하치베는 제대로 옷을 갖춰 입었다. 머리가 몸에서 떨어져 나간 것을 제외하고는 별다른 상처도 없다.

"꼭 싫다는 처자를 데리고 억지로 목숨을 끊은 것 같군."

로쿠조가 평소 하치베의 됨됨이를 몰랐다면 당장 그 생각부터 했으리라. 하지만 그저께 보았을 때에도 하치베는 외동딸의 혼사 이야기를 늘어놓기 바빴다. 끔찍한 일을 저지르려는 낌새는 찾아볼 수 없었다.

게다가 무엇보다 이상한 건 이런 끔찍한 일을 저지르는 데 사용된 흉기를 어디서도 찾을 수 없었다는 점이다. 부엌칼부터 재봉 가위까지 면밀히 살펴보았지만, 핏자국이나 기름이 묻은 흔적, 이가 빠진 흔적은 찾아볼 수 없었다.

"주인장이 달려왔을 때 혹시 하치베 씨가 손에 뭔가 쥐고 있지는 않던가?"

콩조림 가게 주인은 고개를 저었다. “아무것도 보지 못했습니다.”

대체 하치베 일가에 무슨 일이 있었던 것일까. 거적에 싸여 나가는 시신 세 구를 바라보며 로쿠조는 속으로 되뇌었다. 대체 왜?

거적 가장자리로 하늘을 움켜쥐려는 듯 하치베의 오른손이 삐져나와 있다. 그 손가락은 무언가를 꼭 쥐었던 것처럼 안쪽으로 곱아 있었다.

그즈음 오하쓰는 하릴없이 말하는 검을 바라보고 있었다. 영문은 모르겠지만 괜스레 마음이 술렁거리고 가게 일도 손에 잡히지 않아서, 짬이 생기면 와키자시를 멍하니 바라보았다.

오하쓰 자신도 아직 파악하지 못한 신비한 힘이 나타나게 된 건 올봄 처음으로 달거리를 시작했을 무렵부터였다. 그 후로 남들은 보지 못하는 것을 보거나, 듣지 못하는 것을 듣게 되었다. 노老부교 나리께서는 복잡한 세공품 같은 인간의 혼, 그 안의 닫힌 부분이 열렸기 때문이라고 하셨지만…….

오하쓰는 한숨을 쉬었다.

‘조금 더 또렷하게 볼 수는 없을까. 기왕 보여 줄 거면 석연치 않은 점은 하나도 없도록 전부 보여 주면 좋을 텐데.’

그런 생각을 하는 자신을 깨닫고 섬뜩해졌다. 만일 그렇게 되면 삶이 얼마나 끔찍해질까. 안 될 일이다.

오하쓰는 손을 뻗어 와키자시를 집었다. 그러고는 검집에서 검을 뺐다. 오늘만 해도 벌써 몇 번째인지 모른다.

은빛으로 빛나는 칼날. 조금씩 움직이면 반사하는 빛의 각도가 달라진다. 새로 들인 장신구를 구경할 때처럼 오하쓰는 홀린 듯 검을 바라보았다.

그 순간.

반짝이는 칼날을 무언가 스치고 지나간 것 같았다. 뚫어지게 바라보았지만 아무것도 없다.

'뭐지……?'

다시 칼날을 움직여 보다가 이번에는 화들짝 놀랐다. 사람 그림자, 아니, 사람이 보인다. 로쿠조와 비슷한 연배의 남자가 주변을 두리번거리며 잰걸음으로 달려간다. 약삭빠른 눈매에, 오른쪽 입가에는 우둘투둘한 흉터가 보인다. 화상 자국일까. 품에 뭔가 안고 있다. 보랏빛 꾸러미, 아니, 검이다. 이 와키자시? 아니, 아니다. 비슷하지만 이 검은 아니다. 왜냐면, 왜냐면……. 초점이 맞은 것처럼 불현듯 깨달았다.

'저 칼에는 날밑이 없어.'

부르르 몸서리치던 오하쓰는 곧 제정신을 찾았다. 방금 그건 환영……?

쭈뼛거리며 다시 한 번 들여다봤지만 검은 그저 싸늘하게 빛날 뿐이었다. 말하는 검이 오하쓰에게 보여 준 순간의 환영이었을까.

오하쓰는 와키자시를 제자리에 돌려놓고 생각에 잠겼다. 방금 본 남자, 그리고 검. 어쩌면 이 와키자시가 외친 '호랑이'와 무언가 연관이 있을지도 모른다. 가슴에서 떠나지 않는 형언할 수 없는 불길한 예감과 등골을 타고 내려간 오한이 그렇게 말하고 있었다. 그 남자는 대체 누구일까? 오하쓰는 환영에서 본 남자의 얼굴을 가슴에 새겼다. 로쿠조 오라버니께 말씀드려 보자.

그리고 날밑이 없는 검.

남자의 품에 안긴 그 검은 흡사 뱀처럼 보였다.

5

기오로시 강기슭은 도네가와 강의 중류에 위치한 지역으로 시모우사노쿠니, 히타치노쿠니에서 잡히는 생선을 에도로 운송하는 중요한 거점이다. 그뿐 아니라 돗토리, 가시마, 이키스 세 신사에 참배하는 사람들을 태우는 자센이란 배도 이곳에서 출발한다. 한마디로 사람들의 발길이 끊이지 않는 곳이다.

나오지는 마사고야를 찾은 날 밤에 에도를 떠나 에도가와 강에서 도네가와 강의 뱃길을 따라 이튿날 이곳에 도착했다. 줄줄이 늘어선 역참과 강을 오가는 물윗배. 방금 조시에서 도착한 배에는 사람들이 몰려 힘차게 짐을 내리고 있다.

와키자시는 '기오로시 강기슭에 있는 고사키 마을'이라고 말했다. 하지만 기오로시 강기슭은 인바군 다케부쿠로 마을에 있다. 이 근처 지리를 잘 아는 자는 참배객들을 상대로 장사하는 찻집 주인이리라 짐작하고, 나오지는 찻집을 찾아가 고사키 마을에 대해 물었다.

"고사키 마을은 훨씬 북쪽에 있습니다."

"얼마나 가야 합니까?"

찻집 주인은 경사가 급한 갓길이 구불구불 숲 속으로 이어진 북쪽

산을 올려다보며 말했다.

"해 질 녘은 되어야 도착할 겁니다. 산을 하나 넘어야 하거든요."

대체 무슨 일로 그런 외진 곳에 가느냐는 투였다.

"실은 사람을 찾고 있습니다."

혹여 사카우치 고타로란 자가 이 부근에서 유명한 협객이라면 찾는 수고를 덜 수 있으리라. 하지만.

"사카우치 고타로?" 주인은 끙, 신음하며 생각에 잠기는 듯하더니, 이내 고개를 저었다.

"모르겠습니다. 고사키 마을은 나무꾼과 숯쟁이들이 모여 사는 곳인데."

나오지는 단념하고 산길을 오르기 시작했다.

찻집 주인 말대로 울창한 숲이 시야에서 사라지며, 대신 좁은 개간지에 엉성한 판자로 지붕을 올린 자그마한 판잣집들이 드문드문 보이기 시작했을 즈음에는 이미 해가 뉘엿뉘엿 저물고 있었다. 나오지는 일단 걸음을 멈추고 한숨을 쉬었다. 지나온 길은 사람의 발길이 거의 닿지 않은 듯했다. 오가는 사람도 없었다. 머리 위 어딘가에서 우짖는 산새들과 때때로 주변을 맴도는 날벌레들을 길동무 삼아, 정말 고사키 마을이란 곳이 있기나 한 것인지 미심쩍어하며 여기까지 왔다.

근처에 희끄무레한 연기가 떠다닌다. 가까운 곳에 숯 굽는 오두막이 있는 듯하다. 사람이 있기는 한 모양이다. 기운을 내 발길을 재촉하자 오른쪽에서 물소리가 들렸다. 이내 지붕에 누름돌을 올린 자그마한 판잣집이 보인다. 꼭 돌에 눌려 금방이라도 무너질 것 같은 허술한 집이다. 이 부근부터는 길에 통나무를 깔아 정비해 놓아서 걷기 편했다.

마지막 통나무를 지나 나오지가 널찍한 빈터에 발을 들여놓은 순간, 때마침 아까 본 판잣집에서 한 아낙이 젖먹이를 업고 나왔다. 머리는 틀어 올리지 않고 대충 하나로 묶었다. 여자는 나오지가 걸음을 멈추자 금세 알아채고 고개를 돌렸다. 살쾡이 같은 눈이었다.

고사키 마을이 여기냐고 물어도 대답이 없다. 다시 한 번 묻자 "뉘시오?" 하고 되묻는다.

"에도에서 왔습니다." 나오지는 살갑게 말했다. "볼일이 있어서 사람을 찾는데요."

여자는 나오지를 머리서부터 발끝까지 훑어보더니, 겨우 말문을 열었다.

"사람을 찾는다고요?"

"이 마을에는 아주머니밖에 안 계십니까? 바깥양반은 어디 가셨나요?"

"남정네들은 모두 산에 있수." 여자는 흠칫하며 고개를 젖혔다. "하지만 이제 곧 돌아올 거요." 못을 박듯 한마디 덧붙인다. "이 마을엔 사내가 아주 많아."

나오지는 쓴웃음을 지었다. 행여나 몹쓸 짓이라도 당할까 두려워하는 모양이다.

"그렇군요. 하나만 여쭙죠. 이 마을에 고타로라는 이름의 사내가 있습니까?"

여자는 뾰족한 눈썹을 찡그리며 되물었다.

"고타로?"

"네, 고타로. 사카우치 고타로라는 사내인데."

여자는 잠시 동정을 살피듯 나오지를 쏘아보더니, 이내 적의를 드러내며 아우성쳤다.

"댁은 대체 누구요? 이곳엔 왜 온 거요?"

"사카우치 고타로를 찾으러 왔다고 했잖습니까." 나오지는 애써 침착한 목소리로 대꾸했다.

"사카우치 고타로라고? 웃기지 마쇼. 사카우치 고타로를 찾아 저 멀리 에도에서 여기까지 왔다니 누가 믿을 줄 알고? 사실대로 말하지 못해, 무슨 속셈으로 여기 왔냐니까?"

이대로는 제자리걸음이다. 나오지는 단념하고 촌장은 어디 있냐고 물었다. 여자는 대답하지 않았지만, 판잣집 너머로 시선이 슬쩍 움직였다. 고개를 돌리니 외따로 서 있는 집 한 채가 보였다. 다른 판잣집에 비하면 그나마 집이라 부를 수 있는 수준이다. 나오지는 그곳으로 걸음을 옮겼다. 여자의 불편한 시선이 언제까지나 등 뒤에서 나오지를 좇아왔다.

그로부터 반 시진 뒤, 나오지는 다시 산길을 오르고 있었다. 이번에는 목적지가 확실했다. 촌장이 알려 준 사카우치 고타로가 있는 곳이다. 그곳은 마을 뒤에 자리한 산의 정상 근처의, 시마이야의 방한 칸만 한 비좁고 을씨년스러운 묘지였다.

"사카우치 고타로를 찾아왔다고." 나오지의 말에 촌장은 생각에 잠긴 듯 고개를 연신 끄덕였다.

"짐작 가는 이가 있습니까?"

계속 혼자 고개를 끄덕이던 촌장은 사람이 눈앞에 있다는 사실을 퍼뜩 깨달은 듯, 이번엔 나오지를 향해 크게 끄덕여 보였다.

"있지, 있고말고. 구니노부 씨도 언젠가 이런 일이 있을 거라고 말했지……."

"구니노부요?"

말하는 와키자시에 새겨진 도공의 이름이다.

"재작년 겨울이었던가. 길을 잃고 이 마을에 흘러 들어온 사람이 었는데, 나이도 나이지만 병을 심하게 앓아서 몸이 말이 아니었소. 사정이 딱해서 우리 집에서 숨을 거둘 때까지 돌봐 줬지."

"혹시 구니노부란 사람은 도공이 아니었습니까?"

촌장은 놀라 대답했다. "어찌 알았소? 원래는 셋쓰 사람인데, 다이묘 전속 도공으로 발탁될 만큼 솜씨가 뛰어났다고 하더군……. 그런 사람이 왜 그렇게 됐는지 모르겠소. 나도 숨을 거두기 직전에야 겨우 사정을 들었다오."

자신의 목숨이 얼마 남지 않았음을 깨달은 구니노부는 촌장을 불러 돌봐 주신 은혜에 감사한다는 말을 전한 뒤, 놀라운 사실을 털어 놓았다.

"……구니노부 씨는 열두 살 때 셋쓰에서도 손꼽히는 도공의 제자로 들어갔다고 했소. 먼저 들어온 제자 중에 한 살 많은 구니히로라는 이가 있었는데, 수많은 제자 가운데 그 둘이 가장 뛰어났고, 서로 경쟁하며 실력을 닦아 나갔다더구먼."

조쿄貞享일본의 연호, 1684~1687 시대, 셋쓰에는 구니테루라는 이름 높은 도공이 있었다. 오사카에서 으뜸가는 도공이었으며, 훗날 이세노카미의 직위에 오르기도 했다. 구니노부의 스승도 원래는 이 구니테루에게 사사한 인물이라고 한다. 하지만 작풍은 스승과 퍽 달라서 하몬도 직선형이 많고, 일자형 와키자시를 즐겨 만들었다. 구니히로와 구니노부도 그 작풍을 고스란히 물려받았다. 두 사람은 친동기 간처럼 우애 있게 지냈다. 하지만 구니노부는 사형과 자신을 견주어 이렇게 표현했다.

"제 솜씨가 돌이라면 사형의 솜씨는 옥입니다."

그러면서 자신도 언젠가는 옥이 될 날이 오리라 믿고 묵묵히 수련을 쌓았다고 한다.

그에 비해 날 때부터 옥이라 할 만한 재능을 지녔던 구니히로는 여러 군데를 돌아본 나그네가 걸음이 더딘 동행을 뒤돌아보면서도 걸음을 늦추지 않고 앞으로 나아가는 양, 타고난 재능을 한층 더 갈고 닦았다.

"청년이 된 구니노부와 구니히로는 같은 처녀를 연모하게 되었소."

바로 스승의 외동딸인 가요였다. 구니노부와 같은 나이인 그녀는 소문난 미색이었다.

"도공의 세계는 참으로 혹독한지라, 생활도 여간 팍팍하지 않았다고 들었소. 또래 젊은이들처럼 처녀들과 어울리는 건 엄두도 낼 수 없었겠지. 그런 상황에서 한번 마음에 품은 연정이 얼마나 깊었겠나. 그쪽도 젊으니 그 마음을 헤아릴 수 있겠지." 촌장은 그렇게 말하며 나오지를 보더니 입가에 미소를 머금었다. 하지만 이내 진지한 표정으로 말을 이었다.

"한 처녀와 두 젊은이가 어떻게 되었느냐. 가요라는 처녀는 결국 구니노부를 자신의 반려로 삼았다고 하오. 스승도 외동딸의 선택을 존중해 구니노부를 후계자로 삼았소."

임종 직전, 그 시절의 이야기를 하는 구니노부의 야윈 얼굴에 잠시 미소가 깃들었다고 한다.

"……가요가 나를 택했을 때, 기쁨에 눈이 멀어 다른 일은 생각하지도 못했습니다. 하지만 그녀가 왜 나를 택했는지, 그 점이 이해가 가지 않았지요. 나는 가요에게 왜 옥이 아닌 돌을 택했느냐고 물었습니다."

그러자 가요는 이렇게 대답했다.

"저는 구니히로가 무섭습니다. 그 사람도, 그 사람이 만드는 칼도요. 그 사람의 손끝에서 태어난 칼은 검집에 들어 있어도 항상 날이 서 있는 것처럼 소름이 끼칩니다."

스승 역시 비슷한 말을 했다.

"구니히로가 만든 칼에는 분명히 혼이 깃들어 있다. 의지가 있지. 허나 무엇보다 중요한 자비심이 부족하다. 그것이 없는 한, 구니히로의 칼은 아무리 아름다워도, 날카로워도 이 세상에 존재할 가치가 없다."

구니히로는 뜻밖의 상황에도 그다지 동요하는 기색을 보이지 않았다고 한다. 하지만 눈에 보이지 않는 병이 속에서부터 번져 가듯 그의 내면에서 무언가가 조금씩 무너지기 시작했다. 그리고 결국 간신히 막아내던 둑이 무너지자 마치 홍수처럼 모든 것을 집어삼키고

파괴하는 힘이 흘러넘쳤다.

"돌은 흠집이 생겨도 돌이지만, 옥은 조그만 흠만 생겨도 원래대로 돌아갈 수 없지요."

구니노부는 촌장에게 그렇게 말했다고 한다.

참극이 벌어진 것은 구니노부와 가요의 혼례식 날 밤이었다. 별탈 없이 혼례가 마무리되어 가는데, 직접 만든 와키자시를 들고 구니히로가 난입했다.

"다섯 명이나 무참히 베었다는구려." 촌장은 무거운 목소리로 말했다. "스승과 신부, 구니히로가 와키자시를 만드는 걸 돕던 제자 세 명이었소. 새신부 혼자 간신히 목숨을 건졌지만, 오른쪽 뺨에 평생 지워지지 않는 흉이 남았다는군."

실성한 구니히로는 참극의 현장을 빠져나가 마을로 향했다. 소식을 들은 사람들이 뒤를 좇았고, 마을 외곽에 흐르는 강가에서 간신히 구니히로를 찾아냈다. 때마침 쏟아진 장대비에 흠뻑 젖은 채, 어두운 강을 등지고 핏기 없는 얼굴에 눈을 번뜩이며 자신이 벤 사람의 피와 기름으로 얼룩진 검을 들고 구니히로는 악을 썼다. 사람들 틈에 섞여 달려온 구니노부를 향해서였다.

"똑똑히 기억하거라. 내 목숨은 끊어져도 이 칼은 남는다. 하늘 아래 영원히 머물며 나를 알아주지 않았던 이 세상 모든 것에, 너 같은 자들에게 재앙을 내리며 계속 피를 부르리라. 넌 앞으로 그 광경을 두 눈으로 똑똑히 보고, 괴로워하며 살아가야 할 것이야."

저주의 말을 남기고 구니히로는 오른손에 든 검을 어깨에 걸치더니, 짐승처럼 허옇고 날카로운 칼날을 목덜미에 대고 한바탕 웃은 뒤에 스스로 목숨을 끊었다. 둘로 나뉜 머리와 몸뚱이, 그리고 오른손에 꼭 쥔 와키자시가 풍덩 소리를 내며 강으로 떨어지고 나서도, 그 웃음소리는 꼬리를 끌며 그 자리에 있던 장정들의 등골을 오싹하게 만들었다.

"나중에 강바닥을 뒤져서 두 눈을 부릅뜬 구니히로의 머리와 몸뚱이를 찾아냈다고 하오. 그런데 구니히로가 만든 와키자시는 끝내 찾지 못했다는군."

참극이 일어난 뒤, 구니노부는 마음을 다잡고 도공으로서 살아갔다. 일 년쯤 지나 딸 미사오가 태어났지만, 그 직후 가요는 시름시름 앓다 스물둘 젊은 나이에 세상을 떴다.

장사가 끝나기도 전에 성 안에서 기괴한 살인 사건이 일어났다. 강도의 소행도 아닌, 서로 아무 상관이 없는 세 사람이 연이어 참살된 사건이었는데 얼마 지나지 않아 어느 무가의 일꾼이 범인으로 붙잡혔다. 조사 결과, 살인에 사용된 검이 구니히로의 와키자시임이 밝혀졌다. 하지만 그 일꾼이 어떤 경위로 그것을 손에 넣었는지 자세한 사정은 알아내지 못했다. 붙잡히자마자 범인이 발광했기 때문이다.

게다가 더욱 해괴한 일이 일어났다. 압수한 와키자시가 어디론가 감쪽같이 사라진 것이다.

"이 사건으로 구니노부는 구니히로가 죽기 전에 남긴 말의 참뜻을 깨달았다는구려. 그게 얼마나 무서운 일인지 알아챈 게지. 결국 남은 인생을 구니히로가 남기고 간 재앙을 없애는 데 바치기로 결심했다고 하오."

구니노부는 우선 반년에 걸쳐 와키자시 한 자루를 만들었다. 얼마나 힘든 작업이었는지, 새 검을 들고 나타난 그는 아귀처럼 앙상하게 말라 눈만 형형하게 빛났다고 한다. 하지만 그 눈빛은 미쳐 버린 구니히로와는 달랐다.

"이 칼이 이 아이를 지켜 줄 겁니다. 이 아이도 칼을 지켜야 할 테고요." 먼 친척에게 아직 갓난쟁이인 미사오를 맡기며 구니노부는 그렇게 말했다.

"지금 내 힘으로는 지키는 게 고작입니다. 허나 이 아이에게 꼭 말씀해 주십시오. 이 칼이 구니히로의 망령에게서 너를 지켜 줄 거라고. 그러니 너도 이 칼이 세상에 남도록 지켜야 한다고. 그러면 나도 언젠가 반드시 지키는 데 머무르지 않고 구니히로의 저주받은 힘을 봉인하겠노라고. 그때 비로소, 돌이라 불린 내 부족한 솜씨를 보완해 줄 이를 칼이 직접 찾아낼 겁니다."

노지마 미사오는 말하는 와키자시를 만든 도공의 딸이었다.

"이렇게 딸과 헤어진 구니노부는 정처 없는 수행길에 올랐소. 그리고 이십 년이란 세월에 걸쳐 구니히로의 저주받은 검을 봉인할 방법을 찾아낸 것이오. 젊었던 구니노부도 이미 오십 줄에 들어서 있었지."

"그 방법이 뭡니까? 구니노부 씨가 방법을 남겼습니까?"

촌장은 말없이 고개를 끄덕였다. "사카우치 고타로요. 고타로가 방법을 안다오. 그러니 언젠가 분명 고타로를 찾아오는 사람이 있으리라 생각했지……."

"고타로는 어디 있습니까? 어떤 자입니까?"

"마을에는 없소. 밤에는 항상 구니노부의 무덤가를 지킨다오. 자세한 건 직접 만나 확인해 보시구려."

이리하여 나오지는 을씨년스러운 묘지를 찾았다. 정상 근처라 나무들도 키가 작고 가지가 땅을 기듯 길게 뻗어 있다. 낮에는 나름대로 파릇파릇한 봄의 정취를 즐길 수 있을 테지만, 등롱 불빛에 의지해 조심스레 걸음을 내딛는 늦은 밤에는 얼굴과 팔을 할퀴며 거치적거리는 존재일 뿐이다.

구니노부의 무덤은 둥근 돌로 대충 쌓아 놓은 돌더미였다. 무덤 앞에는 이 빠진 찻잔 하나가 어둠 속에서 허옇게 빛나고 있었다.

마지막 한 걸음을 내디딘 순간, 나오지의 발밑에서 툭 하고 부러지는 소리가 났다. 마른 가지인 모양이다. 희미한 소리가 사라지기도 전에, 구니노부의 묘비 옆에 있던 무언가가 퍼뜩 일어나는 기척이 났다.

오늘은 초하룻날. 하늘을 가득 채운 별들은 아름답기만 할 뿐, 발치를 비추는 데는 별 도움이 되지 않았다. 앞이 보이도록 등롱을 밑으로 내려 들었기에, 주변을 둘러싼 어둠은 피부로 느낄 수 있을 만큼 짙었다.

"사카우치 고타로, 있나?" 나오지는 어둠 속을 향해 외쳤다.

"자네를 찾아 멀리 에도에서 왔네. 자네 주인인 구니노부의 유지를 이으려면 자네 힘이 필요해."

주변은 여전히 고요했다.

"고타로, 듣고 있나? 구니노부가 만든 와키자시가 자네를 부르고 있어. 호랑이가 날뛴다고 전해 달라고 하네."

조심스레, 아주 살며시 땅을 밟는 소리가 들렸다. 이쪽으로 다가오고 있다. 나오지는 등롱을 쳐들었다.

어렴풋한 노란 불빛 속에서 모습을 드러낸 것은 한 마리의 개였다.

6

나오지가 간신히 사카우치 고타로를 찾아낸 그날 밤, 에도에서는…….

엔슈야 사건은 어디를 어떻게 봐도 가장인 하치베가 부인과 딸을 흉기로 베어 죽이고, 끝내 제 손으로 목을 베어 목숨을 끊었다고밖에 해석할 여지가 없었다.

제 손으로 제 목을 벨 수 있을까. 로쿠조는 이리저리 시험해 보다 결국 칼을 어깨 위에 걸치면 가능하다는 사실을 알아냈다.

검시관의 말로는 상처로 봐서 사용된 흉기는 큰 검이나 그 비슷한 날붙이로, 부엌칼이나 단검 종류는 아니라 했다. 하지만 엔슈야에서는 칼 그림자도 찾을 수 없었다.

로쿠조는 그러한 사실이 밝혀진 뒤, 엔슈야와 관련된 사람 중 유일하게 살아 있는 사람이자, 죽은 외동딸 오나쓰와 며칠 후에 혼례를 올릴 예정이었던 다쓰키치라는 젊은이를 만나 보기로 했다.

올해 스물네 살인 다쓰키치는 도리초의 전통 있는 메밀국수 가게의 차남이다. 부모들끼리 가깝게 지냈고, 오나쓰와도 어릴 적부터 알고 지냈다. 다쓰키치는 철이 들었을 때부터 오나쓰에게 푹 빠져 살았다.

그만큼 상심도 컸다. 이제 겨우 마음에 품은 처녀와 혼인하게 되었는데, 하필이면 처녀의 아버지가 모든 것을 망쳐 버리다니. 로쿠조가 찾아갔을 때도 다쓰키치는 마치 넋 나간 사람처럼 멀거니 앉아, 이름을 불러도 대답조차 하지 않았다. 가게 점원들 이야기로는 처음 소식을 접했을 때도 믿으려 하지 않았고, 대신 엔슈야에 한달음에 달려간 자에게 틀림없는 사실이라는 비보를 전해 들은 뒤로는 줄곧 저렇게 넋을 놓고 있다고 했다.

로쿠조는 잠시 다쓰키치를 내려다보았다. 그러다가 커다란 바가지에 물을 가득 담아와 그의 머리에 들이부었다.

다쓰키치는 흠칫하더니 눈을 부라리며 일어나려 했다. 하지만 로쿠조는 손을 내밀어 떠밀듯 그를 자리에 앉혔다.

"잘 들어라." 로쿠조는 험악하게 말했다. "죽은 오나쓰를 진정으로 위한다면, 말귀 알아듣지 못하는 어린애 같은 짓은 그만둬. 대체 어떤 놈이 이런 끔찍한 짓을 저질렀는지 찾아내기 위해서는 자네 도움이 필요해. 그 점을 명심하고 앞으로 내가 묻는 말에 대답하도록. 알겠나?"

다쓰키치는 물을 뚝뚝 흘리며 눈을 치켜뜨고 로쿠조를 노려보았지만, 이내 얼굴을 잔뜩 일그러뜨리며 흐느끼기 시작했다.

"이봐, 자네 마음을 모르는 건 아니지만." 로쿠조는 한결 부드러운 목소리로 말했다. "내가 한 말 잘 들었지? 오나쓰의 원수를 갚고 싶으면 나를 도와 주게."

"오나쓰는 아저씨 손에 죽은 게 아닙니까." 다쓰키치는 숨을 헐떡이며 말했다. "관원 나리들도 아저씨가 아주머니와 오나쓰를 죽이고 목숨을 끊었다고 했습니다. 대체 무슨 수로 원수를 갚는다는 말씀입니까?"

로쿠조는 주저앉아 다쓰키치와 눈을 맞췄다. "그래. 나도 하치베가 부인과 딸을 해친 게 틀림없다고 생각하네. 그러다 제 손으로 목숨을 끊은 게지. 하지만 하치베가 왜 그런 짓을 했는지 알겠는가?"

다쓰키치는 눈을 껌뻑이며 대답했다.

"모르죠." 눈에 생기가 돌아왔다. "도무지 어찌된 영문인지 모르겠습니다. 하지만 관원 나리께서는 아저씨가 저지른 짓이 틀림없다고……. 그리고, 그리고."

"뭔가?"

"아저씨는 예전에, 벌써 십 년도 더 된 일이지만, 장사가 잘 안 돼서 산더미처럼 빚을 지게 되자, 가족들과 함께 목숨을 끊으려 마음먹었던 적이 있다고 들었습니다."

엔슈야도 옛날부터 지금처럼 부유하진 않았다. 아닌 게 아니라, 제법 가세가 기울어 위험했던 적이 있다는 사실은 로쿠조도 알고 있다.

"당시에는 잠든 오나쓰를 보니 차마 그럴 수 없었다고 말씀하셨습니다. 그때 그만두기를 정말 잘했다, 이렇게 오나쓰가 시집가는 모습을 볼 수 있어 다행이라고요. 아저씨는 원래 눈물이 많은 분이셨지만, 그때는 평소보다 훨씬 울먹이셨죠."

다쓰키치는 팔로 얼굴을 훔치며 내처 말했다. "예전에도 한 번 그런 마음을 먹었던 아저씨입니다. 어쩌면 제가 모르는 사정이 생겼고, 다시 마가 끼어서 끔찍한 짓을 저질렀을지도 모른다고…….”

로쿠조는 투박한 턱을 단호하게 저으며 말했다. “이 사람아, 그 이야기를 먼저 했어야지. 그런 하치베가 이제 와서 무슨 일이 생겼다고 딸을 억지로 저승길 길동무로 삼았겠나. 아니면 하치베가 그런 짓을 저지를 만한 이유라도 있나?”

다쓰키치는 없다고 대답했다.

“그럼 검이든 와키자시든 좋으니, 지금까지 엔슈야에서 비슷한 날붙이를 본 적이 있나?”

다쓰키치는 고개를 저었지만, 잠시 후 이내 머리를 갸웃거리며 입을 열었다.

“그러고 보니 오나쓰가 아저씨가 이틀 밤 동안 악몽에 시달리신다고 걱정했습니다.”

“그게 언제 일인가?”

“아저씨가 스나 마을 상갓집에서 돌아온 하루 이틀 뒤였다고 했으니, 벌써 열흘 전 일이군요.”

“스나 마을 상갓집?”

“네, 전번에 큰 비가 내려 저 윗마을에서 둑이 무너져 물난리가 났잖습니까. 아저씨 지인도 변을 당했다던데……. 아, 생각났습니다!” 다쓰키치는 허리를 펴며 말했다. “그 뒤에 스나 마을에서 아저씨를 찾아온 자가 있었습니다. 그자가 칼이 어쩌고 했는데…….”

마흔쯤 되었고, 차림새는 번듯했지만 매서운 눈매가 마음에 걸렸다. 다쓰키치는 그렇게 말했다.

"입가에 화상 자국 같은 흉터가 있는 자였는데, 그 탓인지 말할 때마다 입이 일그러졌습니다. 그자가 가게 뒤에서 아저씨와 뭐라고 입씨름을 하는 걸 봤습니다. 당신이 그런 날밑도 없는 와키자시를 가지고 있어 봤자 소용없다느니……. 음, 분명히 그렇게 말했습니다. 결국 아저씨가 쫓아냈는데, 어디 사는 누구냐고 물었더니 알 것 없다, 별 볼일 없는 고물상이라고……."

다쓰키치의 말을 듣고 로쿠조는 콩조림 가게로 향했다. 아무래도 엔슈야에는 날밑이 없는 와키자시가 있었던 모양이다. 하지만 지금은 보이지 않는다. 죽은 하치베의 손 모양으로 미루어 보아 무언가를 쥐고 있던 게 확실하다. 칼에 다리가 달렸을 리도 없으니, 사람들이 달려가기 전까지 홀로 자리를 지켰던 콩조림 가게 주인이 제일 수상하다. 사람은 겉만 봐서는 알 수 없다니까. 단단히 혼쭐을 내 줘야겠군. 로쿠조는 그렇게 다짐했다.

하지만 혼쭐을 낼 필요도 없이, 콩조림 가게 주인은 도깨비처럼 험상궂은 얼굴의 로쿠조를 보자마자 자초지종을 털어놓았다. 아니, 누가 묻기를 기다렸다는 투였다. 그는 겁에 질린 표정으로 말했다.

"낮에 행수님께 말씀드렸을 때는 어떻게 그런 거짓말을 했는지 저도 모르겠습니다. 속이려는 생각은 없었습니다. 제가 말하는 게 아니라 다른 사람이 말하는 걸 옆에서 듣는 기분이었습죠."

콩조림 가게 주인은 하치베가 스나 마을의 상갓집에 다녀왔던 날, 날밑이 없는 기묘한 와키자시를 품에 품고 온 걸 우연히 보았다. 대체 그게 무엇이냐 묻자, 하치베는 자기도 잘 모르지만 이 검을 가지고 싶어서 참을 수가 없었다고 대답하더니, 식구들이 알면 시끄러우니까 비밀로 해 달라고 부탁했다. 콩조림 가게 주인은 하치베답지 않다고 생각하면서도 그러겠노라 대답했다.

그로부터 이삼일 뒤에 한 남자가 하치베를 찾아왔다. 하치베는 남자를 쫓아 버렸지만 남자는 그 뒤로도 두 번쯤 더 찾아왔고, 두 번째 찾아왔을 때는 콩조림 가게 주인에게도 들렀다. 그는 자신을 스나마을에서 고물상을 하는 자라고 소개하며, 만일 하치베의 마음이 바뀌어 와키자시를 팔겠다는 이야기를 꺼내면 바로 알려 달라고 당부하고 돌아갔다.

"그래서 하치베가 손에 쥔 와키자시를 보았을 때 감춘 건가?" 로쿠조의 말에 주인장은 부르르 몸서리를 쳤다.

"그곳에 발을 들여놓았을 때는 저도 너무 놀라서 그런 일은 까맣게 잊고 있었습니다. 정말입니다. 그런데 그 와키자시가……."

주인은 머리를 싸안듯 두 손을 올렸다. "누군가가 제 귓가에 속삭였습니다. 자기를 가지고 도망치라고, 꽁꽁 감춰 두라고……. 젊었을 적 유곽 여자가 나를 꾀었을 때처럼, 아니 그보다 훨씬 사람을 홀리는 목소리였습죠……."

목소리에 홀려 와키자시를 감추자, 어느샌가 고물상이 와서 사 갔다고 한다. 아무에게도 이야기하면 안 된다고 단단히 못을 박고는.

"입가에 화상 흉터가 있는 자요?"

주인은 고개를 끄덕였다.

"얼마나 받았소?"

"스무 냥입니다."

열 냥만 훔쳐도 목이 달아나는 시대니, 스무 냥이면 어마어마하게 큰돈이다.

"스나 마을의 이즈쓰야라는 가게였습니다."

겁에 질린 듯 몸을 웅크린 주인에게 그 말을 듣자마자 로쿠조는 부리나케 뛰어나갔다.

그날 밤, 로쿠조는 돌아오지 않았고 오하쓰는 홀로 집을 지켰다. 오요시는 친정 잔치를 도우러 가서 오늘 밤은 자고 온다고 했다.

오하쓰는 화로 곁에 앉아 턱을 괴고 멍하니 생각에 잠겼다.

환영 속 남자와 날밑이 없는 검.

'어째서 와키자시에 그런 광경이 비쳤을까……. 그리고 그 칼은 날밑이 없는 점만 제외하면 말하는 검과 똑같았어.'

마치 처음부터 쌍으로 만들어진 것처럼.

'하지만 생각해 보니.' 오하쓰는 고개를 들고 갸웃했다. '날밑이란 대체 무엇 때문에 만드는 걸까?'

무가의 여인들이 지닌 장도에는 날밑이 없고, 비수도 마찬가지다. 그렇다면 날붙이에 꼭 필요한 것은 아닐 터. 그런데도 대도大刀나 와키자시에는 반드시 날밑이 달려 있다. 그리고…….

'똑같은 모양인데, 날밑이 없다고 그런 무시무시하고 께름칙한 칼로 바뀌는 걸까…….'

그때였다. 어딘가에서 덜거덕 하는 소리가 들렸다. 로쿠조가 돌아왔나 싶어 오하쓰는 문 쪽으로 고개를 내밀었다.

"오라버니 오셨어요?"

대답은 없다.

또다시 덜거덕. 그리고 찰칵.

오하쓰는 몸을 옆으로 기울이고 집 안의 기척에 귀를 기울였다.

덜거덕.

사방등 불빛은 둥그스름해서 방구석 같은 각진 곳에는 어둠이 짙게 깔려 있다. 혼자라서 그런지 마음속에도 그것과 같은 어둠이 스멀스멀 퍼져나가는 것 같다.

"로쿠조 오라버니? 새언니 왔어요?"

오하쓰가 조심스레 일어나려는 순간, 느닷없이 무언가가 등을 쳤다. 놀란 나머지 소리도 내지 못하고 뒤를 돌아보자, 로쿠조가 항상 앉는 자리 뒤쪽의 도코노마에 놓여 있던 와키자시가 바닥에 떨어지려 하고 있었다. 오하쓰는 땅이 꺼져라 한숨을 쉬며 검을 받았다.

와키자시는 너무나도 묵직했다. 이렇게 무거웠나 싶을 정도로. 게다가 그녀의 의지와는 상관없이 오하쓰의 오른손은 검자루, 왼손은 검집을 꼭 쥐고 있었다. 손이 와들와들 떨리고 있다.

'대체 무슨 일이지……. 날더러 어쩌라는 거야?'

오하쓰의 두 손은 좌우로 움직여 천천히 검집에서 검을 뽑았다. 이내 번뜩이는 은빛 칼날이 보였다. 칼등을 스쳐 지나간 한 줄기 빛이 칼끝에서 쨍 하고 빛난다. 멀거니 지켜보는 오하쓰의 눈앞에서 검은 점점 날을 세워 갔다.

'아아, 알았다. 고타로한테 무슨 일이 생겼구나!'

번개처럼 번뜩인 직감이 오하쓰에게 그 사실을 가르쳐 주었다. 무척 선명하게, 처음부터 알고 있던 양 오하쓰의 머릿속에 번뜩인 것이다. 흡사 종이에 적힌 글씨를 읽는 것처럼.

오하쓰는 더 이상 거스르지 않기로 했다. 손의 떨림이 멈췄다. 그러자 기다렸다는 듯 손 안의 검이 무게를 잃기 시작했다. 백지장을 하나씩 걷어내듯, 조금씩 가벼워진다. 껍질을 이곳에 남기고 영혼만이 어딘가로 날아간다. 자신이 지켜야 할 것이 있는 곳으로.

오하쓰는 하얗게 빛나는 칼날에 이마를 대고 조용히 기다렸다.

밤의 산길은 새카만 미로다. 나오지는 고타로를 앞장세우고 서둘러 미로를 빠져나갔다.

고타로는 당연하다는 듯 나오지의 앞에 서서 터벅터벅 산길을 내려가기 시작했다. 뒤에서 쫓아가는 나오지의 눈에는 희미한 등롱 불빛을 받아 빛나는 고타로의 은빛 등만이 보일 뿐이다.

고타로는 덩치가 작은 개였지만, 쫑긋한 귀와 검은 털이 섞인 정수리가 곧은 심지와 용맹스러움을 드러내고 있었다.

나오지의 부름을 듣고 나타난 고타로는 저울질하듯 잠시 그를 바라보더니, 납득했다는 듯 불쑥 뒤돌아 구니노부의 무덤 뒤를 열심히 파냈다. 그러고는 낡은 가죽 주머니를 하나 입에 물고 돌아와 앞장서 걷기 시작했다. 가죽 주머니에 무엇이 들었는지 나오지에게 가르쳐 주려는 기색은 보이지 않았다.

'일이 참 묘하게 되었군…….' 나오지는 생각에 잠겼다.

'고타로를 데리고 돌아가면 무슨 일이 벌어질까……. 괜한 헛걸음한 게 아니어야 할 텐데.'

그 순간.

먼저 고타로가, 이어서 뒤따르던 나오지가 걸음을 멈췄다.

밤바람이 앙상한 나무숲을 흔들며 지나간다. 하지만 한편에서 그와 다른 희미한 바람 냄새가 났다.

발소리.

사람과 개는 동시에 귀를 기울였다.

바람 소리가 들렸다.

나무들이 술렁이다 조용해진다.

이번에는 또렷하게 발소리가 들렸다. 여러 명이다. 숨소리조차 생생하게 느껴진다. 낙엽을 밟는 소리가 들렸다. 나오지는 고개를 숙이고 등롱 불빛을 단숨에 불어 껐다.

주변은 어둠에 휩싸였다.

고타로가 나지막하게 으르렁댔고, 그에 답하듯 발소리가 앞으로 튀어나왔다. 네다섯 명은 된다. 다음 순간 등 뒤에서도 기척이 들렸다. 무방비하게 소리를 내는 걸 보고 대충 짐작은 했다. 무뚝뚝한 여자가 말했던 '마을 남정네들'이다. 무슨 볼일인지는 모르지만, 머릿수로 밀어붙이려는 심산인 모양이다. 나오지는 천천히 뒷걸음질하며 힐끗 뒤를 보았다. 어둠 속에서 부스럭 소리가 났다.

고타로는 아직도 계속 으르렁댔다.

"이런 시간에 무슨 볼일이오?"

경험이 없는 자들이 어둠을 틈타 기습하려 할 때에는 대개 우두머리가 앞으로 나선다. 수하들에게 선두에 서는 모습을 과시하려는 것이다. 나오지는 전방에 펼쳐진 어둠을 향해 물었다.

잠시 후.

"우리가 볼일이 있는 건 네놈이 아니라 고타로다." 등 뒤에서 대답이 돌아왔다.

나오지는 소리가 나지 않도록 숲을 등지고 천천히 몸을 틀었다. 이런 상황에서는 뒤를 조심해야 한다. 숲 아래는 경사면이다. 더 이상 내려가지 못하는 곳까지 내려간 뒤, 나오지는 입을 열었다.

"고타로한테 무슨 볼일인가?"

"그 개를 데려가게 놔둘 수는 없어."

오호라.

당사자인 고타로는 가죽 주머니를 꽉 문 채, 거의 바닥을 기듯 자세를 낮추고 상대방의 동향을 살피고 있었다. 이런 실랑이는 지금까지 몇 번이나 겪었지만, 개와 한편을 먹은 적은 처음이다.

"지금 와서 이런 들개에게 무슨 볼일이지?"

"시끄러워. 네놈이야말로 왜 그런 들개를 찾아 에도에서 여기까지 온 거냐? 그 녀석은 괴짜 영감의 개였어."

"꽁꽁 숨겨 뒀었지." 다른 목소리가 말했다.

그제야 납득할 수 있었다. 이곳 사람들이 무뚝뚝한 건 딱히 수줍음이 많아서가 아니라, 외지인을 모두 산토끼나 사슴 같은 먹잇감으로 여기는 까닭이다.

"고타로가 물고 있는 가죽 주머니를 노리나 보군."

대답이 없다. 정곡을 찌른 모양이다.

"하지만 안타깝게도 내가 에도에서 이런 데까지 온 것도 다 이 꾀죄죄한 개와 저 가죽 주머니 때문이야. 당신네들에게는 미안하지만." 말하면서 엉뚱한 방향으로 등롱을 던지자, 한데 달려드는 소리가 났다.

두 손이 자유로워지자마자 나오지는 머리 위에 뻗은 나뭇가지를 향해 잽싸게 뛰어올랐다. 잠깐만 버티면 된다. 반동을 이용해 사람들 한가운데로 뛰어들자 두 놈이 쓰러졌다. 나오지는 달려든 한 놈을 어깨 너머로 내던지고, 나머지 놈들이 우왕좌왕하는 틈을 타 도망쳤다.

"고타로, 도망쳐!"

등 뒤에서 놈들이 쫓아온다. 퇴로가 막히기 전에 얼른 도망쳐야 한다. 저쪽은 머릿수도 많은데다 이곳 지리에도 밝다. 내달리는 나오지 옆으로 고타로가 따라붙었다.

다음 순간 펑 소리와 함께 나오지는 오른팔에 통증을 느꼈다. 그 바람에 속도를 조절하지 못하고 앞쪽에 있던 나무에 부딪히고 나서야 제정신이 돌아왔다. 총포다.

"고타로, 멈추지 말고 가!"

언덕길 아래를 향해 외친 다음, 총에 맞은 오른쪽 팔뚝을 감싸며 근처에 있는 덤불에 몸을 숨겼다.

다행히도 살짝 스친 정도다.

'방심했어. 그나저나 저 가죽 주머니에는 녀석들이 이렇게 악을 쓰면서까지 손에 넣으려 하는 물건이 들어 있는 건가?'

운 좋게 나오지는 바람이 불어나가는 쪽에 있었다. 화약 냄새가 점차 짙어진다. 나오지는 품 안을 뒤져 크기에 상관없이 무사라면 누구나 가지고 다니는 지팡이 칼을 꺼냈다. 말이 지팡이 칼이지 칼날은 없다. 대신 자루를 잡고 휘두르면 한 자 정도 늘어나는 떡갈나무 지팡이인데 끝에 납이 달려 있다. 이것으로 잘만 명중시키면 상대를 죽이거나 다치게 하지 않고도 잠시 움직임을 봉쇄할 수 있다.

화약 냄새가 점점 다가온다. 그를 쫓는 녀석은 그리 솜씨 좋은 사냥꾼은 아닌 모양이다. 어둠 속에서 숨소리가 울려 퍼진다. 나오지는 숨소리가 곁으로 다가오기를 기다렸다가, 왼손에 든 지팡이를 휘둘렀다. 힘껏 휘둘렀으니 턱이 나갔을지도 모르겠다.

다시 한 발 총소리가 들렸다.

불꽃이 번뜩인다. 재빨리 고개를 숙인 나오지의 귀에 쨍 하는 소리가 들렸다. 총알이 무언가에 부딪혔다 튕겨 나가는 소리다.

'대체 무엇에?'

지팡이였다.

'설마, 말도 안 돼.'

이러고 있을 시간이 없다. 금세 다른 총알이 날아왔다. 그런데도 나오지는 순간 자리에 우두커니 멈춰 섰다. 왼손에 쥔 지팡이가 점점 무거워졌기 때문이다. 팔을 떨굴 만큼 묵직하다.

총소리가 들렸다!

왼손이 반사적으로 올라가더니 지팡이에 불꽃이 번쩍였고, 튕겨 나간 총알이 뒤에 있는 나무에 박혔다.

총알을 튕겨내는 건가?

아연실색한 나오지의 왼손을 잡아끌듯 지팡이가 총소리가 난 방향을 돌아보았다. 다음 순간, 믿을 수 없게도 지팡이는 하얗게 빛나기 시작했다. 흡사 시마이야에 남겨 두고 온 와키자시처럼. 하얀 칼날이 허공을 가른다. 나지막한 비명 소리와 함께 두 동강 난 화승총이 뒤쪽 언덕으로 굴러 떨어졌다. 뒤쫓아 온 마을 사람 둘은 나오지와 마찬가지로 잠시 어안이 벙벙한 표정을 지었지만, 이내 벌린 입을 다물고 꼭두각시가 움직이듯 굴러 떨어지는 총보다 빠르게 줄행랑을 쳤다.

나오지만 계속 그 자리에 남아 있었다.

등 뒤에서 부드러운 발소리가 들렸다.

고타로다. 두 눈이 이글거렸다.

"그…… 수호도가." 나오지는 물에 빠졌다 나온 개처럼 세차게 고개를 저었다. "고타로, 넌 모두 알고 있었구나."

상대는 개니 대답이 돌아올 리도 만무하다. 고타로는 천천히 방향을 틀더니 서두르자는 듯 터벅터벅 걷기 시작했다. 가죽 주머니는 단단히 입에 물었다.

그 뒤를 쫓으며 나오지는 생각했다.

'저치들은 아마 고타로가 죽은 구니노부가 숨겨 둔 재산을 지킨다고 생각한 모양이다. 지금까지 어디 있는지 몰라서 속을 끓여 왔겠지. 저 주머니 안에는 대체 무엇이 들었을까?'

그 답은 산을 내려가 기오로시 강기슭에서 돌아가는 배를 기다릴 때야 겨우 얻을 수 있었다. 동틀 녘의 어렴풋한 빛 속에서 고타로는 나오지에게 가죽 주머니를 내밀었고, 주머니를 열어 본 그는 마을 사람들의 기대가 완전히 빗나갔음을 깨달았다. 나오지는 가죽 주머니 안에서, 시마이야에서 기다리는 신기한 와키자시에게 실로 뜻깊은 어떤 물건 하나를 발견했다.

바로 날밑이었다.

7

이튿날, 다시 스나 마을로 향하는 로쿠조를 따라 오하쓰도 집을 나섰다.

콩조림 가게 주인에게 들은 이야기를 바탕으로 로쿠조는 수하를 데리고 어젯밤에 이즈쓰야를 찾아갔다. 찾아간 것까지는 좋았는데 보기 좋게 허탕만 쳤다.

이즈쓰야의 주인은 보통내기가 아니었다. 대들지도 않고 변명도 하지 않았다. 엔슈야의 하치베란 이름은 처음 들었고, 날밑이 없는 와키자시는 본 적도 없다, 집을 뒤질 테면 마음대로 해라, 켕기는 데도 없다며 시종일관 딱 잡아뗐다.

결과적으로는 로쿠조의 패배였다. 와키자시는 찾을 수 없었다. 일이 이렇게 됐으니 아무리 다쓰키치와 콩조림 가게 주인의 증언이 있더라도 다시 집을 뒤질 수는 없다. 로쿠조는 수하 몇몇을 감시역으로 붙여 두고 어금니를 악물며 시마이야로 돌아왔다.

그런데 오하쓰가 환영에서 본 남자와 날밑이 없는 와키자시 이야기를 한 것이다.

처음에는 미심쩍어했지만, 지금은 로쿠조도 오하쓰의 신기한 힘을 전적으로 믿고 있다.

"네가 본 그 흉터가 있는 남자는 분명히 이즈쓰야 주인이 맞다."

오하쓰는 눈을 휘둥그레 뜨며 말했다. "하지만…… 하지만 왜 엔슈야 사건에 관련된 사람이 와키자시에 비친 거죠?"

이제 이즈쓰야가 이 일련의 사건과 관련이 있음은 자명했다. 로쿠조는 궁리 끝에 어떤 계획을 세웠다.

"정면으로 부딪치면 승산이 없다. 설마 제 만족을 위해 스무 냥이나 내지는 않았을 테고, 분명 더 비싸게 산다는 사람이 있었겠지. 그쪽을 알아봐야겠다."

스나 마을은 시쳇말로 '주만쓰보十万坪'라 불린 매립지현재 후카가와 일대의 남쪽에 있다. 이 부근은 교호 시대부터 매립되기 시작했고, 그 이전에는 도미오카하치만구현재 몬젠나카초가 바다를 향해 돌출된 형태로 자리하고 있었다. 바다를 땅으로 바꾸기 위해 동원된 건 에도 전역에서 매일 배출되는 진개塵芥, 한마디로 쓰레기였다.

새롭게 만들어진 지역인데다 발밑에 묻힌 건 쓰레기다. 매립은 지금도 계속되고 있고, 고물상이라고 해도 이즈쓰야는 어딜 보나 정직하게 장사하는 가게가 아니다. 쓰레기 더미를 뒤져 적당한 물건을 찾아내 적당히 가공한 뒤에, 번지르르한 말솜씨로 팔아넘기는 사기꾼이나 다름없는 자다. 파밭 옆을 지나며 로쿠조는 그런 이야기를 했다.

남들 눈에 띄지 않도록 조심하며 예전 하치만구 자리 근처의 이즈쓰야 앞에 도착하자, 로쿠조는 잠복 감시중인 수하와 연락을 취해 오하쓰에게 주인의 얼굴을 보여 주었다.

고물상이라기보다는 골동품 가게 같은 깔끔한 외관에도 놀랐지만, 그보다 오하쓰를 놀라게 한 것은 주인의 얼굴이었다.

"저 얼굴, 맞아요……."

분명히 환영 속에서 본 남자다.

"그 말하는 와키자시는 대체 얼마나 우리를 놀라게 할 셈인지."

로쿠조는 인상을 찌푸리며 말했다. "나오지가 걱정되는군……."

"저도요." 오하쓰의 얼굴도 살짝 어두워졌지만, 금세 마음을 다잡고 말했다. "하지만 그 와키자시는 아마…… 아니, 분명히 고타로와 나오지 오라버니를 지켜 줄 거예요."

어젯밤, 검은 잠시 후에 오하쓰의 손 안에서 무게를 되찾기 시작했고 이내 원래대로 돌아왔다. 칼날의 번뜩임도 사라졌다. 눈 깜짝할 새에 일어난 신기한 일은 오하쓰의 가슴을 한층 두근거리게 만들었다.

두 사람은 걸음을 재촉했다. 이즈쓰야를 감시하는 수하에게는 무슨 일이 생기면 바로 로쿠조에게 알리도록 일러두었다.

오누이가 지금 찾아가는 사람은 바로 스나 마을을 담당하는 마쓰키치라는 오캇피키였다. 이 사내는 원래 막부에서 주만쓰보의 매립을 허가받은 세 사람의 후손이라고 한다.

"선조님에 관한 건 알 재간이 없으니 뭐라 말할 수 없지만, 이 근방 일은 모르는 게 없는 양반이지. 나도 공무로 두세 번 도움을 주거니 받거니 했고. 믿을 수 있는 영감님이야."

마쓰키치는 아내 이름으로 목욕탕을 운영하고 있다. 식모에게 용건을 전하자 곧장 방으로 안내해 주었다. 아장아장 걸음마를 하는 손녀딸과 개 모양 장난감을 가지고 놀던 마쓰키치는 로쿠조의 얼굴을 보자마자 반갑게 맞이했다.

"보다시피 바깥일은 싹 정리하고 들어앉았어."

로쿠조보다 스무 살은 많은 마쓰키치는 허옇게 센 머리를 쓸며 웃었다.

"공무는 사스케에게 죄다 맡겨 버렸지."

"아들이 아버지 뒤를 이어 오캇피키로 나섰군요. 든든하시겠습니다."

"꼭 그렇지만도 않아. 아직 부족한 점이 많은 녀석이야. 수하들의 도움으로 이제 간신히 짓테요리키도신 및 오캇피키가 사용하는 무기를 휘두르는 정도지." 말은 그렇게 했지만, 마쓰키치는 흡족한 기색을 내비치며 웃음을 지었다.

"오늘은 영감님 힘을 빌리려고 찾아뵈었습니다."

호오, 마쓰키치는 살짝 고쳐 앉으며 말했다.

"이런 늙은이의 힘을 빌리고 싶다니 대체 무슨 일인가? 혹시 누이동생 중신을 서 달라는 건 아니겠지? 네가 오하쓰지? 어릴 때 얼굴이 남아 있구나. 아주 어여쁘게 컸어. 우리 아들녀석이 장가를 가지 않았으면 너를 며느리로 삼았을 텐데."

잠시 그런 대화를 나누다 로쿠조가 "실은 이즈쓰야 일로……" 하고 본론을 꺼내자, 마쓰키치의 얼굴이 순식간에 어두워졌다.

"이즈쓰야? 거긴 영 탐탁지 않네." 마쓰키치는 손사래를 치며 말했다.

"주인인 야사부로는 어디서 굴러먹다 왔는지도 모를 녀석이고, 됨됨이도 썩 좋지 않아. 나도 계속 주시하며 몇 번인가 덜미를 잡을 뻔했는데 그때마다 요리조리 빠져나갔지. 뱀처럼 빈틈없는데다 돈은 또 얼마나 밝히는지……."

"위험한 일도 마다하지 않는 녀석입니까?"

"아니, 제 손은 더럽히지 않아. 남을 꾀어서 챙길 건 다 챙긴 뒤에

뒤통수를 치고 줄행랑을 놓는 녀석이지. 돈 때문에 제 어미 유골을 팔았다더라는 이야기를 들어도 난 놀라지 않을 걸세."

여기서 끝이 아니었다.

"이즈쓰야에서 파는 물건 중에는 도굴한 물건도 있다고 들었네. 내 보기에도 틀림없는 것 같아. 허나 결정적인 증거가 없어. 그래서 계속 허탕만 치고 있지. 사스케에게도 이즈쓰야에서 눈을 떼지 말라고 단단히 일러뒀네."

지난번 물난리가 났을 때에도 말이네, 마쓰키치는 내처 말했다.

"실은 그 물난리 때 둑 근처에 있는 절 주겐지의 묘지가 엉망이 되었어. 난리도 아니었지."

보름 전의 큰 비는 단순한 장맛비가 아니었다. 니혼바시 강도 위험한 수준까지 차올랐다. 지대가 낮은 이 부근은 둑이 무너지는 즉시 목숨을 잃는 사람이 나올 만큼 상황이 악화된다.

"거 왜, 불난 집에 도둑질하러 들어간다는 말이 있잖나. 그때도 난리 통을 틈타 이즈쓰야가 무슨 짓을 꾸미지는 않을까 영 마음이 불편했거든. 사흘이나 내린 큰 비로 감시가 소홀해진 틈을 타서 크게 한탕 했을지도 모르지. 더구나 비가 겨우 그치자마자, 이번에는 묘한 사건이 터졌거든. 사스케도 이즈쓰야에게 신경 쓸 새가 없었을 게야."

마쓰키치는 떫은 표정으로 말을 이었다. "일은 강가의 판잣집에 살던 야부라는 남자 집에서 일어났어. 야부는 넝마주이라 이 근처 사람들은 모두 멀리했는데, 물난리가 수습된 지 사흘째 되던 날 밤에 일가족이 살해됐어. 누구 짓인지는 아직 밝혀지지 않았네. 사스케도 불철주야 알아보고 있지만 도무지 이해할 수 없는 사건인 게야. 물론 강도는 아니네. 야부 같은 넝마주이 집에 값나가는 물건이 있을 리가 없다는 건 이곳 사람들은 누구나 아는 사실이니까."

"야부라는 사내는 목이 떨어져 죽지 않았습니까?"

로쿠조의 물음에 마쓰키치는 들고 있던 담뱃대를 떨어뜨릴 만큼 놀라며 되물었다.

"맞아, 그랬네. 그걸 어떻게 아나?"

"야부의 목을 베거나 식구들을 해치는 데 이용된 날붙이를 찾지 못했고요?"

마쓰키치는 연신 고개를 끄덕였다.

"그래, 사스케도 그 때문에 마음고생이 이만저만이 아니야. 사실 야부 일가가 변을 당한 날 밤, 사건 발생 시각 직후에 야부의 오두막 근처에서 이즈쓰야 주인의 모습을 보았다는 사람이 있었어. 전부터 야부가 넝마를 주우며 발견한 물건들을 이즈쓰야에 판다는 소문도 있었기에, 사스케도 이제야 이즈쓰야의 덜미를 잡을 수 있겠다며 공을 많이 들였지."

"왜 이즈쓰야를 붙잡지 못했습니까?"

"야부의 오두막에서 여자와 아이들이 소란을 피우는 소리를 이웃 사람이 들었다더군. 마침 해시밤 열시의 종이 울릴 무렵이었어. 물건을 집어던지고 고함을 지르는 일에는 이제 익숙해져서 그냥 내버려두기로 했다는군."

"그건 알겠는데, 그걸로 왜 이즈쓰야의 혐의가 풀린 겁니까?"

"그 시각 이즈쓰야에는 손님이 있었거든. 그것도 평범한 손님이 아니었지. 선박 운송 중개업자인 오우미야라고 아나?"

"모른다고 대답하면 영감님은 제가 실성했다고 생각하시겠죠."

마쓰키치는 웃었다.

"그래, 그 오우미야 말일세. 말하기 뭣하지만 쇼군께서 돌아가셔도 에도 사람들 생활에는 아무 지장도 없지만, 오우미야 고베가 고뿔에 걸려 앓아눕기만 해도 입에 풀칠하지 못해 굶어죽는 사람이 많을 테지."

"그 고베가 이즈쓰야를 찾아왔습니까?"

"그렇다네. 오우미야 고베는 어찌나 부처님 같은지, 스님이 장사하는 게 아닌가 싶을 정도로 정직하고 고지식한 사람이야. 하지만 취미가 하나 있지. 그게 무엇일 것 같나?"

로쿠조와 오하쓰는 잠시 입을 다물었다. 이내 오하쓰가 조심스레 말했다.

"혹시 칼을 수집하나요?"

마쓰키치는 무릎을 탁 쳤다.

"호오, 용케 알았구먼. 맞네, 칼을 수집하지. 오우미야 저택에는 칼만 모아 놓은 호화로운 방이 있다는군. 좋은 칼이 있으면 돈을 아끼지 않고 사들인다고 들었네만……."

아아, 큰일이다. 오하쓰는 무심결에 얼굴을 감쌌다.

"오라버니, 알았어요. 이유는 모르지만 날밑이 없는 와키자시가 '호랑이'예요! 저렇게 날뛰는 걸 보면 분명해요. 변을 당한 사람은 엔슈야 일가뿐이 아니잖아요. 이즈쓰야는 호랑이를 오우미야에게 팔아넘길 속셈이에요!"

"날밑이 없는 칼?" 이번에는 마쓰키치가 물을 차례였다. "그게 무슨 상관이 있나?"

"아주 많지요. 허나 그 이야기는 나중에 말씀드리겠습니다. 마쓰 영감님, 지금 당장 저와 이즈쓰야까지 가 주셔야겠습니다. 녀석이 오우미야와 연락을 취하기 전에 어떻게든 막아야 합니다."

마쓰키치는 나이가 무색할 정도로 몸놀림이 날랬다. 아들에게 전갈을 보내더니 바로 로쿠조와 함께 집을 나왔다. 로쿠조와 비교해도 전혀 뒤지지 않는 기세다. 로쿠조는 달리면서 간략하게 엔슈야 사건과 이즈쓰야와의 관계, 그리고 날밑이 없는 검에 대해 이야기했다.

"엔슈야 사건과 넝마주이 야부 사건은 무척 흡사합니다. 저희는 이즈쓰야가 가진 날밑이 없는 검이 사용된 게 틀림없다고 보고 있습니다."

하지만 두 오캇피키가 이즈쓰야에 도착하기 전에, 같은 길 반대쪽에서 엄청난 속도로 달려오는 남자와 마주쳤다. 로쿠조의 수하인 고스케다. 로쿠조에게 붙잡혀 갱생하기 전까지는 이름깨나 알려진 소매치기였는데, 감시라면 그를 능가할 자가 없다. 고스케는 로쿠조를 보더니 눈을 부릅뜨며 외쳤다.

"형님, 방금 이즈쓰야에 오우미야의 심부름꾼이 도착했습니다!"

"마침 잘됐군. 당장 현장을 덮쳐야겠어."

로쿠조는 의욕을 보였지만, 고스케는 목이 떨어져 나갈 만큼 세차게 고개를 저었다.

"그게 그렇지 않습니다. 걷는 모양새를 보아하니 품에 오십 냥은 든 것 같더라고요. 그뿐만이 아닙니다, 똑똑히 들었어요. 어제 약속한 나머지 반을 가져왔다고 했습니다."

"머저리 같은 녀석, 그 얘기를 먼저 했어야지!"

로쿠조가 호통을 쳤다.

마쓰키치는 끙 하고 신음을 흘렸다. "자, 도리초로 가세. 오우미야의 재산이라면 백 냥이나 이백 냥 정도는 쉽게 쓸 수 있지. 그 와키자시는 어제 팔린 거야."

로쿠조와 마쓰키치는 지나가는 가마꾼을 잡아 오우미야로 향했다. 어떻게든 오늘 일어날 참극을 막아야 한다고 이를 악물었다.

하지만 이미 일은 벌어진 뒤였다.

8

한발 먼저 시마이야로 돌아간 오하쓰는 나오지와 고타로가 오기를 기다렸다. 호랑이의 정체를 알아낸 지금, 속이 타들어갈 만큼 안절부절못하고 있다. 한시라도 빨리. 오하쓰는 마음속으로 빌었다. 빨리. 무슨 일이 일어나기 전에. 엔슈야, 오우미야의 참극이 또다시 일어나기 전에.

오우미야에서는 한창 조사가 이루어지고 있었다. 살아남은 자가 전한 일의 전말은 이랬다. 주인 고베는 뒷간에 가듯 평소와 다름없는 모습으로 방을 나왔지만, 돌아왔을 때에는 검을 들고 있었다. 그러고는 무표정한 얼굴로 제일 말석에 앉은, 평소에 쌓인 불화로 인해 분가한 지 얼마 되지 않은 조카를 베었다. 그걸 시작으로 실성한 사람처럼 검을 휘둘렀고, 마침 근처에 있다 달려온 마치 순시관 도신에게 죽을 때까지 모두 여덟 명의 목숨을 앗아갔다. 날밑이 없는 와키자시는 이번에도 연기처럼 자취를 감췄다.

오우미야로 달려가 이미 늦었음을 안 로쿠조는 시마이야로 심부름꾼을 보내 사정을 전하고, 와키자시를 찾을 때까지 문밖 출입을 금하라고 일렀다. 반드시 찾아낸다, 같은 짓을 벌이게 둘까 보냐, 더는 내 얼굴에 먹칠하게 둘 수 없지. 전갈에서도 로쿠조의 분노가 전해져오는 듯했다.

나오지는 바깥이 어둑어둑해져서야 돌아왔다. 지친 기색을 보니 한달음에 달려왔음을 알 수 있었다.

"네가 고타로니……?"

오하쓰가 놀란 나머지 우두커니 서 있자, 가죽 주머니를 꽉 문 고타로도 오하쓰를 똑바로 올려다보았다. 그러자 오하쓰의 머릿속에 목소리가 울려 퍼졌다.

'서둘러야 합니다.'

"기오로시 강기슭까지 이 개를 데리러 간 거예요?"

오요시는 기막히다는 듯 말했다. 다시 목소리가 들렸다.

'자, 어서. 그 와키자시를 들고 저를 따라오십시오. 내 목소리를 들을 수 있는 당신에게만 호랑이를 쓰러뜨릴 힘을 빌려 드릴 수 있습니다.'

"방금…… 방금 누가 뭐라고 했어요?"

오하쓰는 중얼거렸다. 오한이 들었다. 남들이 보지 못하는 것을 보았을 때와 같은 느낌이다.

"아니." 나오지가 대답했다. 오하쓰의 심상치 않은 표정을 보고 오요시가 다가가려 했지만, 나오지는 그녀를 손으로 막으며 오하쓰를 바라보았다.

"그 개가 고타로야."

오하쓰는 고개를 끄덕였다. "자기를 따라오래요. 내가 아니면 안 된다고."

"이 개가요?" 오요시가 엉거주춤한 자세로 물었다.

오하쓰는 방으로 돌아가 말하는 검을 품에 안았다. 전처럼 묵직했다.

"자, 어서 가요."

그 무렵, 로쿠조는 초조한 표정으로 핫초보리의 구미야시키(요리키, 도신들이 살던 주택이 모여 있던 곳) 근처를 걷고 있었다. 그와 마찬가지로 지친 걸음으로 앞장서 걷는 사람은 로쿠조에게 말하는 검을 맡긴 장본인, 남부 마치부교쇼 도신 나이토 신노스케다.

"일이 이렇게 되어서 정말 안타깝습니다." 로쿠조는 분한 마음을 곱씹으며 말했다.

정말 간발의 차였다. 로쿠조가 오우미야에 도착했을 때는 살해된 자의 시신도 아직 따뜻했다. 미친 듯 검을 휘두르던 오우미야를 벤 사람은 마치 순시관 도신 사다 몬도고, 그때 함께 순찰을 돌던 이가 바로 나이토 신노스케였다.

상황이 상황이니만큼 로쿠조는 신노스케에게 말하는 검부터 시작해 이번 오우미야 참살 사건까지의 경위를 상세히 보고했다. 나리께서 오우미야 현장 근처에 계셨던 것도 무슨 연이 있어서겠지요. 저는 어떻게든 그 와키자시를 찾아내 알맞은 방법으로 처분해야 직성이 풀리겠습니다. 이 일을 해결하면 큰 공을 세우는 셈이니 마음 굳게 잡수십시오. 또한 한껏 위축된 신노스케를 다독이는 것도 잊지 않았다.

여전히 창백한 신노스케의 얼굴만 봐서는 그게 과연 통했는지 알 수 없었지만. 신노스케는 밤새워 수색을 계속하겠다는 로쿠조에게 근처 자기 집에서 간단하게 요기나 하고 가라고 권했다. 녹초가 되어 있던 로쿠조는 기꺼이 그러겠노라고 따라 나선 것이다.

그나저나……. 앞장서 걷는 신노스케의 절룩거리는 발소리를 들으며 로쿠조는 지금까지 있었던 일을 다시 정리했다.

'날밑이 없는 그 와키자시는 분명히 무시무시한 힘을 가지고 있다. 오우미야 같은 선량한 사람조차 미치게 할 정도다. 하지만 지금까지 일어났던 사건을 되돌아보면 칼이 저 혼자 자취를 감춘 적은 없었지. 스나 마을에서는 이즈쓰야가, 엔슈야 사건 때는 콩조림 가게 주인장이, 제각각 이유는 다르지만 제 손으로 와키자시를 숨겼어. 그렇다면 이번에도 비슷한 상황이라 봐야 하는데…….'

하지만 대체 누가? 지금까지 있었던 일을 고려하면 오우미야에 있던 모든 이를 의심해 봐야 한다. 도신도 예외는 아니다. 하지만 다행히도 그 와키자시에는 날밑이 없다. 사건 직후 현장에 발을 들여놓은 도신 중에 날밑이 없는 검을 찬 이는 없었다. 설령 로쿠조가 알아채지 못했더라도, 어색한 모습을 본 누군가가 알아챘을 테니 그 점은 걱정하지 않아도 된다고 생각했다. 남은 건 살아남은 가게 일꾼들과 소식을 듣고 달려온 의원과 야경꾼, 그리고 구경꾼들이다. 그들을 조사하는 한편, 오우미야가 취미로 모으던 칼도 샅샅이 살펴보았다. 스나 마을의 마쓰키치가 한 말대로, 방 안 한가득 산더미처럼 칼이 쌓여 있었다. 로쿠조와 신노스케, 그리고 다른 자치 위원들은 모든 칼을 하나씩 살펴보았지만 날밑이 없는 와키자시는 찾을 수 없었다.

'감쪽같이 사라졌군……. 아니, 이번에는 그러게 두지 않을 테다.'

로쿠조가 굳게 다짐했을 때, 해시를 알리는 종소리가 울려 퍼졌다.

울려 퍼지는 종소리를 들으며 로쿠조는 생각했다. 그러고 보니 스나 마을 사건 때도, 엔슈야 사건 때도…….

쨍 하는 소리가 났다.

로쿠조의 발치에 무언가가 떨어졌다. 고개를 갸웃하며 등롱 불빛을 비춰보았다.

"나리, 뭔가 떨어졌는데……."

날밑이다.

소름이 돋았다. 동시에 로쿠조는 상황을 깨달았다. 품에 든 짓테를 꺼내며 펄쩍 뛰어 뒤로 물러서자 신노스케가 천천히 뒤를 돌아보았다. 한번 관에 들어간 망자가 다시 살아난 것처럼, 그 얼굴에서는 생기가 느껴지지 않았다. 공허한 시선이 로쿠조의 목을 살핀다. 신노스케는 시선을 고정한 채 어둠 속을 더듬거리듯 팔을 휘둘러 날밑이 없는 와키자시를 천천히 빼들었다. 눈 깜짝할 새에 칼날이 로쿠조의 머리 위를 덮쳤다. 번개처럼 내리치는 광경을 보고 이것은 살아 있는 검이 아님을 깨달았다. 순식간에 저기서 여기까지 이동한다. 이 검은 살아 있지 않다, 숨을 쉬지 않는다.

로쿠조는 옆으로 몸을 피하다 근처에 있는 나무에 부딪혔다. 하얀 눈 같은 것이 하늘하늘 떨어진다. 활짝 핀 벚나무였다. 펄쩍 뛰듯 일어나는데 벌써 다음 일격이 그를 덮친다. 검은 벚나무 줄기를 내리쳤고, 신노스케의 머리 위로도 하얀 꽃잎이 떨어졌다. 신노스케는 꽃잎을 헤치고 로쿠조를 따라왔다. 머리를 노리는 검을 간신히 짓테로 튕겨내자 불꽃이 튀었고, 로쿠조는 반동으로 바닥에 쓰러졌다. 다음 공격을 피하려 옆으로 구르다가 길가의 도랑에 빠졌다.

자, 어떻게 해야 할까. 구미야시키까지는 아직 더 가야 한다. 아니, 모두 오우미야 쪽으로 몰려갔을 테니 설령 목소리가 닿더라도 있는 건 여자와 어린애들뿐일 터. 자칫하면…….

신노스케의 발소리가 조금씩 다가온다. 숨을 헐떡이는 소리가 들린다. 생명이 깃들지 않은 검이 살아 있는 인간을 조종하고 있다.

길은 좁고 어두웠다. 그런데도 어둠은 로쿠조의 앞을 가로막을 뿐 도와 주지 않았다. 지금 나이토 나리는 이 캄캄한 와중에도 앞이 보이는 건가?

우렁찬 고함이 로쿠조의 귀를 찔렀다. 나이토 나리가 저런 소리를 낼 수 있던가?

아니, 아니다. 저건…….

'와키자시의 목소리다!'

로쿠조는 도랑에서 튀어나왔다. 광기 어린 검이 방금 그가 있던 곳을 내리쳤다. 뒤이어, 발을 헛디뎌 바닥에 손을 짚고 있던 로쿠조의 등을 노리고 허공을 갈랐다. 다시 짓테에서 불꽃이 튀었다. 신노스케는 이번에도 되받아쳤고, 그 힘을 이기지 못한 짓테는 로쿠조의 손에서 튕겨나갔다.

'아뿔사!'

짐승의 포효와 함께 칼날이 번뜩인다. 젠장, 이를 악물며 로쿠조는 눈을 질끈 감았다.

묵직한 충격과 함께 로쿠조는 바닥에 나동그라졌다. 하지만 살아 있었다. 믿기지 않았지만, 바닥에 쓸린 얼굴이 따끔거리는 걸 보니 분명 살아 있었다. 눈을 뜨자…….

개가 보였다. 온몸의 털을 곤두세우고 이를 드러낸 채 로쿠조 대신 신노스케와 대치하고 있다. 대체 어떻게 된 일일까. 흐린 눈으로 주변을 둘러보자, 두 동생의 모습이 보였다.

"나오지…… 오하쓰!"

한달음에 달려온 나오지는 왼팔로 로쿠조를 일으키며 부축했다.

"늦지 않아서 다행입니다."

홀로 조금 떨어진 곳에 있는 오하쓰는 말하는 검, 구니노부의 와키자시를 들고 서 있었다. 눈은 고타로의 움직임을 좇고 있다. 고타로는 신노스케를 서서히 몰아붙이더니, 한차례 짖고 나서 천천히 반원을 그리며 거리를 좁혔다. 신노스케는 고타로를 노려보며 발을 질질 끌면서 뒷걸음질했다. 틈을 봐서 걸음을 내디디려 하면 고타로가 으르렁대며 막는다.

"구니노부……."

신노스케의 앙다문 입에서 핏방울이 떨어지듯 목소리가 새어 나왔다.

"저게 뭐지." 로쿠조의 얼굴이 파랗게 질렸다. "오하쓰가, 나오지, 오하쓰가."

"쉿, 걱정 마세요." 나오지는 빈틈없이 주변을 살피며 로쿠조를 달랬다.

"여긴 오하쓰한테 맡기시면 됩니다. 오하쓰와 구니노부한테."

오하쓰는 떨고 있었다. 고타로는 어쩔 작정일까. 오하쓰의 귀에는 아무것도 들리지 않았다.

한눈에도 알 수 있듯, 구니히로의 와키자시는 그에 목숨을 잃은 자뿐 아니라 조종당하는 자까지 해치는 물건이다. 도신은 순식간에 병자처럼 쇠약해져 있었다. 손에 든 와키자시가 힘없이 흔들린다. 고타로는 그것에서 시선을 떼지 않은 채 조금씩 거리를 좁히며 신노스케의 등 뒤로 파고들었다.

오하쓰는 와키자시의 검집을 꼭 쥔 채 고타로의 움직임을 지켜보고 있었다. 고타로는 이곳까지 오하쓰와 나오지를 인도해 주었다. 구니히로의 와키자시가 어디 있는지 알고 있던 것이다. 똑똑히 두 눈으로 본 것처럼, 어둠 속에서 등대를 찾아가는 배처럼 헤매지 않고 여기까지 오하쓰를 데려왔다. 오하쓰의 머릿속에 고타로가 무엇을 하려는지 선명하게 떠올랐다. 오하쓰를 부른 목소리는 어쩌면 못다 이룬 뜻을 고타로에게 넘기고 세상을 뜬 구니노부의 목소리였는지도 모른다. 오하쓰가 처음에 말하는 검의 목소리를 들었을 때와 같은 목소리가 들렸다.

'내 목소리가 들리는 자여, 오직 당신만이 끝낼 수 있습니다.'

신노스케가 짐승처럼 으르렁대며 검을 휘둘렀다. 칼날은 고타로의 왼쪽 귀를 스치고 지나갔지만, 고타로는 물러서지 않고 머리를 수그린 채 기회를 노렸다.

"고타로!"

오하쓰의 목소리에 신노스케가 고개를 들었다. 오하쓰가 있다는 걸 눈치 챈 것이다. 입가에 흐릿한 미소가 감돈다. 해골이 웃으면 이런 느낌일까. 눈은 어둠을 품은 구멍 같다. 공허하고 캄캄했지만, 그 어둠 저편에 있는 무언가에 사로잡힐 것 같다.

하지만 그 웃음이 신노스케의 빈틈을 만들었다. 고타로가 펄쩍 뛰어올라 착지한 곳은 바로 신노스케의 그림자 위, 달빛을 받아 또렷하게 드리워진 미친 와키자시의 그림자 위였다. 지금까지 괜히 이리저리 움직인 게 아니었다. 이 순간을 노렸던 것이다.

날카로운 소리를 내며 신노스케가 신음했다. 움직이지 못하는 것이다. 오하쓰는 직감적으로 알아챘다. 이것이 고타로의 힘, 구니히로가 남긴 광기에 대항할 수 있는 힘이다.

쨍 하는 소리가 났다. 이번에도 날밑이 떨어지는 소리다. 하지만 이번에는 고타로가 물고 있던 가죽 주머니 속의 날밑이었다. 그와 동시에 오하쓰의 머릿속에 목소리가 울려 퍼졌다.

'자, 어서!'

내가? 사람을 벤다고? 사람을 베야 한다고? 오하쓰는 망설이며 소리 없는 비명을 질렀지만, 곧 손에 든 구니노부의 와키자시에 이끌리듯 앞으로 나왔다. 걸음을 내디딘 순간 신노스케의 모습은 사라졌고, 대신 그 자리에 서 있는 건 충혈된 눈에 입가를 일그러뜨린 악

귀 같은 사내였다. 와키자시는 그를 향해 날아갔고, 오하쓰는 눈부신 빛에 눈을 질끈 감았다. 목청이 찢어져라 외치는 신노스케의 비명이 귀를 찌른 순간, 와키자시를 쥔 손에 격렬한 충격이 느껴졌다.

먼저 구니노부의 와키자시가 오하쓰의 손을 떠나 은빛 호를 그리며 바닥에 떨어졌다. 곧이어 신노스케가 들고 있던 구니히로의 검이 하늘 높이 튕겨나가며 이 세상을 떠나는 단말마를 내질렀다. 지상에 있는 세 사람과 고타로는 하늘을 올려다보며 우두커니 서 있었다. 털썩 하는 소리가 나며 신노스케가 무릎을 꿇듯 쓰러졌다.

다음 순간.

다시 허공을 가르는 소리가 들렸고, 자리에 못 박힌 듯 꿈쩍도 못하는 세 오누이의 머리 위로, 아니, 고타로와 가죽 주머니에서 나온 날밑 위로 구니히로의 와키자시가 떨어졌다. 개는 그것을 기다리고 있었다. 피하거나 도망치려는 기색은 찾아볼 수 없다. 이번에는 오하쓰가 비명을 질렀다.

고타로!

하지만 비명이 전부 튀어나오기도 전에, 검은 고타로를 꿰뚫고 바닥에 박혔다. 검자루가 희미하게 좌우로 흔들리다 멈춘다.

고타로의 모습은 어디에도 없었다.

오하쓰는 숨을 죽인 채 흐느끼며 곁으로 다가갔다. 검을 집으려던 그녀는 화들짝 놀랐다. 날밑이 달려 있었다. 검자루를 꼭 쥐고 당기자 별다른 저항 없이 바닥에서 쑥 빠졌다. 가볍다. 칼날은 방금 전과 달리 흐릿한 빛을 내뿜고 있다가 그 빛조차 점점 흐려졌다.

"아." 오하쓰는 놀라 입을 다물지 못했다. "녹슬고 있어……."

그 자리에 있던 모든 사람이 그 광경을 지켜보았다. 구니히로의 저주가 담긴 와키자시가 녹슬어 간다. 멍하니 바라보던 오하쓰의 눈에 검신에 새겨진 호랑이가 들어왔다. 이빨을 드러낸, 거대하고 으스스한 머리 둘 달린 호랑이다.

그래, 이게 호랑이였구나.

쌍두의 호랑이와 함께 구니히로의 저주받은 검은 녹슬어 갔다. 칼끝을 따라 서서히 붉은 쇳가루로 변해 바람에 흩날려 사라진다. 따스하지만 강인한 봄바람이 벚나무 꽃잎과 함께 원념이 담긴 검을 이 세상에서 몰아냈다. 이윽고 오하쓰의 손에는 검 자루만 남았다. 그 역시 순식간에 부숴지며 바스러질 정도로 약해지더니 이내 눈에 보이지도 않는 먼지가 되어 사라졌다. 마지막으로 남은 자루 안의 슴베도 녹슬어 사라졌다. 완전히 사라지기 전에 오하쓰는 슴베에 새겨진 '구니히로'의 이름을 보았지만, 그 또한 덧없이 바람에 쓸려 사라졌다.

오하쓰의 손에 남은 건 봄날 밤바람뿐이었다. 아직도 희미하게 떨리는 손에 전별 선물처럼 꽃잎 하나가 붙어 있었다.

"꼴이 말이 아니군."

구니노부의 말하는 검을 집어 들며 나오지가 말했다.

"이가 다 빠졌는데. 이제 두 번 다시 못 쓰겠어."

제 사명을 다했으니까요. 조용히 중얼거리고 나서, 오하쓰는 고타로를 찾았지만 끝내 찾을 수 없었다.

가 버린 것이다. 고타로 역시 제 사명을 다했기 때문일까. 아니면 처음부터 고타로라는 개는 존재하지 않았던 것일까. 그것은 개가 아니라 도공 구니노부의 혼백이 아니었을까.

불쑥 눈물이 나며 눈앞이 흐려졌다.

"다행히 나이토 나리는 무사하군." 로쿠조가 기운차게 말했다.

"이럴 때 구사일생이라는 말을 쓰는 거겠지."

9

이즈쓰야는 넝마주이 야부 일가가 참변을 당하던 밤에 검을 훔치러 갔던 일만을 인정했다.

"말씀대로 그 칼은 전번에 큰 비가 내렸을 때 주겐지의 묘지에서 떠내려 온 걸 야부가 가로챈 겁니다. 처음에는 야부가 먼저 칼을 저한테 팔러 왔습죠. 그 자리에 오우미야 씨도 계셨는데, 무엇이 그렇게 마음에 들었는지 당장 사겠다고 말씀하시지 뭡니까. 그런데 어찌된 영문인지 야부가 말을 바꿔서 자기가 가지겠다며 헛소리를 하는 겁니다. 그러고는 그 길로 칼을 들고 달아났다니까요. 이미 성사된 거래인데 그런 짓을 하면 제 체면이 뭐가 됩니까. 몇 번이나 재촉을 했는데도 통 칼을 가져올 생각을 않더군요. 그래서 직접 받으러 갔다가 그 끔찍한 광경을 본 겁니다. 어찌나 놀랐는지 저도 간 떨어지는 줄 알았습니다. 그렇게 어렵사리 찾아왔는데, 이번에는 조문을 왔다는…… 그래, 엔슈야란 사람이 그 칼을 보고 자기가 사겠다면서 돈을 던져 놓고 가져가 버리더군요. 얼마나 골치가 아프던지. 저도 일을 크게 만들기 싫어서 여러 차례 찾아가 도로 돌려달라고 말을 했지만 들은 척도 하지 않더라고요. 그다음 일은 나리께서 말씀하신 대로입니다."

다른 혐의도 있었지만 끝내 증거를 발견할 수 없어서, 야부의 검을 훔친 죄목으로 이즈쓰야는 에도 밖으로 추방됐다. 왔을 때처럼 행장 하나만 짊어지고.

"그나저나 왜 이즈쓰야만, 그런 속 검은 녀석만 구니히로의 와키자시에 홀리지 않았을까요?"

의아해하는 로쿠조에게 마쓰키치는 이렇게 말했다.

"진짜 요도妖刀란 닿은 사람을 모두 베어 버리는 게 아니라, 이즈쓰야 같은 녀석들을 교묘하게 이용해 이 사람, 저 사람 손으로 건너다니는 건지도 몰라. 아닌 게 아니라 머리 둘 달린 호랑이잖나. 한쪽 머리로 사냥감을 잡아먹고, 나머지 한쪽 머리로는 도망칠 궁리를 하고 있었던 게지. 끔찍한 이야기야. 구니히로라는 도공은 정말 비상한 재주를 가졌던 모양이야. 아쉬운 건 제 재주를 주체하지 못하고 휘둘렸다는 점이지. 생각해 보면 그자도 참 안됐어."

마쓰키치는 주겐지의 묘지 기록을 조사해 구니히로의 와키자시가 언제 어디에 묻혔는지 알아봐 주었다. 옛날 일이라 쉽지는 않았지만, 선대 주지가 존명했을 때 절에서 허드렛일을 하던 영감의 아들이 아버지에게 들은 이야기를 어렴풋이 기억하고 있었다.

"적어도 십오 년은 된 일이라네. 정확히는 모르지만 어느 하타모토의 고요닌무가 관직의 하나로 주군의 명을 전달하고 집안일을 보는 사람이 가지고 와서 몰래 묘지 부근에 묻고 갔다는군. 영감님이 까닭을 묻자……."

그 고요닌은 진지한 눈빛으로 이렇게 대답했다고 한다.

"이 검은 사람의 마음 깊숙한 곳에 있는, 스스로도 깨닫지 못한, 혹은 잊어버린 나쁜 마음을 불러일으키는 물건이네. 그래서 함부로 세상에 나오면 안 되지. 나는 괜찮을 거라 생각하지 말게. 나쁜 마음은 누구든 가지고 있는 법이니. 그저 우리는 항상 그런 마음을 저도 모르게 마음속에 담아 두고, 겉으로 드러나지 않게 살아갈 따름이지. 이 검은 그런 마음을 불러일으킨다네……. 우리 어르신께서는 그 사실을 간파하시고 세상에 해가 되는 이 검을 봉인하라 명하셨지. 이 일을 절대로 발설해선 안 되네. 이 검에는 한 번 보기만 해도 사람의 마음을 사로잡는 해괴한 힘이 있으니……. 게다가 이 와키자시에는 원래 있어야 할 날밑이 없어. 날밑이 없는 검은 재갈을 물리지 않은 말과 다를 바가 없지. 한번 날뛰기 시작하면 어찌할 방도가 없어. 명심하게."

그렇게 말하며 하얀 천으로 둘둘 싼 와키자시를 깊은 구멍 속에 묻었다고 한다.

"뭐, 그 고요닌이 어떤 경위로 칼을 손에 넣었는지 지금 와서는 알 도리가 없지만, 처분해 준 덕에 지난 십오 년간은 호랑이도 날뛰지 못했으니 다행이라 생각해야겠지. 영원히 땅속에 파묻혀 있지는 못했지만……."

"기운이 없어 보이는구나."

사건이 일어난 지 며칠 후, 오하쓰는 전갈을 받고 부교 댁으로 찾아뵈었다. 부교가 오하쓰를 부르는 방은 항상 정해져 있는데, 아무래도 직속으로 부리는 자들과 대면할 때 쓰는 곳인 모양이다.

"자초지종은 나오지에게 들었다. 고타로라는 개는 참 딱하게 됐더구나."

"감쪽같이 사라져 버렸어요."

부교의 말대로 오하쓰의 얼굴에는 기운이 없었다.

"죽었으면 적어도 육신이라도 남을 텐데, 아무것도 남기지 않고 사라져 버렸습니다."

서안에 팔꿈치를 대고 편한 자세로 앉아 있던 네기시 히젠노카미는 몸을 앞으로 내밀며 말했다.

"나도 따로 알아보았다."

구니노부라는 도공이 전국을 떠돌며 어떤 수행을 쌓았는지는 모르지만, 하고 말문을 열었다.

"고타로는 아마 소띠 해에 태어난 개였을 게다."

주역에서는 호랑이, 개, 소를 인오술 삼합이라 하여 서로 뭉쳤을 때 고유의 특성이 사라지고 전혀 다른 존재가 된다고 한다.

"구니노부는 그런 개를 찾아다녔을 게야. 사카우치란 북쪽 지방에 있는 깊은 산골 지명인데, 그곳에는 들개의 피를 이어받아 용맹하고 기가 센 개가 많이 태어나기로 유명하다는구나. 남한테 들은 이야기지만."

혹은 구니노부의 혼이 고타로라는 개의 모습을 빌려 이 세상에 머물렀을지도 모르는 일이지. 평생의 사명을 다하고 지금쯤 편히 쉬고 있을 게다……. 부교는 그렇게 말하며 온화한 눈으로 오하쓰를 바라보았다.

"그럴지도 모르겠네요." 오하쓰도 조금 마음이 편해졌다.

"어르신께서는 이번 일을 어떤 제목으로 남기실 생각이십니까?"
부교는 흰머리가 드문드문 섞인 머리를 갸웃거리며 말했다.
"옳지……. 말하는 검, 이라 이름 붙여 볼까."

미야베 미유키
에도 시대
소설 목록

일러두기

* 이어지는 '미야베 미유키 에도 시대 소설 목록'은 2011년까지 출간된 미야베 미유키의 시대 소설과 한국어판 정보를 담고 있습니다.
* 일부 작품에는 북스피어 편집부의 간단한 감상과 평이 달려 있습니다. 편집부 세 명은 '김', '박', '유'의 성(姓)으로 표시했습니다.
* 미야베 미유키의 시대 소설 중 국내에 출간된 작품은 모두 북스피어에서 '미야베 월드 제2막' 시리즈로 출간되었으므로, 번역자와 출간년도만 표시했습니다. 국내에 출간되지 않은 작품 중 대부분은 북스피어에서 출간할 예정입니다.
* 미출간 작품인 경우 원제 옆에 작은 글씨로 한국어 제목을 달았습니다. 앞으로 출간될 정식 한국어판 제목과는 다를 수 있습니다.

미야베 미유키 에도 시대 소설 목록

1991

『혼조 후카가와의 기이한 이야기』(김소연 옮김, 2008)

제13회 요시카와 에이지 문학 신인상 수상작

§ 늦은 밤 참배하기 위해 오갈 때마다 일정한 간격을 두고 따라오는 '배웅하는 등롱'이 오린은 무서워서 견딜 수가 없다. 너무 무서운 나머지 동료에게 그 사실을 털어놓자 동료가 오린에게 말한다. "오린, 배웅하는 등롱은 오린 너를 좋아하는 건지도 몰라. 너를 많이 좋아하는 누군가인지도 모르지." '배웅하는 등롱'의 정체가 무엇인지는 끝내 밝혀지지 않는다. 하지만 동료의 말 한마디로 인해 그때부터 '배웅하는 등롱'은 오린에게 있어서 무서운 것이 아니라 사랑스러운 존재로 변한다. 밤의 어둠 속에 손을 내밀면 따라오는 등롱의 따뜻함이 느껴질 것만 같아 오린은 자신의 마음속에도 등롱이 켜지는 듯한 기분이 된다. 아아, 그렇다, 이 소설은 호러미스터리를 빙자한 연애 소설이었던 것이다. (김)

§「배웅하는 등롱」과「잎이 지지 않는 메밀잣밤나무」가 인상에 남았다. 다른 얘

기들이 그렇지 않다는 건 아니지만, 이 두 단편의 애처로움이 특히 마음에 크게 와 닿았다. (유)

1992

『말하는 검』 (최고은 옮김, 2011)

제12회 역사문학상 입상

§ 만약 이 작품집의 제목을 '오하쓰 비긴즈'라거나 '더 비기닝'이라고 붙였다면 어땠을까 하고 상상해 본다. "My beginning is small but the end will be extremely big"이라는 심정이 이례적인 작가의 말을 쓰도록 만들었겠지만, 나는 오하쓰를 마주하는 것만으로도 올 겨울을 따뜻하게 날 수 있는 비상 식량을 득한 것 같은 기분이 들어서 마음이 든든했어. (김)

§ 여사님의 시대물 초기작 네 편이 실린 단편집. 그야말로 미야베 미유키 에도 시대물의 출발점! 그중에서도 오하쓰가 힘을 발휘하는 단편들을 주목하시라. 안타깝게도 본편(『흔들리는 바위』, 『미인』)에는 등장하지 않는, 멋진 훈남 둘째 오빠의 활약은 서비스. (박)

§ 오하쓰 이야기 중에서, 이 인물이 왜 훗날 출간된 장편 시리즈에선 사라졌는지 알 것 같다. 등장했으면 온갖 활약상을 가져갔을지도. (유)

1993

『흔들리는 바위 — 영험한 오하쓰의 사건 기록부 1』 (김소연 옮김, 2008)

§ 백 년 전, 성 안에서 칼부림 사태가 일어난 일련의 흐름을 실제로 겪었던 사람들은 자신들을 끌어들이고 희롱한 운명의 흐름이 후세에 이처럼 빛나는 이야기로 남게 될 줄 조금이라도 상상해 보았을까. 사람들이 그들이 살아간 길, 죽어간 길에 갈채를 보내고 감동하며 몇 번이나 재현하고 지켜보리라고, 아주 조금이라도 머리에 떠올려 보았을까. 그리 생각하면 서글픈 기분도 든다. 하지만 이 책을 읽기 전에 '주신구라'라는 역사적 배경을 알아 두지 않으면 서글픈 기분이고 나발이고 아무것도 느낄 수 없을 거야, 아마. (김)

§ 오하쓰의 시대나 주신구라나 똑같이 나에겐 까마득한 옛날이야기인데……. 별거 아니지만 작중에서 주신구라를 옛날이야기로 취급하는 듯한 모습을 본 순간 왠지 그게 재미있었다. (유)

『幻色江戸ごよみ 환상 빛 에도 달력』(新人物往来社)

§ 달력이라는 제목답게 한 달에 한 편씩, 전부 열두 편의 단편이 실려 있다. 미야베 미유키 특유의 정감 넘치는 에도 서민들의 생활이 가득한 내용은 물론이고, 단편들마다 계절감이 느껴지는 깨알같은 묘사까지. 여사님, 기왕이면 다음번에는 일력으로 해 주세요! (박)

1995

『맏물 이야기』(김소연 옮김, 2015)

§ 에코인 모시치의 재등장. 『혼조 후카가와의 기이한 이야기』에 모시치 대행수님을 중심으로 하는 이야기가 없다고 혼자서 투덜댔는데, 같은 아쉬움을 가진 사람이 많았던 모양이다. 역시! (박)

1996

『堪忍箱인내 상자』 (新人物往来社)

§ 집안에 내려오는, 절대로 열어서는 안 되는 상자. 이 한 구절만으로도 어떤 작품인지 마구마구 궁금해지지 않으십니까? (박)

1997

『미인 — 영험한 오하쓰의 사건 기록부 2』 (이규원 옮김, 2011)

§ 내면에 어두운 부분을 감싸 안고 있는 인간의 죄와, 등장인물들의 심리를 파고드는 필치, 에도의 정경과 음식 가이드까지 미미 여사의 솜씨는 여전히 변함없는 가운데 '보지 않아도 되는 일'까지 보이고 '듣지 않아도 되는 일'까지 듣고 마는 자신이 때때로 슬픈 오하쓰의 심리 묘사는 한층 노련해진 느낌이다. 우리 이웃들께서는 부디 이 대목—슬픈 오하쓰의 심리 묘사—에 집중하여 읽어 주시길 부탁드린다. 물론 책을 구입하신다면 말이지만. (김)

§ 한 번 보고 두 번 보고 자꾸만 보고 싶네♪ 고양이를 좋아하는 사람이라면 강력 추천! 꼬마 고양이 데쓰와 부자에몬 아저씨의 귀여움이 마구 폭발하는 한 권. (박)

§ 데쓰를 주인공으로 한 소설이 나왔으면 좋겠다……. 용감한 고양이들이 정말 멋지고 사랑스럽기 그지없다! 오하쓰, 주인공 자리를 뺏겨도 몰라. 그리고 원흉이 미에 집착하는 마음도 조금 이해간다. 하지만 혹시 현대에 태어났으면 당신은 미인 대접을 받지 못할 가능성도 있어. 우키요에를 보면 음…… 지금과는 기준이 많이 다르구나. (유)

2000

『얼간이』 (이규원 옮김, 2010)

§ 생전 이렇게 예쁜 얼굴은 본 적이 없다. 미모가 영 심상치가 않다. 이 세상에 존재하는 '아름다움'의 총량이 정해져 있다면 이 아이는 '아름다움'을 과점했음이 분명하다. 지나칠 정도로 독차지한 나머지 다 써먹지도 못하고 그냥 줄줄 흘려 버리고 있다. 이렇게까지 예쁠 필요가 있을까. 그것도 사내아이가. 사실 유미노스케는 빼어난 미소년이라서 어떤 미녀라도 그 옆에서는 처져 보인다. 헤이시로의 아내는 이렇게 평한다. "남자든 여자든 지나친 미모는 본인 몸을 망칩니다. 하지만 유미노스케의 미모는 본인은 물론이고 남들까지 망치게 할 수 있어요." 어이, 거기 아가씨. 이렇게 훌륭한 미소년이 나오는데, 그래도 안 읽어 볼 테야? (김)

§ 우리네 인생살이와 다를 바 없는 등장인물들의 생활에 빠져들다 보면 '얼간이'라는 제목을 몇 번이고 곱씹게 되실 겁니다. 아, 밤 늦게 읽으시면 많이 괴로워요. 헤이시로가 하도 주전부리를 달고 사는지라. (박)

§ 무서운 나가야 생활! 착하고 매력적인 인물들이 많이 나오지만 사건의 정체가 좀처럼 안 밝혀져서 무섭다. 하지만 가장 공포였던 건 나가야에서의 생활 묘사. 얇은 벽을 사이에 두고 공용 화장실 옆방에 산다는 설명이 제일 충격(?)을 주었다. (유)

『괴이』 (김소연 옮김, 2008)

§ 음력 초하룻날 밤에 무덤에서 스르륵 기어 나오는 피칠갑한 귀신보다 더 무서운 것은 인간, 인간의 마음. 그러니까 조심해. 세상에는 나쁜 인간이 많으니까. 나나 너처럼, 불행한 일을 당해서 혼자서는 아무것도 못하고 고통 속에 괴

로워하는 사람마저도 속이고 뭔가를 빼앗고 이용하려는 인간이 잔뜩 있으니까. (김)

§ 불쌍하게 죽은 이들이 너무 안타깝다. 착한 사람이 해를 당하는 건 정말 보기 괴롭다. (유)

2002

『메롱』 (김소연 옮김, 2009)

§ "인간이란 복잡하거든. 좋아하는 상대, 마음을 끌고 싶다고 생각하는 상대에게는 오히려 솔직해지지 못할 때가 있어." 그것이 바로 '메롱'을 하는 이유. (김)

§ 만일 가능하다면 여기에 나오는 것처럼 귀엽고 멋진 귀신들을 한번 보고 싶다고 생각은 하지만, 공포 영화도 제대로 못 보는 겁 많은 성격인지라……. 지금부터 열심히 수련을 쌓아 자신을 개조해야겠다. 미야베 미유키 특유의 기특한 성격을 지닌 주인공들은 정말 취향에 꼭 들어맞는다. (유)

2005

『하루살이』 (이규원 옮김, 2011)

§ 어쨌든 기분이 좋다. 벌렁 드러누워서 푸른 하늘을 쳐다볼 수 있으니 말이다. 모든 사람이 매일을 이렇게 편하게 살 수 있다면 오죽 좋을까. 하지만 그럴 수는 없겠지. 하루하루 차곡차곡 쌓아올리듯이 차근차근. 제 발로 걸어가야 한다. 밥벌이를 찾아서. 모두들 그렇게 하루살이로 산다. 쌓아올려 가면 되는 일이니까 아주 쉬운 일일 터인데 종종 탈이 나는 것은 무슨 까닭일까. 제가 쌓은

것을 제 손으로 허물고 싶어지는 것은 무슨 까닭일까. 무너진 것을 원래대로 되돌리려고 발버둥을 치는 것은 어째서일까. (김)

§ 원제보다, '하루살이'라는 우리말 제목이 지닌 이중적인 의미가 내용과 주제에 훨씬 더 잘 어울린다고 생각하는 한 권. 『얼간이』의 '유령', 그녀의 색다른 모습을 볼 수 있다. 물론 유미노스케는 전작보다 더 사랑스러워졌음! (박)

§ 좋은 사람들이 많이 등장하는데도 씁쓸한 내용의 이야기다. 하지만 힘이 들 때 읽으면 묘하게 기운을 얻곤 한다. 등장인물들의 고민에 대해 어느 순간 나도 곰곰이 같이 생각해 보게 된다. 덧붙여 읽다 보면 배고파지는 책이기도 하다. (유)

『외딴집』(김소연 옮김, 2007)

§ 이탈로 칼비노 씨가 그랬다. "고전이란 다시 읽을 때마다 처음 읽는 것처럼 무언가를 발견한다는 느낌을 갖게 해 주는 책"이라고. 그런 의미에서 나에게 『외딴집』은 고전 중에 고전이다. 좀 주제넘지만(그다지 주제넘다고 생각하지도 않으면서 입으로만 그렇게 말한다) 『외딴집』을 읽고 나면 필시 다른 많은 소설들이 시시해질 것이다. (김)

§ 만약 초능력이 생긴다면 책 속으로 들어가서 도와 주고 싶은 인물들이 나온다. (유)

2008

『흑백』(김소연 옮김, 2012)

§ 열일곱 살 오치카는 어떤 사건을 계기로 마음의 문을 닫고 친척에게 맡겨진

다. 친척의 가게에서 묵묵히 일하는 오치카. 어느 날 오치카는 가게를 찾아온 손님의 응대를 하게 된다. 그리고 그 손님은 세상에 일어난 신기한 이야기를 들려주는데……. 차례차례 찾아온 손님들이 들려주는 기묘한 이야기에 오치카의 마음은 조금씩 풀려 간다. 사람 개개의 마음속에 깃든 미묘한 어둠이 펼쳐 보이는 기이한 이야기들은 과연 어떤 내용일지? 그리고 오치카가 마지막에 마주하게 되는 일은 어떤 것인지? (유)

2010

『안주』 (김소연 옮김, 2012)

§ 공식 광고 페이지와 PV를 보면 이 책에 관심을 안 가지고는 못 배길걸요. 나도 구로스케 한 마리(?) 데리고 살고 싶다～. (박)

2011

『그림자밟기』 (김소연 옮김, 2013)

§ 『괴이』에 이은 에도 시대 공포 단편집 제2탄. 피 튀기고 귀신이 튀어나오는 그런 공포보다도, 인간의 마음속 어둠이 훨씬 더 무섭다는 진실을 언제나처럼 멋지게 다루고 있다. 마사고로와 짱구(『얼간이』, 『하루살이』)가 활약하는 단편도 있으니 반드시 체크! (박)

『진상』 (이규원 옮김, 2013)

§ 『얼간이』, 『하루살이』에 이어 시리즈 세 번째 권. 이미 시리즈 주인공은 헤이

시로가 아니라 유미노스케……? 한 걸음 더 성장한 유미노스케와 짱구의 모습을 기대하시라. 감초 역할을 톡톡히 해 주는 새로운 등장인물들도 놓치면 섭하지요잉. (박)

『ねずみ쓸모없는 사람-FTA 변조 괴담』 (BPH出版社)

§ 비수기와 성수기를 가리지 않고 책이 팔리지 않는다는 얘기를 듣습니다. 준절(위엄 있고 정중)하게 꾸짖기도 하고 절박하게 애원도 해 보지만 일반 독자들에게는 공염불, 책을 만드는 사람들만 애면글면할 따름입니다. 대관절 어떻게 해야 할까, 하고 말석에 앉은 저도 이따금 고민해 보지만 명쾌한 해결책 따위는 보이지 않습니다. 그저 재미있는 책을 찾아 오늘도 박작거리며 한 권 한 권 조심스럽게 만들고 있을 따름입니다. 독서 인구의 감퇴는 아이폰 같은 첨단 매체가 날로 위세를 더해 가는 요즈음 들어 부쩍 심해진 현상이 아닙니다. 가만히 생각해 보면 우리 출판계는 항상 위기였습니다. 책이 팔리지 않는 것은 결코 새삼스럽거나 갑작스러운 일이 아닙니다. 허나 책은 수천 년에 걸쳐 자신의 가치를 증명하며 살아남았습니다. 그것은 책이 책으로밖에 표현할 수 없는 고유한 무엇인가를 가지고 있다는 뜻일 겁니다. 좀처럼 나아질 기미가 보이지 않는 지금 상황에서 북스피어가 해야 할 일은 읽을거리로서의 고유한 무언가를 근사하게 드러낼 줄 아는 작가, 그것이 자알 표현된 작품을 부지런히 찾아내서 정직하게 만들어 내는 일일 터입니다. 아마도 그것만이 오늘 '출판의 위기, 책의 위기'를 헤쳐 나갈 수 있는 거의 유일한 방법이겠지요. 저는 그렇게 믿고 있습니다. 정말이에요. (김)

초판 2쇄 발행 2017년 7월 21일

지은이 미야베 미유키
옮긴이 최고은

발행편집인 김홍민 · 최내현
책임편집 박신양
편집 유온누리
표지디자인 이혜경디자인
용지 화인페이퍼
인쇄 · 제본 현문
독자교정 남궁가윤, 노희승, 이경선, 최지희

펴낸곳 도서출판 북스피어
출판등록 2005년 6월 18일 제105–90–91700호
주소 (03961) 서울특별시 마포구 방울내로 11길 43 101-902
전화 02) 518–0427
팩스 02) 701–0428
홈페이지 www.booksfear.com
전자우편 editor@booksfear.com

ISBN 978–89–91931–85–5 (04830)
978–89–91931–29–9 (세트)

책값은 뒤표지에 있습니다.
파본은 구입하신 곳에서 교환해 드립니다